中國語言文字研究輯刊

十 二 編

許 鋑 輝 主編

第 **10** 冊

曾運乾音學研究（中）

柯 響 峰 著

花木蘭文化出版社

國家圖書館出版品預行編目資料

曾運乾音學研究（中）／柯響峰 著 -- 初版 -- 新北市：花
木蘭文化出版社，2017〔民106〕
目 6+200 面；21×29.7 公分
（中國語言文字研究輯刊 十二編；第 10 冊）

ISBN-978-986-404-984-4

9 789864 049844

中國語言文字研究輯刊
十二編　　第 十 冊　　　　　ISBN：

曾運乾音學研究（中）

作　　者　柯響峰
主　　編　許錟輝
總 編 輯　杜潔祥
副總編輯　楊嘉樂
編　　輯　許郁翎
出　　版　花木蘭文化出版社
社　　長　高小娟
聯絡地址　235 新北市中和區中安街七二號十三樓
　　　　　電話：02-2923-1455 ／傳眞：02-2923-1452
網　　址　http://www.huamulan.tw 信箱 hml810518@gmail.com
印　　刷　普羅文化出版廣告事業
初　　版　2017 年 3 月
全書字數　309786 字
定　　價　十二編 12 冊（精裝）　台幣 30,000 元

曾運乾音學研究（中）

柯響峰　著

目次

表　次

第六章　曾運乾之等韻學

　　自隋・陸法言《切韻》後韻書之作，有唐・王仁昫《刊謬補缺切韻》、孫愐之《唐韻》，有宋・陳彭年、丘雍之《廣韻》，有丁度之《集韻》。部目體例皆承於《切韻》，而所收之字則迭有增益。又有卷後新注類隔之音，知音有古今，不能不有其嬗遞流變。於是宋元以來等韻之學興盛。以韻書中之字列於數表中，以聲爲經，分其五聲清濁；以韻爲緯，辨其四聲等第。於是依位讀音，得其音讀。此韻圖之便於檢音，本爲韻書之輔。而後等韻之學大興，宋元以來之等韻圖實不下十數種之多。等韻又特出於韻書，而別爲一學。

　　等韻之作，既以聲類爲經，其用清濁三十六字母，則必在字母家分三十六字母後。而韻圖又以韻類爲緯，則必據韻書而來。字母三十六，自守溫考訂後，直至清代江永仍謂其「不可增減」，知字母自唐末以來未易也。至於以韻類爲緯者，則又因韻書之更迭而有不同。鄭樵《七音略》、張麟之《指微韻鏡》據《唐韻》；《切韻指掌圖》，則據《集韻》。知古今之有音變，而韻書切語則未更，每於屬文而有乖違不便之處。許敬宗於是有奏請合用、獨用之議，而後頒爲刊行。等韻既根據韻書，而韻書時代不同，其內容亦復有異。董同龢《漢語音韻學》：「《七音略》把覃談咸銜鹽添嚴凡諸韻列在陽唐庚耕清青之前，《韻鏡》與七音略又把蒸登韻列在最後。由此可見他們根據的韻書實在比《廣韻》早，而《七音略》所據更比李舟《切韻》早。」[註1] 其後劉淵以時

〔註1〕 董同龢《漢語音韻學》，（臺北：文史哲出版社，1998年10月），頁112～113。

音之變，爲之併合韻部。於是後之作等韻者則又據《平水韻》。

韻圖既本之韻書，以聲經而韻緯列圖數十，本當依切列位，能有檢音之便。然又每有移易併合者，其間又多乖違音理。遂使音之不可而得。於是又有「等韻門法」之作。實疊床而架屋，多此一舉。

法言書云其著作，謂「欲廣文路，自可清濁皆通；若賞知音，即須輕重有異。」韻圖之作，本欲便於檢音而反不利於審音。至於乖違音理之處，如影喻之清濁相配，照母二三等之亂舌齒之經界，喻母三四等之當分未分，皆其大失。至於精照互用或本類隔，然三等之通於二等四等者，皆等韻體例之混亂者，使後人依譜仍不能審得音讀，反又需藉門法以求。是本爲馭繁於簡，反治絲而益棼。

曾氏於等韻之學，以爲韻圖之失甚多，遂不主門法。以爲宋元以來等韻圖「率皆牽強附會，未符隋唐舊法」〔註2〕而不足錄。然以等韻之學，亦自宋元以來音學之所盛者，故亦略述其例，以全音學之說。惟以曾氏不主韻圖，不立門法。本文就曾氏音理之所論，以影母獨立，喻母分于、喻二類；照母二三等分位，各歸其舌齒。以第五章《廣韻》學中所作〈《廣韻》補譜〉，亦可以代替韻圖，以明曾氏等韻之大旨。

第一節　等韻源流

等韻之作當晚於字母。宋・王應麟《玉海》有守溫三十六字母圖一卷，呂介孺《同文鐸》云：「大唐舍利創字母三十，後溫首座益以孃、牀、幫、滂、奉、微六母，是爲三十六字母」。守溫不詳其年代，然依各家所考，守溫在沙門神珙之後，而神珙爲唐元和後人，元和乃唐憲宗年號，元和元年爲西元806年，則守溫當不早於此時，以守溫爲唐代元和後沙門，殆爲事實。

漢語本非拼音字母，等韻家以韻書中切語拼切字音，實不易掌握確實之音讀。唐末之季，翻譯佛經所需日亟，致使華梵對音漸密。以同聲之字爲一類，以一字爲一類之標目，於是守溫有字母之作。又以佛經「轉唱」之法影響，而有韻圖之轉。據僧空海〈悉曇字母並釋義〉於迦、迦、祈、雞、句、句、計、蓋、句、唂、欠、迦之後，注以：

〔註2〕 曾運乾《音韵學講義》，（北京：中華書局，2000年11月），頁18。

此十二字者，一個「迦」字之轉也。從此一「迦」字門生十二字，如是一一字母各生十二字，一轉有四百八字，如是有二合三合之轉，都有三千八百七十二字。此悉曇章，本有自然眞實不變常住之字也。

故韻圖之轉，乃得義於梵音。傳司馬光所作之《切韻指掌圖》，其言字母甚詳。其序云：

科別清濁爲二十圖，以三十六字母列其上，推四聲相生之法，縱橫上下，旁通曲暢，律度精密，最爲捷徑。〔註3〕

惟不言字母之出於《涅槃》、《華嚴》。至鄭樵刊《七音略》謂江左之競風騷，始有韻書之作，然能辨四聲而不能識七音，乃失立韻之源，尊其爲天竺所傳。其云：

七音之韻，起自西域，流入諸夏。梵僧欲以其教傳天下，故爲此書。……華僧從而定之，以三十六爲之母。重輕清濁，不失其倫。

〔註4〕

是以鄭氏主字母之襲自西域。然則是說亦有不同意者，以爲其本於諸夏原有之音。錢大昕《十駕齋養新錄·西域四十七字》：

涅槃所載比聲二十五字，與今所傳，見溪群疑之譜，小異而大同。前所列字音十四字即影喻來諸母。然則唐人所撰之三十六字母，實采涅槃之文，參以中華音韻而去取之，謂出于華嚴則妄矣。〔註5〕

錢氏即以爲字母雖采《涅槃》之文，然字母本即中華之固有。據錢大昕《十駕齋養新錄·西域四十七字》所引比聲二十五字，實可對應於陸、孫之韻書。玄應《一切經音義》卷第二有《大般涅槃經》載有：

字音十四字：裹、阿、壹、伊、塢、烏、理、釐、翳、藹、汙、奧、闇、噁、菴、惡、（案：菴、惡爲惡、阿之餘音）。比聲二十

〔註3〕　司馬光《切韻指掌圖》，《等韻五種》，（臺北：藝文印書館，1998 年 3 月），頁 2。

〔註4〕　鄭樵《七音略》，《等韻五種》，（臺北：藝文印書館，1998 年 3 月），頁 1～2。

〔註5〕　錢大昕《十駕齋養新錄·西域四十七字》卷五，（臺北：臺灣中華書局 1982 年 10 月），頁 8。

五字：迦、呿、伽、恒、俄，舌根聲；遮、車、闍、膳、若，舌

齒聲；吒、咤、茶、組、挐，上㗱聲；多、他、陀、馱、那，舌

頭聲；波、頗、婆、婆去、摩，脣吻聲，虵重、羅盧舸反、羅李舸反、

縛、奢、沙、娑、呵此八字超聲〔註6〕

所謂「比聲」者即中「毗聲」。《涅槃疏》所謂：「音韻倫次曰毗聲，非倫次者
曰超聲。」筆者以為，「比聲」非倫次之意。「毗聲」，實「弼聲」也。「弼」
者即輔助，《孟子‧告子下》有：「入則無法家拂士，出則無敵國外患者，國
恒亡」之句。「拂士」即「弼士」之叚借，皆「輔弼」之意。是以比聲者，輔
音也。其輔於字音十四之謂。至於超聲者，為梵音中之複輔音，非本土所有
之音，是為超聲。陳澧《切韻考‧外篇‧卷三》，取與三十六字母為對應：

錢氏謂比音二十五字與見、溪、群、疑之譜小異大同者。迦、呿、
伽、恒、俄，即見、溪、群、疑也伽恒皆群母；遮、車、闍、膳，即
照、穿、禪；若即日也；吒、咤、茶、咤、挐，即知、徹、澄、
娘也茶、咤皆澄母。多、他、陀、馱、那，即端、透、定、泥也陀馱皆
定母；婆疑當作波、頗、婆、婆、摩，即幫、滂、並、明也。字音之
理、釐二字，即來母，其餘裏阿諸字皆影母也。〔註7〕

以表列之如下，註以本師陳伯元先生《廣韻研究》〔註8〕中所標示音值，以明
其對應。

表七九　涅槃比聲與三十六字母對應表

涅 槃 比 聲			守 溫 字 母		
舌根聲	迦	kɑ	牙音	見	k
	呿	khɑ		溪	k'
	伽	gɑ		群	g'
	恒	ghɑ			
	俄	ŋɑ		疑	ŋ

〔註6〕玄應《一切經音義》，（臺北：中央研究院歷史語言研究所專刊之四十七，1992
年12月），頁6。

〔註7〕陳澧《切韻考》外篇，（臺北：臺灣學生書局1969年11月），頁471。

〔註8〕陳新雄《廣韻研究》，（臺北：臺灣學生書局，2004年11月），頁192。

	遮	ca	正齒音	照	tɕ
	車	cha		穿	tɕ'
舌齒聲	闍	ja		禪（床）	ʐ（dʒ'）
	膳	jha			
	若	ña	半齒音	日	nʐ
	吒	ṭa	舌上音	知	ṭ
	咃	ṭha		徹	ṭ'
上顎聲	茶	ḍa		澄	ḍ'
	組	ḍha			
	拏	ṇa		娘	ṇ
	多	ta	舌頭音	端	t
	他	tha		透	t'
舌頭聲	陀	da		定	d'
	馱	dha			
	那	ña		泥	n
	波	pa	重脣音	幫	p
	頗	pha		滂	p'
脣吻聲	婆	ba		並	b'
	婆去	bha			
	摩	ma		明	m

　　涅槃聲類與三十六字母既可對應，曾運乾《音韵學講義》中，於三十六字母之源流，亦主此意：

　　　唐初陸生《切韻》，盛行於時，唐季則孫愐《唐韻》，傳鈔尤廣。
　　　守溫既為緇流，一面研究《涅槃》、《華嚴》之字母；一面研究陸、
　　　孫之韻書，參稽比較，製成字母。其名稱沿於《華嚴》，其類別本
　　　於《涅槃》，其聲類統系則依據陸、孫二韻。彼其字母能與《廣韻》、
　　　《集韻》對譜者，知其根據必為陸、孫之書；其對譜尚有齟齬不
　　　合者，則其研究之疏也。〔註9〕

　　然則，聲類類別本於《涅槃》，而聲類統系則據陸、孫，是聲類有可對應與不可對應者在。汪榮寶以羅馬字母標示字音，以明其音讀。其對應音值如

<hr>

〔註9〕　曾運乾《音韵學講義》，（北京：中華書局，2000 年 11 月），頁 2。

下。

表八十　汪榮寶《大涅槃經文字品》字音十四音值構擬表

裒 a	阿 ā	壹 i	伊 ī	塢 u	烏 ū	理 ri	釐 rī
黳 e	藹 ai	汙 o	奧 au	闇 an	噁 āh〔註10〕	菴 am	惡 ah

　　汪氏所標梵音，有長音短音之別，此於陸孫之韻則無，然翻譯佛經，於中土所無之詞彙概念，則不免持用音譯之法為之。如此梵音中之長音短音，以陸、孫之韻則不能濟其窮。此所以不能對應者。前述曾氏之言，謂字母者，其名稱沿於《華嚴》，其類別本於《涅槃》，其聲類統系則依據陸、孫二韻，如此可以明字母聲類之當依陸孫，不能依梵音之旨。趙憩之《等韻源流》逐錄載有字母之釋典十部，計有《大日經字輪品》、《金剛頂經字母品》、《文殊問經字母品》、《大莊嚴經示書品》、《大涅槃經文字品》、梁武帝《涅槃疏》、玄應《涅槃音義》、《涅槃文字》、全真《悉曇次第》、空海《悉曇釋義》及謝靈運《十四音序》一文，同列與梵音對應，並注有構擬之音標可為參考。〔註11〕

　　漢語本非音系文字系統，於字音之標注，起先自文字諧聲偏旁。見聲母而識其音讀。此後音韻遞變，於是有直音，有讀如讀若。至於音訓之法，本在訓義不在注音。然以音同音近之字而訓他字，亦能兼存其音。其後有切語之作，以二字為一字之音，上字與所切之字雙聲，而下字與所切之字疊韻，此切語之大法。論音者謂切語之始於東漢之孫炎，此已論於本文《廣韻》聲類之部，不作重複。至於反切之法亦有主受梵文拼音之法所影響者，龍宇純〈例外反切研究〉中云：

> 許許多多的反切上字和所切字之間不僅雙聲，韻母上亦即密切的關係：它們或者只在於聲調之異，遠的不過又有開合、或陰陽之不同。下字的作用似乎只是改變聲調，或又兼改開合、陰陽而已。其性質與漢魏以來的直音譬況演變而來，本來用雙聲兼疊韻的字為上字，而下字改聲調或又兼改開合、陰陽。所謂受梵文影響也

〔註10〕闇、噁二音，汪氏遺漏未註，或當為[an]、[āh]。

〔註11〕趙憩之《等韻源流》，（臺北：文史哲出版社，1985年7月），頁6附表。

者，只是在對於語音的分析，諸如聲韻調陰陽開合等的清晰認識，促進了直音譬況的演進；又在形式上仿效梵文的拼音，用兩字表示一字之音，以代替以往有時而窮或併不準確的直音譬況，如此而已。〔註12〕

龍氏主反切之受梵文影響，其說尚有可討論空間。然謂切語能析理聲、韻、調、陰陽、開合之說，則甚爲的當。以此說應之於字母，則字母即切語之上字。字母既得，等韻中以字母爲經，標以清濁，輕重，內外之名。今知清濁者謂聲類，清者其氣上揚，濁者其氣下沉。以今語言學之解釋，則謂聲類之清者乃發音之時，氣流自肺部出，不震動聲帶，惟於口腔之不同部位，受不同方式之阻塞。其後解除阻塞所發之聲爲清輔音，即聲之清者。而聲之濁者，乃氣流自肺部出，部分震動聲帶，氣流至於口腔中，於不同部位，受不同方式之阻塞。其後解除阻塞所發之聲爲濁輔音，即聲之濁者。今皆謂聲類之性質，等韻之前，清濁者亦謂韻類。《顏氏家訓・音辭篇》：

> 鄭玄注《六經》，高誘解《呂覽》、《淮南》，劉熙製《釋名》，始有譬況、假借，以證音字耳。而古語與今殊別，期間輕重，清濁未可曉，加以內言外言急言徐言讀若之類，益使人疑。〔註13〕

是以清濁猶未專指聲類而言。陸氏〈《切韻》・序〉：

> 以今聲調，既自有別，諸家取捨，亦復不同。吳楚則時傷輕淺，燕趙則多傷重濁。秦隴則去聲爲入，梁益則平聲似去。……欲廣文路，自可清濁皆通，若賞知音，即須輕重有異。

清濁則似又謂與平、上、去、之聲調相關，若以韻調合一，則清濁乃謂韻而不謂聲。林師炯陽之聲韻學課程，曾謂輕淺指不圓脣音而重濁謂圓脣音，可惜是說未見著錄其音學論文中。孔廣森《詩聲類》：「本韻分爲十八，乃又剖析於斂侈、清濁、毫釐、纖眇之際。」〔註14〕此清濁亦謂韻而不謂聲。是以

〔註12〕 龍宇純〈例外反切研究〉，《中上古漢語音韻論文集》，（臺北：五四書店、利氏學社，2002年12月），頁36。

〔註13〕 顏之推《顏氏家訓》《四庫全書》，（臺北：臺灣商務印書館。1983年10月），頁343。

〔註14〕 孔廣森《詩聲類・序》，（成都：渭南嚴氏刻本影印，甲子嘉平月），頁2。

「清濁」一詞，有謂聲者，又有謂韻者，如此則不免相互糾葛。此皆等韻外之稱聲韻者。至等韻興起，譜中以聲經而韻緯，其於韻類則開合四等，聲類則有清濁之分，此於等韻圖中確立名目者。今言清濁皆謂聲類之類分。至於韻類，則以四聲而分四層，每層又分四等，皆謂韻不謂聲。

至於所謂輕重者，以《文鏡秘府論》所載為最早。其書本日本沙門遍照金剛，空海大師所著。其云：

> 律調其言，言无相妨，以字輕重清濁間之須穩，至如有輕重者，有輕中重，重中輕，當韻即見。且莊字全輕，霜字輕中重，瘡字重中輕，牀字全重。如清字全輕，青字全濁。

又說：

> 夫用字有數般，有輕有重，有重中輕，有輕中重，有雖重濁可用者，有輕清不可用者，事須細律之，若用重字，即以輕字拂之便快也。〔註15〕

空海此段有關「輕重」之用語，與實際等韻圖上之用語相同。其莊、霜、瘡、牀四字所舉例，則與《七音略》之置內轉三十四，同為重中重未合。〔註16〕可見所謂「輕重」之概念，於唐代已有，而「輕重」之內容則至《七音略》仍說法不一。

至於「轉」之問題，應本襲於釋典「輪轉」之「轉」。《大毘盧遮那成佛神變加持經》卷第五有〈字輪品〉，所謂字輪者，「從此輪轉而生諸字」〔註17〕之意。日僧空海〈悉曇字母並釋義〉中，所謂「如是一一字母各生十二字，一轉有四百八字，如是有二合三合之轉」即用此義。此處用「轉」，即以梵音十二元音與各輔音相合，而得一字音，亦以一輔音而可與十二元音相合，而得一字音，如此得以流轉而出，大有不息之意是謂之「轉」。〔註18〕鄭樵《七音略·七音序》：

> 臣初得《七音韻鑑》，一唱三歎。胡僧有此妙義，而儒者未之

〔註15〕 空海《文鏡秘府論》，（臺北：學海出版社，1974年1月），頁7、頁115。

〔註16〕 《七音略》參考《等韻五種》，（臺北：藝文印書館，1998年3月）。

〔註17〕 趙憩之《等韻源流》，（臺北：文史哲出版社，1985年7月），頁16。

〔註18〕 趙憩之《等韻源流》，（臺北：文史哲出版社，1985年7月），頁2。

聞。……今作諧聲圖，所以明古人制字，通七音之妙。又述內
外轉圖，所以明胡僧立韻得經緯之全。〔註19〕

知《七音略》乃鄭樵是受梵音十六轉之影響而更爲之表彰而刊行。然則悉曇
字母時十二，梵音十六，二者之數並不相當，趙憩之《等韻源流》中以爲，
「蓋除去世俗不常用之四字，只餘十二之數也。」〔註20〕此十二字即玄應《一
切經音義》卷第二所引《大般涅槃經》中十六字母：裒、阿、壹、伊、塢、
烏、理、釐、翳、藹、汙、奧、闇、噁、菴、惡。菴、惡爲惡、阿之餘音，
與闇、噁並爲不常用之音。是以得十二字音。「轉」之概念既襲於梵典，而
「轉」之運用，於等韻中亦爲重點。宋元以來等韻圖中，就其分轉，約可爲
三系：

一、《通志・七音略》、《韻鏡》

二書以四十三轉列圖，每轉縱以三十六字母爲二十三行。其輕脣舌上、
正齒

分別附於重脣、舌頭、齒頭之下。橫以四聲統四等，入聲除《通志・七
音略》第二十五轉外，皆承陽聲。

二、《四聲等子》、《經史正音切韻指南》

二書各分十六攝，圖數則有二十與二十四之分別。聲母排列與《七音略》
同，橫以四等統四聲，又以入聲兼承陰陽，

三、《切韻指掌圖》

此書之圖數即入聲之相配與《四聲等子》相同，但削去攝名，以四聲統
四等，分字母爲三十六，以輕脣、舌上、正齒與重脣、舌頭、齒頭平列。又
於第十八圖改列支之韻之齒頭音爲一等，此與其他韻書所不同者。

以上三系就其韻轉可以區分，是以韻圖之「轉」，雖承於梵音，至宋元以
來等韻圖中，以成爲列圖之重要概念與條件。

〔註19〕《七音略・七音序》參考《等韻五種》，（臺北：藝文印書館，1998 年 3 月），頁
6～7。

〔註20〕趙憩之《等韻源流》，（臺北：文史哲出版社，1985 年 7 月），頁 16。

　　至於字音之比附樂律，自魏・李登《聲類》、呂靜《韻集》已開其端。至宋・鄭樵《七音略》更主此說，以爲「江左之儒，知縱有平上去入四聲，而不知衡（橫）有宮、商、角、徵、羽、半徵、半商七音。」〔註 21〕是以字音比附樂律。宋・沈括《夢溪筆談》：

> 樂家所用則隨律命之，本無定音，常以濁者爲宮，稍清爲商，最輕爲角，清濁不常爲徵羽。切韻家則定以脣、齒、牙、舌、喉爲宮、商、角、徵、羽，其間又有半徵、半商者……。〔註 22〕

是以樂律之宮商羽字音之字母本爲二事。音樂家未知比附，實不免簽強附會。戴震〈書劉鑑《切韻指南》後〉：

> 古之所謂五聲宮、商、角、徵、羽也者，非以定文字音讀也。凡一字則函五聲，誦歌者欲大不踰宮，細不過羽，使如後之人膠於一字，謬配宮商，將作詩者，此字用商，彼字用宮，合宮商矣，有不失其性情，違其志意乎？惟宮商非字之定音，而字字可宮可商，以爲高下之節，抑揚之敘，故作者寫其性情，而誦之者，婉轉高下，以成歌樂。語言文字，其音讀本乎師承者有定，而及夫歌以永其言，大而爲宮，細而爲羽，無一定也。〔註 23〕

勞乃宣《等韻一得》亦主聲律不必與字音相比：

> 宋以來言等韻者，多以五音四聲等，分配宮商角徵羽，言人人殊，其實皆牽合也。蓋音律與音韻，本判然兩事，音律之音，以洪纖高下爲殊，音韻之音，以母韻等聲爲別。〔註 24〕

曾氏亦以此爲意，其餘於《音韻學講義》之論〈五聲〉，按以「宮、商、角、徵、羽、半徵、半商七音，本樂家所用以定音之清濁大小，隨律命之，初無

〔註 21〕《七音略・七音序》參考《等韻五種》，（臺北：藝文印書館，1998 年 3 月），頁 2。

〔註 22〕沈括《夢溪筆談》卷十五〈藝文二〉，（上海：上海書店出版社，2003 年 3 月），頁 131。

〔註 23〕戴震〈書劉鑑切韻指南後〉，《聲韻考・卷四》，（臺北：藝文印書館，1998 年 3 月），頁 3。

〔註 24〕勞乃宣《等韻一得・外篇》，（臺北：臺灣師範大學。影印光緒戊戌吳橋官廨刻版），頁 36。

定音，以配字音，殊爲附會」。〔註25〕是以，音律之宮、商、角、徵、羽五聲，與聲類之喉、牙、舌、齒、脣之五聲不必相配。

第二節　《廣韻》與《平水韻》韻目之比較

　　文學作品之產生，實際上即古人口語詩歌之文字化。由於語言具有其音樂性質，除聽覺之美感外，亦便於作品之記憶與流傳。惟語言之化爲文字之際，具音樂性之「韻」亦同時得以受到重視。遠自《詩經》時期開始，文學作品中以音韻條件爲作品之表現，亦正爲構成詩歌音樂美之要素。

　　然古人爲文用韻，直至魏・李登始作《聲類》，將原本於口語講究之聲韻，整理爲書面紀錄文字，而爲目前所知第一部韻書。《聲類》之前是否已有韻書，目前則不得而知。分析韻書產生之背景因素，一方面由於漢語語言至漢魏時期，於胡漢文化相互揉合之下，語言亦爲之產生混雜現象。不同語言間交互影響，而有多元之發展，致使漢語產生結構性之變化。另一方面也由於此一時期，屬文之士於文學作品上，對於聲韻之講究，此一特點自劉勰《文心雕龍・聲律》：「異音相從謂之和，同聲相應爲之韻」一語中可以爲觀察。

　　然則語言除時間縱軸向之變化外，共時之區域性橫軸向差異，亦演化之因素。《詩經》時期之語音至漢初一變，至魏晉又一變，至唐宋又一變，此爲時間上之縱軸向變化。南北西東，語言發音之特質有輕重清濁，此則區域性之橫軸向差異，又人爲發音習慣腔調本自不同，亦爲語音變化之因。如此複雜之因素下，語音亦相對產生不同之面貌。

　　隋・陸法言〈《切韻》・序〉中謂其著作精神爲：「論南北是非，古今通塞」，是知實際語言與韻書間存有差異。而陸氏亦爲之調停以「欲廣文路，自可清濁皆通；若賞知音，即須輕重有異。」於重分不重合之體例之下，《切韻》乃成爲一種書寫系統之韻書，而不是單一之實際語音。若欲爲作詩屬文，只要就實際語言中接近之韻部，都可以相互押韻，不必拘泥於韻書之分合。然若要研究探求語言之演變，則需辨析清楚。此爲「廣文路」與「賞知音」所不同之處。上古音韻變遷，至於唐紀，詩人之用韻標準自然以當時音韻爲

〔註25〕曾運乾《音韵學講義》，（北京：中華書局，2000 年 11 月），頁 4。

準。其後中古韻書，如唐人孫愐作《唐韻》；宋真宗時，陳彭年等奉敕重修《廣韻》，皆於《切韻》之系統基礎上作整理更訂。

唐代開科取士，屬文之士，以韻書中「先」、「仙」、「刪」、「山」一類的分韻於實際語言中已經不甚區別，在苦其苛細之因素下，許敬宗等人經過詳議後，「以其韻窄，奏合而用之」。於是韻書韻目下始有獨用、同用之語。至宋代仁宗景祐年間，賈昌朝請修《禮部韻略》，其中改窄韻有十三處。合併同用韻部，共可得一百一十七部。其後又自《廣韻》減少九部，僅一百零八部。此宋韻異於唐韻之始。然此時之韻書並未擅改相傳二百六韻之體例，只於韻目下注明獨用或同用而已。

宋淳祐十二年壬子（1252），江北平水人劉淵撰《壬子新刊禮部韻略》，將通用之韻部加以併合，又併不同用之「徑」與「證」、「嶝」為一韻，實際上較景祐年間，賈昌朝請修之《禮部韻略》減少一部，而得一百零七部，此即為世所稱之「平水韻」。是書今已經不傳，而其韻目為元代黃公紹《古今韻會》所採用。劉淵之前，王文郁撰有《平水新刊韻略》（簡稱《平水韻略》）已於正大六年己丑（1229）刊行，併上聲「拯」、「等」入「迴」，較劉淵書少一部。

宋元以來等韻圖，既有依《平水韻》而不依《廣韻》者，以時音已變。列《平水韻》與《廣韻》韻目之比較，以為本章之參考。

表八一　《平水韻》與《廣韻》韻部對照表

平聲		仄聲					
		上聲		去聲		入聲	
《平水韻》	《廣韻》	《平水韻》	《廣韻》	《平水韻》	《廣韻》	《平水韻》	《廣韻》
1	1	1	1	1	1	1	1
東	東	董	董	送	送	屋	屋
2	2			2	2	2	2
多	冬				宋		沃
	3	2	2	宋	3	沃	3
	鍾	腫	腫		用		燭

平聲		仄聲					
		上聲		去聲		入聲	
《平水韻》	《廣韻》	《平水韻》	《廣韻》	《平水韻》	《廣韻》	《平水韻》	《廣韻》
1	1	16	27	17	32	9	16
先	先	銑	銑	霰	霰	屑	屑
	2		28		33		17
	仙		獮		線		薛
2	3	17	29	18	34		
蕭	蕭	篠	篠	嘯	嘯		

3	4	3	3	3	4	3	4
江	江	講	講	絳	絳	覺	覺
4	5	4	4	4	5		
支	支	紙	紙	寘	寘		
	6		5		6		
	脂		旨		至		
	7		6		7		
	之		止		志		
5	8	5	7	5	8		
微	微	尾	尾	未	未		
6	9	6	8	6	9		
魚	魚	語	語	御	御		
7	10	7	9	7	10		
虞	虞	麌	麌	遇	遇		
	11		10		11		
	模		姥		暮		
8	12	8	11	8	12		
齊	齊	薺	薺	霽	霽		
					13		
					祭		
				9	14		
				泰	泰		
9	13	9	12	10	15		
佳	佳	蟹	蟹	卦	卦		
	14		13		16		
	皆		駭		怪		
					17		
					夬		
10	15	10	14	11	18		
灰	灰	賄	賄	隊	隊		
	16		15		19		
	咍		海		代		
					20		
					廢		
11	17	11	16	12	21	4	5
眞	眞	軫	軫	震	震	質	質

	4		30		35		
	宵		小		笑		
3	5	18	31	19	36		
肴	肴	巧	巧	效	效		
4	6	19	32	20	37		
豪	豪	皓	皓	號	號		
5	7	20	33	21	38		
歌	歌	哿	哿	箇	箇		
	8		34		39		
	戈		果		過		
6	9	21	35	22	40		
麻	麻	馬	馬	禡	禡		
7	10	22	36	23	41	10	18
陽	陽	養	養	漾	漾	藥	藥
	11		37		42		19
	唐		蕩		宕		鐸
8	12	23	38	24	43	11	20
庚	庚	梗	梗	敬	敬	陌	陌
	13		39		44		21
	耕		耿		諍		麥
	14		40		45		22
	清		靜		勁		昔
9	15	24	41	25	46	12	23
青	青	迥	迥	徑	徑	錫	錫
10	16	25	42	26	47	13	24
蒸	蒸	迥	拯	徑	證	職	職
	17		43		48		25
	登		等		嶝		德
11	18	25	44	26	49		
尤	尤	有	有	宥	宥		
	19		45		50		
	侯		厚		候		
	20		46		51		
	幽		黝		幼		
12	21	26	47	27	52	14	26
侵	侵	寢	寢	沁	沁	緝	緝

平水(平)	廣韻(平)	平水(上)	廣韻(上)	平水(去)	廣韻(去)	平水(入)	廣韻(入)
	18 諄 / 19 臻		17 準		22 稕		6 術 / 7 櫛
12 文	20 文 / 21 欣	12 吻	18 吻 / 19 隱	13 問	23 問 / 24 焮	5 物	8 物 / 9 迄
13 元	22 元 / 23 魂 / 24 痕	13 阮	20 阮 / 21 混 / 22 很	14 願	25 願 / 26 慁 / 27 恨	6 月	10 月 / 11 沒
14 寒	25 寒 / 26 桓	14 旱	23 旱 / 24 緩	15 翰	28 翰 / 29 換	7 曷	12 曷 / 13 末
15 刪	27 刪 / 28 山	15 潸	25 潸 / 26 產	16 諫	30 諫 / 31 襇	8 黠	14 黠 / 15 鎋

平水(平)	廣韻(平)	平水(上)	廣韻(上)	平水(去)	廣韻(去)	平水(入)	廣韻(入)
13 覃	22 覃 / 23 談	27 感	48 感 / 49 敢	28 勘	53 勘 / 54 闞	15 合	27 合 / 28 盍
14 鹽	24 鹽 / 25 添	28 琰	50 琰 / 51 忝	29 豔	55 豔 / 56 㮦	16 葉	29 葉 / 30 怗
15 咸	26 咸 / 27 銜 / 28 嚴 / 29 凡	29 豏	52 儼 / 53 豏 / 54 檻 / 55 范	30 陷	57 釅 / 58 陷 / 59 鑑 / 60 梵	17 洽	31 洽 / 32 狎 / 33 業 / 34 乏

顧炎武《音論》評論《平水韻》云：

> 按《唐韻》分部，雖二百有六，然多注同用。宋景祐又稍廣之，未敢擅改昔人相傳之譜。至平水劉氏，師心變古，一切改併，其以證、嶝併入徑韻，則又景祐之所未許，毛居正之所不議，而考之於古，無一合焉者也。〔註26〕

顧氏顯然並不贊成劉淵之合併韻部一事。認爲於古不合，甚至不予討論。而戴震顯然比較持開放之態度，戴氏《聲韻考》：

> 法言韻，唐人既苦其苛細，奏合而用之。宋又議窄韻十三處，許附近通用。劉淵不過併其通用之目，未爲大失。惟去聲併證

〔註26〕顧炎武《音學五書‧音論》，（北京：中華書局，2005年2月），頁30。

嶝入徑，與《禮部韻略》乖違。元陰時夫復併拯等入迥，不惟
蒸拯證職四聲闕其上去，且聲類隔絕。等韻之學，于此分梗曾
二攝，而上自三百篇，下迄宋淳祐前，無有混而同之者。〔註27〕

韻部之合併，實以唐人詩韻所需。除屬文苟其韻細外，亦時音之有異。此
亦《切韻‧序》所謂：「欲廣文路，自可輕濁相通；若賞知音，即須輕重有
異」之義。顧氏不贊成韻部之合併，即以考音爲關照。而戴氏以爲劉淵之
併韻部，未爲大失，但亦知陰時夫之併韻，雖「拯、等」與「迥」同收舌
根鼻音[-ŋ]韻尾，然「拯、等」之元音爲[-ə]與「迥」之元音[-e]，已是聲類
隔絕。後來之等韻據韻書而作，鄭樵《七音略》、張麟之《指微韻鏡》據《唐
韻》；《切韻指掌圖》則據《集韻》。自劉淵《平水韻》刊行之後，作韻書者，
又據《平水韻》作圖。是以韻圖之作，實以切合時音，以爲檢音之便。

第三節　等韻門法

　　曾氏音學雖不主門法，然以門法爲等韻譜之門徑，仍有解說之必要。反切
本爲濟直音之窮，是以反切以音合爲正法。切語之作，昔爲東漢孫炎所創，實
則切語在孫氏前已有，而孫氏則有整理之功。經魏晉六朝，迭有增益，至陸法
言作《切韻》，其中語言變革，鴻細侈弇間，自當有所差異。如重脣與輕脣，
舌頭與舌上之互用，必在所難免。然其取音必當時全同，此音和也。然至於後
世，則有重脣、輕脣，舌頭、舌上之別。以時音讀之，已有區別。於是音和一
門，又有其窮時。於是宋人於音和一門外，更添類隔一門，凡切語上字沿用古
切者，統謂之類隔。今《廣韻》每卷之後所附「新添類隔今更音和切」即是。

表八二　《廣韻》新添類隔今更音和切表

字	卷數	韻部	原切	原紐	新切	新紐
卑	卷一	支	府移	非	必移	幫
陴	卷一	支	符支	奉	並支 〔註28〕	並
眉	卷一	脂	武悲	微	目 〔註29〕悲	明

〔註27〕戴震《聲韻考》卷二，（臺北：廣文書局，1966年1月），頁12。
〔註28〕《廣韻》注：「陴，並之切。」誤。字在支韻，本作符支切，今當爲並支切。
〔註29〕目，莫六切。明母。

邳	卷一	脂	符悲	奉	並悲		並
悲	卷一	脂	府眉	非	卜〔註30〕眉		幫
肧	卷一	灰	芳杯	敷	偏〔註31〕杯		滂
頻	卷一	眞	符眞	奉	步眞		並
彬	卷一	眞	府巾	非	卜巾		幫
縣	卷二	仙	武延	微	名〔註32〕延		明
爐	卷二	仙	丁全	端	中全		知
閍	卷二	庚	甫盲	非	北盲		幫
平	卷二	庚	符兵	奉	僕〔註33〕兵		並
凡	卷二	凡	符咸〔註34〕	奉	符芝		奉
芝	卷二	凡	匹凡	滂	敷凡		敷
否	卷三	旨	符鄙	奉	並鄙		並
貯	卷三	語	丁呂	端	知呂		知
縹	卷三	小	敷沼	敷	偏小		滂
摽	卷三	小	苻少	奉	頻〔註35〕小		並
褾	卷三	小	方小	非	邊小		幫
裱	卷四	笑	方廟	非	賓〔註36〕廟		幫
窆	卷四	艷	方驗	非	班〔註37〕驗		幫

　　《切韻指掌圖》所謂遞用則音和，旁求則類隔，正此之謂。是以宋初以來門法則不過「音和」、「類隔」兩門，本其音切至易了解。此後等韻興盛，作譜者未能合於《切韻》之條例，不知韻之正變侈弇與聲之鴻細，於是正韻與變韻遂混於一圖之中。又以開合之別，於是各分四等，而有八等。而一韻豈得有八等之分？又韻圖之以聲為經，聲鴻者音侈，聲細者音弇，此本陸氏之法，今等韻齒音下一四等列齒音精系，二等亦列精系之照二，其三等反列舌音之照三，

〔註30〕　卜，博木切。幫母。

〔註31〕　偏，芳連切。敷母，以時音更作滂母。

〔註32〕　名，武并切。微母，以時音更作明母。

〔註33〕　僕，蒲沃切。並母。

〔註34〕　凡，符咸切，咸在咸韻，今改符芝切，非類隔之例。

〔註35〕　頻，符眞切，奉母，以時音更作滂母，例在卷一。

〔註36〕　賓，必鄰切，幫母。

〔註37〕　班，布還切，幫母。

而照三又有深入二等四等者，如此則舌齒之經界大亂，此等韻中最為踳駁者。至於于母喻母則又分居三等四等，此皆未合陸氏原旨，尤謬於《廣韻》。故曾氏以為就等韻之切語：「以之上考古代切語，乖舛遂多。原其不合之處，非切語之不符等韻，乃等韻之不符切語。」〔註38〕於是等韻家見其不合，遂別立門法，以濟其說。又有不合，又別立一門。此始於《四聲等子》、《經史正音切韻指南》，而詳於明代釋真空之《門法玉鑰匙》。其後至清《續通志・七音略》，則又推波助瀾，鼓動風潮。於是於等韻門法又敷衍其例，遂至輾轉繆葛，不能勝窮。令讀韻者以為陸氏之舊法如此繁苛支離。曾氏以為其癥結：

一、誤將一等排入四等者。

二、誤將變韻參入正韻者。

三、誤將精雙喻四排入四等者。

四、誤將照一（莊）排入照二（照）者。

實際上就等韻之失，實不只以上四個癥結。如前所言，原系於精系下之照二照三之當分，喻母置三四等之當分，皆等韻之失。姚師榮松《切韻指掌圖研究》一文中亦指出：廣韻入聲系統至《切韻指掌圖》時代已經混亂，其收[-k]-與收[-t]韻尾，兼配臻[-n]與曾[-ŋ]。〔註39〕可見等韻已漸失運輸之本貌。《國文研究所及刊》曾氏雖不主等韻門法，今仍以《門法玉鑰匙》所立，分其類別，〔註40〕述其要旨，以備參考。

表八三　等韻門法表

一、為說明韻圖歸字通則所立門法

門法次第	門法名稱	門 法 主 要 內 容	歸字憑藉	附註
一	音和門	反切上字與所切之字於韻圖同屬一母，下字與所切之字同韻同等。如「公」古紅切。「古」為「見」母，「紅」為東韻一等。「公」自「見」字下推，自「紅」字橫推可得。	總則	

〔註38〕曾運乾《音韻學講義》，（北京：中華書局，2000 年 11 月），頁 87。

〔註39〕姚榮松《切韻指掌圖研究》《國文研究所及刊》第十八期，（聯合 1974 年 6 月），頁 12。

〔註40〕林尹著、林炯陽注《中國聲韻學通論》，（臺北：黎明文化事業公司，1989 年 9月），頁 232～238。

二、因古今音變所立門法

門法次第	門法名稱	門法主要內容	歸字憑藉	附註
二	類隔門	端韻圖只在一、四等，知只在二、三等。韻如在一、四等，雖用知類，仍歸一、四等。反之亦同。如「椿」都江切。「都」端母本只在一、四等，然「江」爲二等韻，故用「知」列二等。（舌音類隔門法）	憑韻歸字	端知類
四	輕重交互門	幫類在一、二、三、四等，非類只在三等。韻在東、鍾、微、虞、廢、文、元、陽、尤、凡及其相承上、去、入中，雖用重脣仍作輕脣。（脣音類隔門法）	憑韻歸字	幫非類
七	精照互用門	精與照二等（莊）互切。上字精母，下字二等韻，如「崒」倉夬切，「倉」清母列一等，「夬」二等韻，隨韻列二等。如上字照二，下字一等韻，如「鯫」仕垢切，「仕」床母（照三），「垢」一等韻，隨韻列一等。（齒音類隔門法）	憑韻歸字	精莊類

三、因韻圖歸字與韻書反切系統不合所立門法

門法次第	門法名稱	門法主要內容	歸字憑藉	附註
三	窠切門	上字用「知」系三等，下字雖用「精」、「喻」等列於四等之字，仍隨「知」列於三等。如「朝」陟遙切，「陟」知母，「遙」喻母四等，隨切列四等。	憑切歸字	知類
五	振救門	精類只在一、四等。下字雖屬三等，字列四等。	憑切歸字	精類
九	喻下憑切門	「爲」只列三等，「喻」只列四等。韻雖在三等，皆隨切列位。	憑切歸字	爲喻類
六	正音憑切門	「莊」系字只在二等，下字屬三、四等者，隨切列二等。（此與精照互用門互補）	憑切歸字	莊類
十三	內外門	「莊」系有二、三兩等之字。內轉「莊」系雖列二等，實爲三等韻。外轉「莊」系則爲眞正二等韻字。	眞二等外轉。	莊類
十一	通廣門	下字屬支、脂、眞、諄、祭、仙、霄、清韻之「來」、「日」、「知」系、「照」系三等字，於四等求之。通廣者，三等通及四等之意。如「頻」符眞切。「符」奉母，「眞」眞韻三等。「頻」於四等求之。	重紐上古來源不同。自本部變來之字列四等，	脣、牙喉重紐

			自他部變來之字列三等。	
十二	侷狹門	下字屬東、鍾、陽、魚、蒸、尤、鹽、侵、麻九韻中之「精」、「喻」四等，所切字應於三等求之。	憑韻歸字	

四、因不合正軌之反切所立門法

門法次第	門法名稱	門 法 主 要 內 容	歸字憑藉	附註
八	寄韻憑切門	上字用「照」三，下字借一、四等字，所切字應於三等「照」系求之。如「犉」昌來切。「昌」三等穿母，來屬一等「咍」韻，所切「犉」於三等求之。	憑切歸字	照三類
十	日寄憑切門	日母僅列三等。上字用「日」母，下字用一、二、四等字者，所切字應於三等求之。如「荋」汝來切。「汝」日母，「來」屬一等「咍」韻，所切「荋」於三等求之。	憑切歸字	日母

　　對於等韻譜中切語與音讀之牴牾，其中有開合四等者，曾氏亦以爲一音豈能有開合二類八等之分，遂不主等韻譜之分開合四等。其分等則主潘耒之說，以開齊合撮爲四類。則一音之等呼備矣。潘耒《類音》：

> 三十六字母並列一格，而以開口齊齒合口撮口分置四等，則出切行韻，畫一分明，有何門法之可立哉。乃作等韻者，見各韻中或止有開齊（蟹效流深咸等攝），或止有合撮（遇攝），或止有開合（江果等攝），遂謂兩等足以置之。而縱列三十六母爲三十六行則太密，橫列二等則太疏，乃取知、徹、澄、娘列於端、透、定、泥之下，非、敷、奉、微列於幫、滂、並、明之下，照、穿、牀、審、禪列於精、清、從、心、邪之下，蹙爲二十三行，橫列四等，合平上去入爲一等，共十六格，欲令疏密適中。〔註41〕

勞乃宣《等韻一得》亦以爲潘耒之說的當：

> 司馬氏以下數家，舊譜惟《字母切韻要法》開口合口，各有正韻副韻，共爲四等最爲分明。《指掌圖》、《七音略》、兩《指南》皆開口

〔註41〕 潘耒《類音》，（上海：上海古籍出版社，影印遂初堂藏板，2002 年），頁22。

合口各有四等，合之共爲八等，是每音當有開合八呼矣。而以音求
之，只有四呼，實無從別而爲八。考其譜中所列之字，又多參差複
亂，未由體究，或疑即吾侈歛各具四等之意。所謂門法，尤多紛糾，
反覆考索，疑莫能明。後續潘氏《類音》之說，徧摘其瑕，而辨正
之。始知實諸家之譜，立法未善，非字音果有八等也。〔註42〕

勞氏亦主所謂開合二類各有正韻副韻之說，是則等韻開合各分四等者，共爲
八等，絕不能驗諸脣吻，實諸家等韻譜之削足適履也。等韻之分等既不可爲
法，然則有合適之法，以爲韻等之區分？曾氏以爲舊譜唯有《字母切韻要法》
〔註43〕之分等最爲的當。其法分開口合口，又各有正副，如此開口正音，開
口副音，合口正音，合口副音，共爲四等。實則即開口呼，齊齒呼，合口呼，
撮口呼四等。

黃侃評論等韻缺失：

等韻之弊，在於破碎，音之出口，不過開合。開合兩類各有鴻細，
其大齊惟四而已；而等韻分開口合口各爲四等。今試舉寒桓類音
質之：爲問寒（開洪）桓（合洪）賢（開細）玄（合細）四音之
間，尚能容一音乎？此緣見《廣韻》分韻太多，又不解洪細相同，
必分二韻之故，因創四等之說，以濟其窮。然其分等，又謂皆由
聲分，不由韻分，一聲或兼備四等，或但有一等，故《廣韻》同
類之字，等韻或分爲三等，而有時窒礙難通，令人迷亂。顧其理
有闇與古會者，則以其所謂一等音，由今之讜之，皆古本音也。
此等韻巧妙處，其他則繽紛連結，不可猝理。

曾氏深悟其理，於是不以等韻譜之失框其音理。遂以一音之侈音，開口爲
「開」，合口爲「合」，弇音之開口爲「齊」，弇音之合口爲「撮」，以此四等
分韻之等呼，一音無再有別爲八等者。〔註44〕於是有《〈廣韻〉補譜》之作。

〔註42〕 勞乃宣《等韻一得・外篇》，（臺北：臺灣師範大學。影印光緒戊戌吳橋官廨刻
版），頁46。

〔註43〕 據竺家寧《聲韻學》所載，《字母切韻要法》源於《大藏字母切韻要法》及《大
藏字母九音等韻總錄》。書成於康熙年間，實際上反映了十七世紀後半期北方語
音。竺家寧《聲韻學》，（臺北：五南圖書出版公司，1993年11月）頁168。

〔註44〕 所謂八等實就音有開合二類，又各有開、齊、合、撮四類而言。然一音雖或有

補譜一改前人等韻圖之支離，又考訂韻部中錯誤之切語，《廣韻》中每韻後新增之字，於作譜時，不予列入，以其每有妄增者。然〈《廣韻》補譜〉於審音雖密，亦不能無失。《廣韻》一韻中之字，有自古韻兩部而來者，曾氏以侈弇而各歸其所由，實據古韻攝之類而分。一音至《廣韻》既已爲一韻，則必有其合之條件，亦不能不審。

第四節　等韻譜

　　曾氏音學於等韻之學，不主等韻，亦不主等韻門法，以爲等韻圖，「率皆牽強附會，未合隋唐舊法，本無足錄。特以千餘年來學者崇奉斯學，以爲讀音標準，而其中所立門法，名目頗多，轇葛難理，爲反切者，惑於其說。」〔註45〕其書中所錄之等韻圖則爲講義之用，並無於等韻之學再爲作圖。

一、曾運乾之等韻

　　曾氏音音學非獨缺等韻，其於等韻既不主門法，又不主一音有開合各四等，而別爲八等。等韻故圖之齒音下二等三等混於一處，以爲亂舌齒之經界，徒擾人意。然則曾氏《廣韻》學中，於聲類證得五聲五十一紐，於韻類析得二百六韻有三百一十一類；於古韻析齊韻爲二，歸其半於衣攝與脂皆合，歸其半於娃攝，與支佳合。又以古韻統攝其類，以音之有正變侈弇別爲四呼，於是有〈《廣韻》補譜〉之考訂。《韻鏡》與《通志·七音略》合韻母相同或相近之數韻爲一類而列圖四十三，此本韻攝之始。至《四聲等子》始以通、江、止、遇、蟹、臻、山、效、果、假、宕、曾、流、深、咸爲十六攝名。曾氏〈《廣韻》補譜〉則以三十二攝，與正變侈弇對應而有〈《廣韻》補譜〉。斯譜雖言《廣韻》之〈補譜〉，實則即曾氏之等韻譜。三十二攝名稱乃曾氏所立古韻韻部之陰陽二類爲攝名，其變韻爲變攝，則以正韻之變爲稱，表列如下。

　　開合，實不可能開、齊、合、撮四類俱足，八等乃就韻圖之列圖而言。
〔註45〕曾運乾《音韻學講義》，（北京：中華書局，2000 年 11 月），頁 18。

表八四　曾運乾〈《廣韻》補譜〉韻攝名稱一覽表

正韻	侈音 / 弇音	噫攝	娃攝	阿攝	阿(附)藹攝	衣攝	威攝	烏攝	謳攝	幽攝	夭攝
變韻	侈音 / 弇音		娃變攝	阿烏變攝	藹變攝	威衣變攝		阿烏變攝			夭幽變攝

正韻	侈音 / 弇音	厴攝	嬰攝	安攝	因攝	昷攝	央攝	邑攝	宮攝	音攝	奄攝
變韻	侈音 / 弇音	厴嬰變攝		安變攝		昷變攝	央變攝	邑變攝		音變攝	奄變攝

二、曾運乾之等韻主張

　　曾氏〈《廣韻》補譜〉不自等韻來，故其韻攝不與等韻對應。等韻類聚相同或相近之韻母為一攝，乃就形式上元音相近之條件。〈補譜〉同攝之音乃據音之正變侈弇，非必元音相近之音。至於韻攝名稱皆古韻韻部，非如等韻之別立攝名。是以曾氏於等韻之主張為：

　　（一）等韻韻目當依《廣韻》二百六韻集其考訂之韻類。

　　（二）等韻聲類，當依其所定五聲五十一聲紐。

　　（三）等韻聲類當分影喻，不以清濁相配。

　　（四）喻母於等韻三四等當各歸其牙類、舌類。

　　（五）照系二等當置齒類與精母為類，照系三等當移舌類與端知為類

　　（六）韻等以正變之侈弇，分開口、齊齒、合口、撮口、四等。

　　（七）音切主音合、類隔兩類。

（八）不主等韻門法，以爲踳駁難理，徒擾聲韻之經界。考訂《廣韻》之音切，作〈《廣韻》補譜〉。

二、韻圖之優點

韻圖雖有其弊，然斯學自宋元以來所以興盛，自有其原因。是以等韻於音韻上仍有其價值。姚師榮松《切韻指掌圖研究》指出，等韻之產生及其在聲韻上之地位有四點可以參考。〔註46〕

（一）補韻書之不足

韻書之切語之作，非一時一人一地，其承於前代，初無系統歸納。而一韻之中，又有分至二類、三類、四類者，然作切語之時，未審切語之法，以「上字定其清濁，下字定其開合」之理，韻書中遂有違反常理之音切產生。如《廣韻》上平聲五支韻：「爲，薳支切」，「爲」字爲合口字，誤用開口「支」字爲下字。乃惑於「薳」字之合口。然開合乃據下字而不據上字。而《韻鏡》則置「爲」字於合口則不誤。是以，據等韻正可以補韻書之缺失。

（二）韻書之等韻化

《廣韻》仍《切韻》之舊次，其每韻中之字，據孫愐《《唐韻·序》》乃是「紐其脣齒喉舌牙部，件而次之。」意謂並無排序之規則。後《廣韻》三十年而有丁度之《集韻》，其韻字之排列則大抵以發聲部位之遠近而相次。又其改良音切已兼及聲調與細音之差異。至《五音韻集》則已「陳其字母，序其等第」，又併韻爲一百六十，皆受《四聲等子》、《切韻指掌圖》等韻圖之影響。其後有元·黃公紹之《古今韻會》與清·李光地之《音學闡微》皆承襲其制而成。可見等韻對於歷來之韻書，影響甚大。

（三）改良反切之依據

《廣韻》而至《集韻》，而後又及於《五音韻集》、《古今韻會》、《音學闡微》，韻書之改良，與時俱進。其因不外切語舊法未善而時窮，又以聲韻依時推移，時音有異。宋元以來，等韻家併合三十六字母，以及自韻圖中開合各四等，簡化爲明清以來之開、齊、合、撮四等，皆據等韻而來。

〔註46〕姚榮松《切韻指掌圖研究》，（臺北：聯合圖書公司，1974 年 6 月）。頁 2～4。

（四）探究古音系統之參考

古音研究自顧炎武，經江永、戴震以來迭有成果，古聲又開展於錢大昕。是皆長於審音之故。此皆得力於等韻之學。韻圖爲《切韻》之間架，「陰陽同入」之說，即啓發於等韻。而《切韻》韻類之開合鴻細，亦有韻圖爲根據，非憑空而出者。近世中國音韻之學研究，有引自西方語言學之方法者，則瑞典漢學家高本漢爲首功。而高氏於中國古音學之成就，即得力於等韻與方言。

曾氏不主等韻之觀點，主要是以陸法言《切韻》爲比對。等韻本爲檢音之便而設，然音隨時易，等韻之取音，遂不能盡合於隋唐舊法。而《切韻》之論南北是非，古今通塞，亦不能盡合於一時一地之音。雖則如此，等韻據韻書而作，亦有以補韻書之不足者。此所以宋元以降，等韻興盛之原因。

第五節　小　結

曾氏以爲宋元以來等韻家不知正變韻例，亦不知聲音鴻細侈弇條例，更不知影、于、喻三母各不淆混。又以齒音摻以舌音，遂使五音之疆界亂矣。陸氏以來切語之舊法，以音合爲正切。然則音隨時而易，本爲自然，《廣韻》本之《切韻》而就爲刊益，即緣以音有變遷，不合時用之故。而《廣韻》每卷後附〈新添類隔今更音合〉者，亦以新刊之後，音又有所更革，再爲苴補，其立意即此。至於等韻之譜，本爲檢音之便，以韻書爲根柢而作。檢音則按圖索驥，就其聲類韻目，推而求之，其音可得。若不能識所得之字音，就其旁通上下之音，亦可辨之，韻譜之作，可謂能馭簡于繁，舉一而反三。然韻圖設計之規則，以聲經而韻緯，音本有其當位，作圖之人，或以刊刻之不易而有減併之舉；或有不知歸字，不審音理。或移併音位，誤其分合，又不能審侈弇之大界。遂誤其正變侈弇鴻細，致使於韻譜求一音之不可得。音合、類隔二法，原本隋唐以來陸氏之舊，至此遂失其宏旨。作圖者本爲濟窮，而有門法。其後又有不能濟者，則又更立一門。如此二門三門，遂令歧路亡羊，而失其本眞。何昆益《《四聲等子》與《切韻指掌圖》比較研究》一文中言：

> 倘若我們不去正視「門法」這個論題，也不是個辦法。從現在有
> 的材料看來，韻圖與門法之間的關聯是緊密的，既然韻圖本身具
> 備的系統性與完整性，而韻圖中有一部分的性質即反應在門法

裏，個人不贊同對門法採取忽視或棄惡的看法，並且認爲更當以
觀察的角度來看待其中所遺留的材料，方符合科學分析的研究精
神。〔註47〕

此乃就正面的態度看待韻圖與門法，而不全然摒棄。《廣韻》本陸氏之舊法，
曾氏以爲自宋元以來等韻譜已失其故，遂不遵用。於是就《廣韻》切語加以
考訂，以韻之正變音之侈弇聲之鴻細爲條件，其所考訂之五聲五十一紐爲聲
類，更以開齊合撮四類爲韻之等呼。於是而有〈《廣韻》補譜〉之作。斯譜
每字皆注以《廣韻》中之切語。依切辨位，可得其音。〈補譜〉又改等韻之
誤倂誤合者，後起誤入者，種種缺失。是以曾氏雖不主韻譜，而其〈《廣韻》
補譜〉正與等韻譜同功而無舊譜之失，誠曾氏音學之創舉。

〔註47〕何昆益《《四聲等子》與《切韻指掌圖》比較研究》，（高雄：高學師範大學國文
　　　　學系博士論文，2009 年 1 月），頁 183。

第七章 曾運乾之古音學
——古聲之部

　　自漢儒注經用讀如讀若之例，當已知古音之變。古韻之求，始於宋代吳才老；至於古聲，則晚至清代錢大昕。宋元以來等韻之學，以《廣韻》韻部爲經，以三十六字母爲緯，依位辨音，明其音讀，此三十六字母者即聲類也。江永能析古韻十三部，是知古韻不同於《廣韻》。然其《音學辨微》謂三十六字母不可增減，反又敏於韻，而疏於聲矣。

　　韻既有流變，聲類亦然。黃侃〈聲韻條例〉謂聲與韻「相挾而變」。是知有古聲今聲之別。錢大昕於詩韻有「以聲爲韻」之說，實乃敏於聲類者。古聲研究自其〈古無輕脣音〉、〈古無舌上音〉之後，字母家踵事增華，古聲之學遂以炳然。

　　曾氏之際，黃侃已能自古本韻中析得古本聲十九紐。皆本於錢氏以來學者研究之成果而裒集。如古無輕脣音本之錢氏，娘日歸泥本之章氏，而喻三歸匣與喻四歸定，則本之曾氏。曾氏古聲之學，以能辨喻母三等四等之異而著名於世。喻母古讀之考訂，已爲古聲之定論，此誠曾氏之功。

第一節　古聲研究之源起

　　許慎《說文·敘》：「倉頡之初作書，蓋依類象形謂之文，其後形聲相

益謂之字。」所謂依類象形者，一爲六書之象形，乃象物之形。如《說文》：「牙，壯齒也，象上下相錯之形。」一爲六書之指事，爲象事之形。如《說文》：「飛，鳥翥也，象形。」《說文》中，許慎標明象形者，有此二者之分。然六書之指事，亦有不標明象形者。如《說文》：「本，木下曰本，從木，一在其下。」要之則六書之「象形」、「指事」皆謂之文。此後文字孳乳，取同形或異形初文，比會而有新意者，即六書之「會意」。取異形初文，一爲聲符，一爲形類。此即六書之「形聲」。《說文》以「從某某聲」、「從某某省聲」爲形聲字之結構，其諧聲偏旁即字之音讀，此本文字孳乳之初法。唯古人諧聲造字，未必聲韻全同。或取雙聲爲音，如《說文》：「犀，犀遲也。從尸辛聲。」犀與辛雙聲；或取疊韻爲音，如《說文》：「祥，從示羊聲。」羊與祥疊韻；雙聲中，或旁紐爲音，如《說文》：「岸，水厓洒而高者也，從屵干聲。」岸與干，疑母與見母，旁紐雙聲；此皆協聲偏旁不與本字同音者。或有省聲者，不能辨其音讀，如《說文》：「梓，楸也。從木宰省聲」。又有音變者，如《說文》：「含，嗛也。從口今聲。」含與今古皆在侵部，今音不同。諧聲偏旁非用雙聲疊韻者，最易漸失其音讀。前代學者已知音之變遷，勢所必然。如：

顏之推《顏氏家訓‧音辭篇》：

　　　古今言語，時俗不同；著述之人，楚夏各異。〔註1〕

葉夢得《石林詩話》：

　　　古今語言固有，各於一時，本不與後世相通者。〔註2〕

陳第《讀詩拙言》：

　　　一郡之內，聲有不同，繫乎地者也；百年之中，語有遞轉，繫乎時者也。〔註3〕

閻若璩《尚書古文疏證》：

　　　人知南北之音繫乎地，不知古今之音繫乎時。地隔數十百里，音

〔註1〕 顏之推《顏氏家訓‧音辭篇》，（臺北：廣文書局，1977 年 12 月），頁 273。

〔註2〕 葉夢得《石林詩話》《四庫全書》，（臺北：臺灣商務印書館，1983 年 10 月），頁 1479～994。

〔註3〕 陳第《讀詩拙言》《毛詩古音考》附，（臺北：廣文書局，1966 年 1 月），頁 1。

即變易而謂時歷數千百載,音猶一律,尚得謂之通人乎?〔註4〕

戴震《聲韻考》:

> 音有流變,一繫乎地,一繫乎時。〔註5〕

綜輯所論,音之變遷,一以地有南北,一以時有古今,一以人有雅俗所致。至於文字之孳乳,曾氏謂:「聲母在某部韻,從其聲者即與之同韻;聲母在某紐者,從其聲者亦與之同紐。」〔註6〕此正謂形聲字之音讀,從其諧聲偏旁。雙聲者同紐,疊韻者同韻。經傳中無不秩然有序。金壇段氏有「同聲必同部」〔註7〕之說,即同此義。又云:

> 考古韻之研究,自顧炎武始知就《說文》本聲,傅合經韻,以後則有江永、段玉裁、戴震、孔廣森、王念孫、江有誥、嚴可均、朱駿聲、張惠言、黃以周諸家,率循斯道,引而勿替。大抵前修未密,後出轉精。顧諸家於聲母韻部,分別甚晰,而於聲母紐類,則付闕如,未為完善也。〔註8〕

三十六字母後,對聲類之考訂,陳澧系聯《廣韻》切語上字,有四十聲類說,其後始有各家之主張。然於古聲紐之研究,雖早自顧炎武,惟均止於觀念之萌芽,實未得具體之論述與成果。王國維《觀堂別集》:

> 乃近世言古韻者十數家,而言古字母者,除嘉定錢氏論古無輕脣舌上二音,番禺陳氏考訂《廣韻》四十字母,此外無聞焉。〔註9〕

是以古聲研究至清代嘉定錢氏,始以非、敷、奉、微四母,古皆讀入幫、滂、並、明;又知、徹、澄三母,古皆讀入端、透、定,此即古聲紐研究之先

〔註4〕 閻若璩《尚書古文疏證》《四庫全書》,(臺北:臺灣商務印書館,1983 年 10 月),頁 66～278。

〔註5〕 戴震《聲韻考·古音》卷三,(臺北:廣文書局,1966 年 1 月),頁 3。

〔註6〕 曾運乾《音韵學講義》,(北京:中華書局,2000 年 11 月),頁 391。

〔註7〕 段玉裁《說文解字注·六書音韻表·古諧聲說》,(臺北:黎明文化事業公司,1988 年 10 月),頁 825。

〔註8〕 曾運乾《音韵學講義》,(北京:中華書局,2000 年 11 月),頁 391 接頁 410。

〔註9〕 王國維〈爾雅草木蟲魚鳥獸釋例自序〉,《觀堂別集》卷四,《海寧王靜安先生遺書》第三冊,(臺北:商務印書館,1979 年 5 月),頁 1405。

聲。王力於《漢語音韻學》中云：

> 在錢氏以前，研究古音的人，如陳第、顧炎武、江永、段玉裁、
> 戴震等，都只注重古韻，沒有討論到古紐。首先注意到古紐的問
> 題的，恐怕要算錢氏了。〔註10〕

可見錢氏於古聲研究上之第一功。

古聲研究當自顧炎武，顧氏雖於古韻有所成績，然相對於古聲則只算是初見端題。其《音學五書‧古詩無叶音》：

> 殊不知音韻之正本諸字之諧聲，有不可易者，如霾爲亡皆切，而
> 當爲陵之切者，因其以貍得聲之皆二韻本通不必改爲貍音。……皮爲蒲
> 糜切，而波坡頗跛，皆以皮得聲，則當爲蒲禾切矣；又如服之爲
> 房六切，其見於詩者凡十有七，皆當爲蒲北切，而無與房六諧者。
>
> 〔註11〕

古音於顧氏，已不限於古韻之辨析。自文字諧聲偏旁，得聲類相通之義。黃侃認爲顧氏已知「古音輕重脣相通」，古聲研究實當已萌芽於顧氏。

顧氏之後有江永，其於《音學辨微》與《古韻標準》中，雖已就輕脣重脣、舌頭舌上、正齒與齒頭音相涉之情況，而有古聲混轉之說，然江永固守三十六字母，以爲不可增減。李葆嘉認爲：「江永的古聲研究只能停留在『近、混、轉、改』中，以之解釋三十六字母在上古聲中的扞格不通。」但也肯定其「排比反切上字，知正齒二三等不通用，喻母三四等有區別，啓發了後來者。」〔註12〕其後繼者戴震有轉語二十位。李葆嘉亦認爲戴震之古聲流轉模式，爲上古聲紐研究，建構一理論之框架。而非僅一時一地之古聲系統。至於錢大昕所建構的則是另一個古聲紐系統。所不同的是，錢氏主張「古音正轉」。自經籍異文、古讀與先儒之音注中歸併字母系統。錢大昕《十駕齋養新錄中》有〈古無輕脣音〉、〈舌音類隔之說不可信〉二篇文章，並論證其說，爲古聲研究有具體成績之第一人。

〔註10〕王力《漢語音韻學》，（臺北：友聯出版社有限公司，1955 年 8 月），頁 336。

〔註11〕顧炎武《音學五書‧古詩無叶音》，（北京：中華書局，2005 年 2 月），頁 33。

〔註12〕李葆嘉《清代上古聲紐研究史論》，（臺北：五南圖書出版社，1996 年 6 月），頁 8。

　　錢坫《詩音表》，以《詩經》「連字」、「對字」關係，求上古雅樂聲和，因列雙聲二十一。其中更將分重脣輕脣、舌頭舌上，兩相對應。其例如：「端知：蝃蝀；透徹：它懟；定澄：唐棣；邦滂：蔽芾；滂尃：翩翻；並奉：伐敗；明微：父母」。〔註13〕錢坫驗證古紐，繼嘉定錢氏之後，於古聲研究有推闡之功。

　　戴震之後，其學生段玉裁有《六書音韻表》，段氏精研《說文》，自其中文字雙聲材料，以考證古音古紐。所謂「同聲必同部」即段氏音學之重要主張。亦對於後人研究古聲古紐有啓發性影響。惟段氏之謂「聲」非就聲類而言，實就韻而言。其承其師說，主南北音異，古今聲別。並不同於錢大昕之合併字母。

　　與錢大昕同時而略晚之李元有《音切譜》，分析大量諧聲文字與經籍異文，提出「古聲同類互通」之說。例如有「重脣輕脣音互通說」，與錢氏之〈古無輕脣音〉同義；有「泥孃日三紐互通說」，與章太炎〈古音娘日二紐歸泥說〉同義；有「正齒音與舌頭舌上音互通」，與錢大昕「照三古讀舌頭音」同義；有「正齒音與齒頭音互通」，與夏燮〈照二古讀齒頭音〉同義。種種有關古聲紐之研究，均在其《音切譜》之脈絡中。而李氏大量使用諧聲字爲材料，也是其音學研究之創舉。〔註14〕

　　夏燮繼李元之後提出其「古聲合用」之聲學主張。夏氏認爲五方之音不齊，亦以此爲其古聲研究之基礎。基本上，夏氏受江永之啓發，其合用之說與江氏「古聲混轉」之說有相承關係。與李元「互通〉之說又互有擅場。「如果說李元的互通說接近戴震的流轉說，那麼夏燮的合用說則接近於錢大昕的歸併說。」〔註15〕李葆嘉《清代上古聲紐研究史論》作出此一見解。

　　除嘉定錢氏之外，鄒漢勛（1805～1854）繼承了江永於反切上字之研究成果、戴震古聲轉語二十類與錢大昕字母歸併之法，雜揉其說，創一家之言。其《五均論》中，提出古聲二十之說，不同於後來黃侃之古聲，只在曉類別爲許、曉二聲。其論又有自二十三至三十五論，此十三論中，完整提出古聲

〔註13〕錢坫《詩音表》，渭南嚴氏擁萬堂刊本，頁2。

〔註14〕李葆嘉《清代上古聲紐研究史論》，（臺北：五南圖書出版社，1996年6月），頁9。

〔註15〕李葆嘉《清代上古聲紐研究史論》，（臺北：五南圖書出版社，1996年6月），頁10。

系統之流變、範圍與架構。此亦其後來者黃侃考定古聲十九紐之源頭。惟論中只存條目而佚其論說：〔註16〕

二十三論類隔知、端六聲本爲三聲；本錢曉徵說。佚

二十四論照、穿、牀、審當析爲照、穿、神、審、邵、初、牀、所。佚

二十五論照之照屬，古讀同端、知；本錢說。佚

二十六論穿之穿屬當併徹、透。佚

二十七論禪當併澄、定。佚

二十八論泥娘日一聲。佚

二十九論曉當離爲二，曰曉曰許。佚

三十論審群當併于曉之曉屬。佚

三十一論喻當併匣。佚

三十二論邪當併許。佚

三十三論邦非八母當併四。佚

三十四論神本在禪，顏陸諸人析出從影。佚

三十五論許疑二母古讀輕脣。佚

三十六論字紐猶均類，有古本音，有流變。佚

鄒氏之說雖佚，然自其所存條目看來，自錢大昕之後，聲韻家所證得之古音，與論中條例，幾爲不二，其說實不可忽略。羅常培〈周秦古音研究述略〉：

關於古聲紐之考證，錢大昕、鄒漢勛二氏貢獻最多。戴震作轉語亦列古聲二十類。章炳麟承其餘緒，知娘日兩紐古本歸泥。〔註17〕

李新魁《古音概說》：

除錢大昕提出一些見解外，清朝鄒漢勛在他的《五均論》中提出，

〔註16〕鄒漢勛《五韻論》，《鄒叔子遺書》卷上，（自藏石印本），頁46。

〔註17〕羅常培《周秦古音研究述略》，《羅常培紀念論文集》，（臺北：商務印書館，1984年11月），17。

中古的神（船）禪兩個聲母在上古音中讀歸定澄兩個聲母。〔註18〕

二者均對於鄒氏於古聲研究上，與錢大昕同予相當高度之肯定。

鄒氏之後，陳澧作《切韻考》，以系聯之法證得《廣韻》聲類四十，開創中古音學研究之基礎，此皆論於前。陳氏於上古聲類，無所創見。惟系聯之法，能析齒音照、穿、牀、審二三等不同類，更證李元「正齒音與齒頭音互通」說，夏燮〈照二古讀齒頭音〉說，鄒漢勛〈照、穿、牀、審當析爲照、穿、神、審、莊、初、牀、所〉說。

章太炎從戴震古聲之論，於古聲有流轉之說，然章氏又有古聲二十一紐說，則本於錢大昕及錢坫《詩音表》雙聲二十一。章氏精研古文字聲韻，其《文始》說已就語根與字根諧聲概念以求語源。其古聲研究亦藉大量諧聲以求。李葆嘉認爲章氏古聲學說之特色是「將戴氏之『會玄』與錢氏之『精審』融爲一爐」，〔註19〕可見章氏於古聲研究之材料與方法上，已有不同於前人者。

章氏學生蘄春黃季剛之古聲說，其最初所定之古聲，爲綜輯前人於古聲研究之成績。黃氏併爲、喻爲一紐，古聲之數是爲二十二紐。又受鄒漢勛影響，謂鄒氏「等韻圖一、四等爲古音」之說，〔註20〕再併韻圖三等之群母與借四之喻母，合爲古聲十九紐，而古聲紐至此則已爲定數。黃侃《音略‧古聲》：

> 古聲數之定，乃今日事。前者錢竹汀知古無輕脣，古無舌上；吾師章氏知古音娘、日二紐歸泥。侃得陳氏之書，始先明今字母照、穿數紐之有誤；既已分析，因而進求古聲，本之音理，稽之故籍之通假，無絲毫不合，遂定爲十九。〔註21〕

本師陳伯元先生〈黃侃之古聲研究〉以爲黃侃所考定之古聲十九紐，乃是繼

〔註18〕李新魁《古音概說》，（廣州：廣東人民出版社，1979 年 12 月），頁 59。

〔註19〕李葆嘉《清代上古聲紐研究史論》，（臺北：五南圖書出版社，1996 年 6 月），頁 10。

〔註20〕黃季剛口述，黃焯筆記《文字聲韻訓詁筆記》，（臺北：木鐸出版社，1983 年 9 月），頁 161。

〔註21〕黃季剛《音略‧古聲》，參見劉夢溪主編《中國現代學術經典黃侃劉師培卷》，（石家庄：河北教育出版社，1996 年 8 月），頁 300～301。

錢大昕、章炳麟之後，最有成就者。〔註22〕李葆嘉《清代上古聲紐研究史論》
也以爲：「黃侃主音理、音史、音證研究方法，聲韻參對，今古溝通，發現兩
個結論吻合於等韻，並以古本音在一四等及聲韻相挾而變試加解釋」〔註23〕
聲韻參對，相挾而變之概念，於音理上實爲的當。曾運乾《廣韻》聲類之「鴻
細侈弇」說，即以位等均一，聲韻和諧爲其理論之基礎。

有清一代對於上古聲紐研究之學者，據李葆嘉《清代上古聲紐研究史
論》臚列如下：〔註24〕

1. 顧炎武（1613～1682）
2. 毛奇齡（1623～1716）
3. 李光地（1642～1718）
4. 徐用錫（1657～1736）
5. 江　永（1681～1762）
6. 戴　震（1723～1777）
7. 錢大昕（1728～1804）
8. 段玉裁（1735～1815）
9. 江有誥（1773～1851）
10. 洪　榜（1776 年成進士）
11. 任兆麟（1796 年舉孝廉）
12. 錢　坫（1741～1806）
13. 李　元（1771 年舉於鄉，1816 年乞病歸里）
14. 夏　燮（1801～1875）
15. 鄒漢勛（1805～1854）
16. 陳　澧（1810～1882）
17. 章炳麟（1869～1936）
18. 黃　侃（1886～1935）

自崑山顧氏起，經毛、李、徐、江，基本上古聲概念初萌，而立論零散，

〔註22〕陳新雄《聲韻學》下冊，（臺北：文史哲出版社，2007 年 9 月），頁 1070。

〔註23〕李葆嘉《清代上古聲紐研究史論》，（臺北：五南圖書出版社，1996 年 6 月），頁
11。

〔註24〕李葆嘉《清代上古聲紐研究史論》，（臺北：五南圖書出版社，1996 年 6 月），頁 7。

或雖有條目，皆未成系統。且古聲至江氏，仍守三十六母之舊，以借、轉爲概念，以爲字母不可增減。至戴震雖亦承江永借轉之說，然戴氏已出古聲流轉之論述，爲古音研究提供理論基礎；不同於戴氏則有錢大昕之合併字母。字母歸併與古聲流轉，一則主合，一則主分。李元、夏燮承錢氏之流緒亦同合併之論。於是古聲研究不爲概念條目，更進而有論證，評述與例說，於是古聲系統漸趨系統。鄒漢勛、章炳麟、黃季剛則於前人論說之基礎上又有所成績。於是更提出理論基礎，論述學說證據，最後定古聲爲十九紐。黃侃十九紐之說，雖併喻母三四等，然三等四等各有其歸屬，則黃侃之後，曾運乾以喻母三古歸於匣母，而喻母四等則歸於舌頭。又錢玄同證邪母之古歸於定母，於是二者再補證黃氏古聲十九之說，今論古聲者，章黃師承弟子多同意此爲古聲最後之定數。

表八五　黃季剛所定古聲十九聲目表

喉聲	影、曉、匣
牙聲	見、溪、疑
舌聲	端、透、定、泥、來
齒聲	精、清、從、心
脣聲	幫、滂、並、明

黃侃於古聲並無論證。其定古聲十九紐乃其古本音之說而來。十九紐中曾氏之「喻三古歸匣」、「喻四古歸定」，皆其十九紐之舉證。

第二節　古聲研究之成果

陸法言作《切韻》，清·陳澧求其舊法，因《廣韻》切語，得聲類四十。曾氏又據《廣韻》，得法言有侈音配鴻聲十九紐，弇音配細聲三十二紐之說，此已論述於前。唐代沙門守溫製字母三十六，俱見於宋元以來等韻圖中。然自三十六母以考求古紐，其分合之際，已然有殊。古音之研究雖自宋·吳棫，而鄭庠始分古韻六部。然古音實至顧炎武，使得其條貫。顧氏專於音學，其於古今聲紐，則無論及。其後繼者江永，江永雖能析古韻十三部，然其言三十六字母者不可增減，以爲古今字母無異。戴震雖分古韻九類二十五部，然自其《聲類表》審之，實亦守溫之舊制。則戴氏亦以古今聲紐無別。發現古

今聲紐有殊者，始於錢大昕。錢氏據魏晉南北朝切語以校《廣韻》，見其中輕脣非、敷、奉、微四母，古音讀入重脣之幫、滂、並、明四母，因作〈古無輕脣音〉；又見舌上音知、徹、澄三母，古音讀入舌頭端透定三母，又作〈舌音類隔之說不可信〉。二文並見於《十駕齋養新錄》〔註25〕中，此古聲紐研究之先聲。自此而往，各家於古聲紐研究，或據諧聲，或據經籍異文，或據反切、方言，迭有所得，黃季剛定古聲紐十九。而曾氏於古聲研究，更證得中古喻母，古讀入匣、定。其分別條件爲韻圖三等之字，古讀匣母；韻圖四等之字，古讀近舌頭。曾氏〈喻母古讀考〉之說，已爲古聲紐之共論。林慶勳與竺家寧合著之《古音學入門》〔註26〕有基本古聲母條例可爲參考。今與其他古聲研究之說，並列之於後。

一、古無輕脣音

此爲錢大昕之說。錢氏以爲古音今音不同，非但古韻有不同，古聲今聲亦有不同。因據魏晉切語考之於《切韻》，以爲中古輕脣音「非、敷、奉、微」四母，於上古均讀入重脣之「幫、滂、並、明」。其主要證據爲經籍之異文，舉要如下：

（一）經籍異文

1. 《詩・邶風・谷風》：「凡民有喪，匍匐救之。」《禮記・檀弓》引《詩》作「扶服」；《家語》引作「扶伏」。又：「誕實匍匐」，《釋文》本亦作「扶服」。《左傳・昭十三年》：「奉壺飲冰，以蒲伏焉」，《釋文》：「本又作匍匐，蒲本亦作扶。」《左傳・昭二十一年》：「扶伏而擊之」，《釋文》：「本作匍匐。」《史記・蘇秦列傳》：「嫂委蛇蒲服」，《史記・范雎列傳》：「膝行蒲服」；《史記・淮陰侯列傳》：「俛出袴下蒲伏」，《漢書・霍光傳》：「孺扶服叩頭」，皆匍匐之異文互用。

2. 《漢書・天文志》：「昬長爲潦，短爲旱，奢爲扶。」鄭氏云：「扶當爲蟠，齊魯之間聲如酺，酺扶聲近，蟠止不行也。」《史記・五帝本紀》：「東至

〔註25〕錢大昕《十駕齋養新錄》卷五，（臺北：臺灣中華書局，1982 年 11 月），頁 9～19。

〔註26〕林慶勳、竺家寧《古音學入門》，（臺北：臺灣學生書局，1999 年 9 月），頁 197～216。

蟠木」《呂氏春秋》：「東至扶木」，又云：「禹東至榑木之地」，扶木謂扶桑也；《說文》作榑桑。古音扶如蟠，故又作蟠木。此皆古讀扶如酺，轉爲蟠音。

3. 《莊子・逍遙遊》：「其名爲鵬」，《釋文》：「崔音鳳，云鵬即古鳳字」。《說文》：「朋，古文鳳，象形。鳳飛群鳥從以萬數，故以爲朋黨字。」鳳即鵬字。

4. 《論語・季氏十六》：「且在邦域之中矣」，《釋文》：「邦或作封」；「而謀動干戈於邦內」，《釋文》：「鄭本作封內」；《釋名》：「邦，封也；有功於是故封也」。

又可證錢氏之說者，如：

（二）諧聲偏旁

1.《說文》：「旁从方聲」。旁，並母。方，非母。

2.《說文》：「盆从分聲」。盆，並母。分，非母。

3.《說文》：「盲从亡聲」。盲，明母。亡，微母。

4. 以畐爲聲符之形聲字者，如讀輕脣的福、副、幅、匐、蝠、輻、偪、諨、踾、鶝、富等字，有讀重脣之逼、稫、逼、楅以及揊、髷等字。又有輕脣與重脣都有讀音之字，如副、偪、幅等。

（三）反　切

1.《廣韻》上平聲五支韻「彌」，武移切。彌，明母；武，微母。

2.《廣韻》上平聲十七眞韻「貧」，符巾切。貧，並母；符，奉母。

3.《廣韻》下平聲十六蒸韻「凭」，扶冰切。凭，滂母。扶，奉母。

（四）方　言

凡輕脣音之字，閩南語皆讀重脣音，如浮、分、方、芳、飯、房、飛、佛、放等字。輕脣音產生之時代甚晚，從舍利三十字母有「不、芳、並、明」四母，至守溫三十六字母始有「幫、滂、並、明、非、敷、奉、微」八母。可知中古之前，輕脣皆讀如重脣音。

二、古無舌上音

古無舌上音亦爲錢大昕之說。古無舌頭舌上之分，是以知、徹、澄三母，今音讀如照、穿、床，求之古音則與端、透、定無別。錢氏著有〈舌音類隔

之說不可信〉一文，以爲舌音反切之所謂類隔現象，乃是語音演變所造成結果，非造反切之初即以類隔之音爲切。其主要證據爲經籍之異文，舉要如下：

（一）經籍異文

1. 《詩・大雅・雲漢》：「蘊隆蟲蟲」。《釋文》：「直忠反，徐：徒冬反」。《爾雅》作「爞爞」，郭璞：「都多反」；《韓詩》作「烔，音徒多反。」《說文》：「沖，涌繇也，从水中聲，讀若動。」《書》：「惟予沖人」，《釋文》：「直忠反」古讀直如特，沖子猶童子。讀沖爲蟲，蟲音亦如同。

2. 《禮記・檀弓》：「洿其宮而豬焉」，注：「豬，都也。南方謂都爲豬」。《書・禹貢》：「大野既豬」，《史記》作「既都。」而「滎波既豬」，《周禮》注作「滎播既都」。是古讀舌上之「豬」如舌頭之「都」。

3. 《說文》：「田，陳也，齊陳氏，後稱田氏」，陸德明云：「陳完奔齊，以國爲氏，而《史記》謂之田氏，是古田、陳聲同」。《呂覽・不二篇》：「陳駢貴齊。」陳駢即田駢。

又可證錢氏之說者，如：

（二）諧聲偏旁

1. 《說文》：「篤，从馬竹聲。」篤，舌頭音；竹，舌上音。
2. 《說文》：「掉，从手卓聲。」掉，舌頭音；卓，舌上音。
3. 《說文》：「團，从口專聲。」團，舌頭音；專，舌上音。

（三）反　切

1. 《廣韻》上聲八語韻「貯」，丁呂切。丁，端母；貯，知母。
2. 《廣韻》去聲三十六效韻「罩」，都教切。都，端母；罩，知母。
3. 《廣韻》去聲四十三映韻「牚」，他孟切。他，透母；牚，徹母。

（四）方　言

凡知系舌上音之字，閩南語皆讀成舌頭音，如蟲、重、豬、箸、陳、直等字正是。

三、照三古讀舌頭音

錢大昕認爲：「古人多舌音，後代多變齒音，不獨知徹澄三母爲然也。」古人舌音多，不但知系四母讀入舌頭音，韻圖中齒音三等，即照穿神審，亦

讀入舌頭音。此錢氏繼〈古無輕脣音〉、〈舌音類隔之說不可信〉之後所提出
之古聲條例。其主要證據爲經籍之異文，舉要如下：

（一）經籍異文

1. 《左傳》：「予髮如此種種」，徐先民《左傳音》「種種」作「董董」。
2. 《國語・晉語》：「以鼓子苑支來」，「苑支」即《左傳》之「鳶鞮」。
3. 《考工記》：「玉楖雕矢磬」，注：「故書雕或作舟。」

此外清・夏燮（字謙甫，1800～1875）在《述韻》中，也舉例証明此一
古音現象，如《易・咸・九四》：「憧憧往來。」《釋文》：「憧，昌容切，又音
童。」

（二）諧聲偏旁

1. 《說文》：「推，從手隹聲。」推，舌頭音；隹，照三。
2. 《說文》：「凋，從冫周聲。」凋，舌頭音；周，照三。
3. 《說文》：「膽，從肉詹聲。」膽，舌頭音；詹，照三。

（三）方　言

閩南語中照系之字，如煮、枕、出、鐘等字，已變爲塞擦音，不再讀爲
舌頭音。〔註27〕

四、照二（莊）古讀齒頭音

近代對古聲之研究，除了錢大昕之外，清・夏燮於古聲研究，亦提出新
見解。以爲照系等韻圖中置於二等位置之莊、初、床（崇）、疏（生）等母，
上古應與齒頭音之精、清、從、心無別。夏燮主要證據爲經籍之異文，舉要
如下：

（一）經籍異文

1. 《詩・小雅・南有嘉魚之什・車攻》：「舉柴」；《說文》引作：「舉掔。」
柴，崇母；掔，從母。
2. 《周禮・縫人》注：「故書嫛柳作接柳。」嫛，莊母；接，精母。
3. 《漢書》如淳讀「苴」爲「租」。苴，莊母；租，精母。

又可證夏氏之說者：

〔註27〕林慶勳、竺家寧《古音學入門》，（臺北：臺灣學生書局，1999年9月），頁201。

（二）諧聲偏旁

1. 《說文》：「靜，从青爭聲。」靜，從母；爭，莊母。
2. 《說文》：「漸，从水斬聲。」漸，精母；斬，莊母。
3. 《說文》：「仙，从亻山聲。」仙，心母；山，生母。

（三）反　切

1. 《廣韻》去聲十七夬韻「啐，蒼夬切。」啐，初母；蒼，清母。
2. 《廣韻》去聲五十九鑑韻「䁓，子鑑切。」䁓，莊母；子，精母。
3. 《廣韻》上聲四十五厚韻「鯫，仕垢切。」鯫，從母；仕，崇母。

五、娘日古歸泥

繼錢大昕後，章太炎有〈古音娘日二紐歸泥說〉，以為古音有舌頭泥紐，其後支別，則舌上有娘紐，半舌半齒有日紐，於古則皆泥紐。

（一）經籍異文

1. 《廣雅·釋詁》：「涅，泥也。」「涅而不緇」亦為「泥而不滓」，日與泥音同。
2. 《說文》：「黏，从黍日聲」又引《傳》：「不義不黏。」《考工記·弓人》，杜子春注，引《傳》：「不義不黏。」是日與黏音同。
3. 《論語》：「公山不狃」，狃亦為擾；往來頻復為狃，狃娘母。《說文》段注：「孨（日母）或與狃同。按：狃行而孨廢矣。」
4. 孔子字「仲尼」，娘母，《三蒼》作「仲𡰥」，泥母。
5. 男女之「女」，娘母；爾女之「女」，日母。

（二）諧聲偏旁

1. 《說文》：「溺，从水弱聲」。溺，泥母；弱，日母。
2. 《說文》：「如，从口女聲」。如，日母；女，娘母。
3. 《說文》：「仍，从人乃聲」。仍，日母；乃，泥母。

（三）音　訓

東漢劉熙作《釋名》，以音訓釋字，其中泥、娘、日三母混用不分。

1. 男，任也。男，泥母；任，日母。
2. 女，如也。女，娘母；如，日母。

3. 爾，昵也。爾，日母；昵，娘母。

（四）反　切

守溫三十六字母中，有泥無娘，是時泥娘二者無別。自《廣韻》中切語用字則泥娘互用。

1.《廣韻》上聲第六止韻「你，乃里切」。你，娘母；乃，泥母。
2.《廣韻》入聲第五質韻「昵，尼質切」。昵，尼母；尼，娘母。
3.《廣韻》上聲十二蟹韻「嬭，奴蟹切」。嬭，娘母；奴，泥母。

六、喻三古歸匣紐

此爲曾運乾古聲之創見之一，本章第六節另有詳論。曾氏共舉出四十三條證據，說明上古喻三（或稱爲母、于母、云母）與匣母本屬同一聲母。其證據如：

（一）經籍異文

1.《詩・鄭風・出其東門》：「聊樂我員」，《釋文》作：「魂」。員，喻三；魂，匣母。

2.《尚書・堯典》：「靜言庸違」，《左傳・文公十八年》引作：「靖譖庸回」。違，喻三；回，匣母。

3.《說文》：「沄，轉流也，讀若混」。沄，喻三；混，匣母。

條例中除曾氏所舉例證外，後有黃焯之〈古音爲紐歸匣紐說〉〔註28〕、葛毅卿之〈喻三入匣再證〉〔註29〕、羅常培之〈《經典釋文》和原本《玉篇》反切中匣于兩紐〉〔註30〕幾篇文章，皆陸續證得喻母三等之古讀，皆當歸於匣母。

（二）反　切

羅氏於其文章中舉出《經典釋文》中之反切以說明喻三與匣母間之關係：

〔註28〕黃焯〈古音爲紐歸匣說〉，《制言》半月刊，三十七期、三十八期合刊。（1937年4月）

〔註29〕葛毅卿之〈喻三入匣再證〉，（臺北：歷史語言所集刊八本之一。1971年再版），頁90。

〔註30〕羅常培《經典釋文》和原本《玉篇》反切中匣于兩紐〉，（臺北：歷史語言所集刊八本之一。1971年再版），頁85～90。

1.「滑」字有「于八」、「胡八」二切。于，爲母；胡，匣母。

2.「皇」字有「于況」、「胡光」二切。于，爲母；胡，匣母。

3.「鴞」自有「于驕」、「戶驕」二切。于，爲母；戶，匣母。

（三）詩文雙聲

羅氏並舉出北周庾信之〈問疾封中錄〉雙聲詩作爲有趣之旁證：

　　骸 違 學宦，狹巷幸 爲 閑；虹迴或 有雨， 雲 合 又 含寒。

爲母：違、爲、有、雨、雲、又；

匣母：形、駭、學、宦、狹、巷、幸、閑、虹、迴、或、合、含、寒。

可見匣、爲二母於北周之際，實爲一音，始得言雙聲。

七、喻四古近舌頭

曾氏古聲之創見之二，本章第六節另有詳論。曾氏共舉出五十三條證據，說明上古喻四（或稱以母）上古讀近於舌頭定母。其證據爲：

（一）經籍異文

1.《詩・唐風・山有樞》：「他人是愉（喻四）」，《箋》：「讀曰偸」。愉，喻四；偸，透母曾氏視作定母。

2.《易・頤》：「其欲逐逐」，《釋文》：「子夏傳作攸攸」。逐，澄母；攸，喻四。

3.《書・皋陶謨》：「皋陶」，《離騷》、《尚書大傳》、《說文》並作「繇」。陶，定母；繇，喻四。

（二）諧聲偏旁

1.《說文》：「蕩，從艸昜聲。蕩，徹母；昜，喻四。

2.《說文》：「馳，從馬也聲。馳，澄母；也，喻四。

3.《說文》：「悅，從忄兌聲。悅，喻四；兌，定母。

八、邪母古歸定紐

此爲錢玄同所提出。其說見於〈古音無邪紐證〉〔註31〕一文。後來戴君

〔註31〕錢玄同〈古音無邪紐證〉《錢玄同文集》，（北京：中國人民大學，1999 年 3 月），
　　　　頁 57～72。

仁又發表〈古音無邪紐補證〉一文支持此一論點。其證據爲：

（一）經籍異文

1.《淮南子・原道訓》：「故雖游于江潯海裔。」高注：「潯讀葛覃之覃。」。潯，邪母；覃，定母。

2.《說文》：「斜讀若荼。」斜，邪母；荼，定母。

3.《左傳・莊八年》：「治兵」，《公羊》作：「祠兵」。治，澄母；祠，邪母。

（二）諧聲偏旁

1.《說文》：「墮，從土隋聲。」墮，定母；隋，邪母。

2.《說文》：「待，從彳寺聲。」待，定母；寺，邪母。

3.《說文》：「循，從彳盾聲。」循，邪母；盾，定母。

九、審紐古歸舌頭

此爲當代學者周祖謨所提出的，又許世瑛有審三古歸舌頭之說。周氏發現上古審母與舌頭音之端、透、定相近。其證據爲：

（一）經籍異文

1.《禮記・文王世子》：「武王不說冠帶而養」，《釋文》「說」作「稅」，云：「本亦作脫」。說，審母；脫，透母。

2.《書・君奭》：「天不庸釋（審母）」，魏三體石經「釋」古文作「澤」。釋，審母；澤，澄母。

3.《逸周書・諡法解》：「心能制義曰庶」，《左傳・昭二十八年》作「度」。庶，審母；度，定母。

（二）諧聲偏旁

1.《說文》：「督，從目叔聲。」督，端母；叔，審母。

2.《說文》：「稅，從禾兌聲。」稅，審母；兌，定母。

3. 申與電爲同源詞。申，審母；電，端母。

十、禪母古近定母

周祖謨所提出。鄒漢勛《五均論》中雖已論及中古神、禪，上古應讀入

定澄二母；而黃侃之十九紐雖亦以禪母歸定，但不曾列舉證據，周氏是第一位舉出經籍異文與形聲字加以證明者。其證據爲：

（一）經籍異文

1.《易·歸妹·象傳》：「愆期之志，有待而行也。」《釋文》：「一本待作時。」待，定母；時，禪母。

2.《詩·小雅·常棣》：「常棣之華。」古書「常棣」或作「棠棣」。常，禪母；棠，定母。

3.《方言》：「一，蜀（禪母）也，南楚謂之獨。」注：「蜀猶獨耳。」蜀，禪母；獨，定母。

（二）諧聲偏旁

1.《說文》：「豎，從𦔮豆聲。」豎，禪母；豆，定母。

2.《說文》：「純，從糸屯聲。」純，禪母；屯，定母。

3.《說文》：「提，從才是聲。」提，定母；是，禪母。

十一、群母古歸匣

蘄春黃季剛以爲紐爲影紐之變聲，而群紐爲溪紐之變聲。本師陳伯元先生《古音學發微》〔註32〕以爲有是有非，是者爲群二紐皆變聲，而非者謂影溪之變聲則未必。爲紐之古讀，黃季剛晚年以認爲當與匣同讀。黃焯有〈古聲爲紐歸匣說〉，即本黃季剛之義而立。爲紐之歸匣，曾運乾、董同龢、葛毅卿、羅常培解有所發明，本文亦論於後。而群母之古讀爲匣，陳伯元先生所舉證據如後：

（一）經籍異文

1.《書微子》：「我其發出狂」，《史記·宋世家》引作：「往」。狂，巨王切群母，往，于兩切爲母，爲古歸匣母。

2.《水經·泗水注》：「狂黃聲相近」，狂群母，黃胡光切匣母。

3.《孟子·萬章》：「晉亥唐」。《抱朴子·逸民》：「期唐」。期渠之切群母，亥胡改切匣母。

〔註32〕陳新雄〈爲紐古歸匣及群紐之古讀〉《古音學發微》，（臺北：文史哲出版社，1996年10月），頁1212～1230。

（二）語音演變

就語音性質而言，高本漢認爲匣、群上古同源。其演變關係，陳伯元先生修正如下。

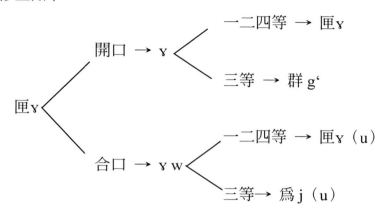

古聲紐雖自崑山顧氏精研古音，能知古韻今韻之不同，而古聲今聲亦復有別。至錢大昕始就經籍異文證古無輕脣、舌上之音。於是古聲研究每以嘉定錢氏爲先導。錢氏之後，觀念既開，後繼者於研究方法與材料運用各有心得。至蘄春黃季剛審定古聲十九紐，爲古聲之定數。曾運乾與黃季剛同時，黃氏雖能別喻母三四等；惟曾氏證得喻三古歸匣母，喻四古歸定母，黃氏欣然以爲十九聲之塙證。黃侃之前音韻諸家，雖知韻圖喻母三等四等必不同。今稱古聲研究於喻母之論證，則皆歸功於曾氏。

第三節　《詩》韻協聲與六書形聲例

中國文字，自象形、指事之初文，而後孳乳漸浸，於是有會意、形聲。《說文·敘》：「形聲者，以事爲名，取譬相成，江河是也。」是知形聲爲合體，其不同於會意者，以其中有主聲之文在。所謂「取譬相成」是也。就《說文》九千三百五十三字分析，以形聲爲造字之法者，約爲八千二百字，過《說文》所收字之 87% 以上。八千二百字非有八千二百字之形，段玉裁於〈古諧聲說〉云：

> 一聲可諧萬字，萬字而必同部，同聲必同部。明乎此，而部分
> 音變，平入之相配，四聲之今古不同，皆可得矣。諧聲之字，
> 半主義半主聲。凡字書以義爲經，而聲緯之，許叔重之《說文
> 解字》是也。凡韻書以聲爲經，而義緯之。商周當有其書而亡

> 佚久矣。字書如張參《五經文字》，爿部、菁部、蠃部，以聲爲
> 經是倒置也。韻書如陸法言，雖以聲爲經，而同部者蕩析離居
> 矣。〔註33〕

可見就文字之字形而言，諧聲字之字根爲字音之根源。朱駿聲《說文通訓定聲》舉以「工」爲聲符者，工、玒、訌、巩、攻、堁 、杠、貢、邛、粔、空、仜、項、江、扛、瓨、缸、紅、虹、功、釭、鞏、碧、恐、蛩、銎、槓、槓、淦、控、澒、鴻等字皆是。〔註34〕《說文》未收，而後亦據「工」爲聲符者，如舡、玒、疘、舡、叮虹等字亦皆作工聲。

　諧聲之字，既以聲符爲一字之音。則此「音」爲聲類抑或韻部？段氏《六書音韻表・古諧聲說》中，所謂「同聲必同部」者，顯然指韻部而言。段氏又有〈古十七部諧聲表・序〉：

> 六書之有諧聲，文字之所以日滋也。攷周秦有韻之文，某聲必在
> 某部，至賾而不可亂。故視其偏旁以何字爲聲，而知其音在某部，
> 易簡而天下之理可得也。許叔重作《說文解字》時未有反語，但
> 云某聲，某聲即以爲韻書可也。自音有變轉，同一聲而分散於各
> 部，如一某聲而某在厚韻，媒、腜在灰韻；一每聲而悔、晦在隊
> 韻，敏在軫韻，晦、痗在厚韻之類參縒不齊。承學多疑之，要其
> 始則同聲必同部也。〔註35〕

段玉裁謂許慎之形聲字聲符，是以韻爲條件。王力於〈詩經韻讀・諧聲問題〉一文中認爲：

> 段玉裁說：「同諧聲者必同部。」他的話是對的。諧聲系統反映了
> 上古語音系統。例如《詩經・小雅・庭燎》協「晨」、「煇」、「旂」，
> 〈采菽〉協「芹」、「旂」，足以證明「旂」屬文部，讀若「芹」，
> 這和他的諧聲偏旁「斤」是相符的。《詩經・大雅・生民》協「祀」、

〔註33〕段玉裁《六書音韻表・古諧聲說》，參見段玉裁《說文解字注》（臺北：黎明文化事業公司，1988 年 7 月），頁 825。

〔註34〕朱駿聲《說文通訓定聲》，（臺北：臺灣商務印書館，1994 年 1 月），頁 99。

〔註35〕段玉裁《六書音韻表・古諧聲說》，參見段玉裁《說文解字注》（臺北：黎明文化事業公司，1988 年 7 月），頁 827。

「子」、「敏」、「止」，足以證明「敏」屬之部，讀若「每」，這和它的諧聲偏旁「每」是相符的。這類例子很多，不勝枚舉。以諧聲偏旁去掌握古韻系統，是以簡馭繁的方法。〔註36〕

王力之諧聲概念亦是基於韻部之條件。雖然以諧聲偏旁爲文字音讀，於《詩經》時期已不能全面適用，然此爲語音演變之問題，於諧聲時代則無例外。〔註37〕

本師陳伯元先生《古音研究・說文諧聲》中云：

古代韻文入韻之字有限，未曾出現於韻腳處之字，爲數甚夥，今據諧聲歸部之法，則可彌補此項缺陷，……據形聲以求韻，此眞執簡馭繁之捷術。〔註38〕

是以本師陳先生亦以諧聲爲韻部之條件。至於如嚴可均《說文聲類》〔註39〕一書，更據文字之諧聲，爲段氏諧聲說之擁護者，其諧聲必據「同聲必同部」之原則。雖其以之類、支類、脂類之次第與段氏韻部次第不同，然其諧聲皆以韻之條件爲概念則爲一致。

就諧聲以求古韻，以至於就《詩經》韻例，及先秦諸子有韻之文以求古韻，自宋・吳棫有《詩補音》爲第一部言古音之專著，其後明季有陳第《毛詩古音考》、《讀詩拙言》，至明末顧氏有《詩本音》。清初金壇段氏之《六書音韻表》中有〈詩經韻分十七部表〉、〈群經韻分十七部表〉，就《詩》與群經之古韻例而成。而〈古十七部諧聲表〉則以文字之諧聲與古韻類之區分爲考究。《詩經》韻例諸家研究或有不同，曾氏舉其要者，以爲大抵不出以下之類：〔註40〕

〔註36〕王力〈詩經韻讀・諧聲問題〉，參見陳振寰選編《王力文選》，（桂林：廣西師範大學，2000年4月），頁203。

〔註37〕王力〈上古韻母系統研究・諧聲問題〉，參見陳振寰選編《王力文選》，（桂林：廣西師範大學，2000年4月），頁3。

〔註38〕陳新雄《古音研究》，（臺北：五南圖書出版公司，2000年11月），頁27。

〔註39〕嚴可均《說文聲類》，（木刻本影印，甲子嘉平月四錄堂本）。

〔註40〕曾運乾《音韵學講義》，（北京：中華書局，2000年11月），頁392～399。

一、句中韻（以對偶為要，餘不取韻）

（一）連句對協

〈草蟲〉：喓喓草蟲，趯趯阜螽。

〈九罭〉：鴻飛遵渚，公歸無所。

（二）隔句對協

〈兔罝〉：肅肅兔罝，椓之丁丁。

　　　　糾糾武夫，公侯干城。

〈行露〉：誰謂鼠無牙，何以穿我墉；

　　　　誰謂女無家，何以速我訟。

（三）句內對協

〈北風〉：其虛其邪，既亟只且。

〈蓼莪〉：無父何怙，無母何恃。

二、句末韻

（一）連句韻

〈卷耳〉：陟彼崔嵬，我馬虺隤。我姑酌彼金罍，維以不永懷。

　　　　陟彼高岡，我馬玄黃。我姑酌彼兕觥，維以不永傷。

　　　　陟彼砠矣，我馬瘏矣，我僕痡矣，云何吁矣。

〈氓〉：氓之蚩蚩，抱布貿絲。匪來貿絲，來即我謀。送子涉淇，

　　　至於頓丘。匪我愆期，子無良媒。將子無怒，秋以為期。

（二）隔句韻

〈關雎〉：關關雎鳩，在河之洲。窈窕淑女，君子好逑。

〈四牡〉：駕彼四駱，載驟駸駸。豈不懷歸？是用作歌，將母來諗。

（三）入韻例

〈麟之趾〉：麟之趾，振振公子，于嗟麟兮。

〈江漢〉：釐爾圭瓚，秬鬯一卣。告于文人，錫山土田。

（四）換韻例

〈采蘋〉：于以采蘋？南澗之濱。于以采藻？于彼行潦。

〈北門〉：出自北門，憂心殷殷。終窶且貧，莫知我艱。

　　　　已焉哉！天實為之，謂之何哉！

三、助字韻

（一）助字入韻

〈采苓〉：舍旃舍旃，苟亦無然。人之為言，胡得焉！

〈君子于役〉：君子于役，不知其期。曷至哉？雞棲于塒。

　　　　　　日之夕矣，羊牛下來。君子于役，如之何勿思！

（二）助字不韻

〈著〉：俟我于著乎而，充耳以素乎而，尚之以瓊華乎而。

〈北風〉：王事適我，政事一埤益我，我入自外，室人交遍讁我。

　　　　已焉哉！天實為之，謂之何哉。

四、間　韻

（一）規則間韻

〈燕燕〉：燕燕于飛，差池其羽。之子於歸，遠送於野。

〈柏舟〉：我心匪石，不可轉也。我心匪席，不可卷也。

（二）不規則間韻

〈思齊〉：惠于宗公，神罔時怨，神罔時恫。

　　　　刑于寡妻，至于兄弟，以禦於家邦。

〈皇矣〉：維此王季，帝度其心。貊其德音，其德克明。

　　　　克明克類，克長克君。王此大邦，克順克比。

　　　　比于文王，其德靡悔。既受帝祉，施于孫子。

　　韻例以疊韻為常則，以上所舉韻例類型，謂「間韻」、「助字韻」、「換韻」者，型式或有不同，皆在疊韻例中。疊韻以韻部元音結構相同或相近為範圍。詩文押韻於口耳相傳之時代，有便於記誦，易為流傳之特性。是以詩文押韻，除於「宮徵靡曼，脣吻遒會」有其聲律之美外，亦具其功能性。劉勰《文心雕龍‧聲律》篇云：「異音相從謂之和，同聲相應謂之韻。」〔註41〕，則詩文於韻求其和，故有疊韻；於聲類則求其異。如通篇之中盡求雙聲，則於聲律反詰屈聲牙而不和。蘇軾有〈戲題武昌王居士〉詩，全詩用牙音雙聲字，雖

〔註41〕劉勰《文心雕龍‧聲律》卷七，（臺北：臺灣開明書店，1985 年 10 月），頁 10。

為戲作，正可為「異音相從謂之和」之反證。詩云：

> 江干高居堅關扃，犍耕躬嫁角挂經。篙竽繫舸菰茭隔，笳鼓過軍
> 雞狗驚。解襟顧景各箕距，擊劍賡歌幾舉觥。荊芥供膾愧攪聒，
> 乾鍋更嘎甘瓜羹。

詩文雖不以雙聲經緯，然古人語中又多雙聲之名。錢大昕於《十駕齋養新錄‧雙聲疊韻》一文中，謂：「草木蟲魚之名多雙聲，蒹葭、萑葦、薜茘、英茪、蕭萑、鴻鴈、蓬蔽、厥攘、茛藘、藦姑、祝裷、邛鉅、銚芅，草之雙聲也……獸之雙聲也」。〔註42〕錢氏於音韻研究，觸及聲類之範圍，此一敏感度或許正為其能於古聲研究開啟先聲之基底。如前所言，論《詩》者皆以疊韻為大例，至於以雙聲為韻者，則為詩韻之別裁，此議起於嘉定錢氏。而曾運乾於《音韻學講義》中，論及古聲則特為標舉雙聲之例。

一、雙聲為韻

雙聲為韻者，非用韻之字又兼雙聲，實際上即以聲類相諧而不以韻類相諧之意。一字之音，敏於前則取聲，敏於後則取韻，故有雙聲為韻之例。

（一）〈君子偕老〉

> 玼兮玼兮，其之翟也。鬒髮如雲，不屑髢也。玉之瑱也，
> 象之揥也。揚且之皙也。胡然而天也！胡然而帝也！

以翟、髢為韻。翟在曾氏「夭」攝，髢在「阿」攝，韻部不同，但二字聲類同屬「端」母，雙聲為韻。

以瑱、揥為韻。瑱在曾氏「因」攝，揥在「益」入，韻部不同，但二字聲類同屬「透」母，雙聲為韻。

以天、地為韻。天在曾氏「因」攝，帝在「益」入，韻部不同，但二字聲類天為「透」母，帝為「端」母，旁紐雙聲為韻。

（二）〈斯干〉

> 載寢之地。載衣之裼，

〔註42〕錢大昕《十駕齋養新錄‧雙聲疊韻》，（臺北：臺灣中華書局，1982 年 10 月）卷五，頁 6。

以「地」、「褐」爲韻。地在「阿」攝，褐在「益」入，韻部不同，但二字聲類地爲「定」母，褐爲「透」母，旁紐雙聲爲韻。

二、雙聲假借爲韻

（一）〈常棣〉

兄弟鬩于牆，外禦其務。每有良朋，烝也無戎。

以「務」、「戎」爲韻。務在「幽」攝，戎在「宮」攝，韻部不同，以陰陽對轉爲韻。「務」，毛傳以爲「侮」也。二字聲類，《廣韻》同在微母而古聲在明母，以雙聲假借而爲韻。

（二）〈小旻〉

我龜既厭，不我告猶。謀夫孔多，是用不集。

發言盈庭，誰敢執其咎？如匪行邁謀，是用不得於道。

以「猶」、「集」、「咎」、「道」爲韻。猶、咎、道在「幽」攝，集在「音」入，韻部不同，以陰入對轉。《毛傳》訓集，就也。是「集」與「就」同在從母，雙聲假借爲韻。

三、雙聲疊韻相間成章

〈月出〉：

月出皎兮。佼人僚兮。舒窈糾兮。勞心悄兮。

月出皓兮。佼人懰兮。舒憂受兮。勞心慅兮。

月出照兮。佼人燎兮。舒夭紹兮。勞心慘[註43]兮。

《詩》之排比聲律。曾氏以爲精切無出〈月出〉之右者。第一章「皎」、「僚」、「悄」在夭攝，「糾」在幽攝，以旁轉爲韻。第二章「皓」、「懰」、「受」、「慅」同在幽攝；第三章「照」、「燎」、「紹」、同在夭攝，以疊韻爲韻。曾文中引《詩》，「慘」作「懆」，不知何據。「慘」在音攝；以對轉爲韻。「皎」、「皓」見母雙聲，「照」字《說文》羔从羊照省聲，羔讀見母，則照亦可讀

入見母，與「皎」、「皓」雙聲，此三章之首句以雙聲爲韻。「僚」、「懰」、「燎」同在來母，三章之次句，亦以雙聲爲韻。「糾」、「受」、「紹」，糾在群母從丩聲，音式州反，審母三等，古聲讀入透母；受在禪母，紹亦禪母，古聲讀入定母，此三章之第三句，以旁紐雙聲爲韻。「悄」七小切、「慅」七老切、「慘」七老切，皆清母字，此正三章之第四句，亦以雙聲爲韻。

　　曾氏提出《詩》以雙聲爲韻之例，乃是繼嘉定錢曉徵之後，注意到聲類於詩文中之排比關係，其重要性不下於韻類。由於傳統就詩文押韻，以疊韻關係爲基準，而不論及聲類。雖劉勰論聲律，於聲類亦主「異音相從」。今所謂「以聲爲韻」者，非爲獨論聲之排比而不論韻類。三百篇以疊韻爲正則，以旁轉、對轉爲變則，皆《詩》韻之例。疊韻則音同，旁轉、對轉則音有遠近。於是又於韻外，據其聲類，求其音近。《說文》未見「韻」字，《晉書·律曆志》：「凡音聲之體，務在和韻，益則加倍，損則減半。」〔註44〕和韻即和均也。《唐書·楊收傳》：「鮑業始旋十二宮。夫旋宮以七聲爲均，均言韻也。古無韻字，猶言一韻聲也。」〔註45〕是以古無韻字，而有勻、均字。所謂「押韻」者，正「押勻」之謂。陸機〈文賦〉所謂：「採千載之餘韻」〔註46〕則是韻字始見。「聲」謂音之所從發，「韻」謂音之歸本於喉。以今語言學名稱稱之，聲即一音前部之輔音，韻則一音後部之元音。押韻既以疊韻爲準，即以元音之相同爲原則。是以自來言疊韻者，不涉聲類之同異。曾氏承錢氏之義，既有「以聲爲韻」之說。則此「韻」非謂歸本於喉之韻，乃劉勰「同聲相應」之「均」。曾氏音學自《詩》韻之例已不獨言韻類，更進一步言及聲類。一音中聲與韻雖各自獨立，而實又息息相關。此曾氏於《廣韻》之學中，所謂「聲鴻者音侈，聲細者音弇」之大旨。

　　至於《說文》說解字形，以「從某從某」爲會意，「從某某聲」爲形聲。此爲六書形聲、會意之大界。惟《說文》中又有「從某某，某亦聲」者，文字學家或以會意視之而言兼形聲，或即以形聲視之。要皆以某爲聲之要件。雖言「從某某聲」爲形聲字例之正例，自《說文》形聲字中，實又可別出六類爲形聲之分例。

〔註44〕《晉書·律曆志》卷十六，（臺北：臺灣中華書局，影印聚珍本），頁10。

〔註45〕《新唐書·楊收傳》卷一百八十四，（臺北：臺灣中華書局，影印聚珍本），頁2。

〔註46〕陸機〈文賦〉，參見蕭統《昭明文選》，（臺北：華正書局，1987年9月），頁240。

　　許愼作《說文》已在東漢之際，其去《詩經》時期已近千年，不可謂不久，其去諧聲時代則更遠。音韻學家據《廣韻》以求唐宋之音可得，據《詩》與先秦諸子之韻文，以求周秦之古音可得；而據文字諧聲偏旁，則可更求殷周之古音，而補《詩經》時期之闕遺。

第四節　諧聲聲母

　　古音研究自崑山顧氏能離析《唐韻》以求古韻之分合，於方法上有所謂「齊一變至於魯」之說，即能離析俗韻使返於《唐韻》，又有「魯一變至於道」者，即是能離析《唐韻》各韻之偏旁，使分別歸其古韻之部。此就文字諧聲偏旁以求韻部之分合。略舉五支與九麻韻爲說明：

五支_{此韻當分爲二}：凡從支、氏、是、兒、卑、虒、爾、知、危之屬，

　　　　　　　與六脂，七之通爲一韻。──────顧氏古韻第二部支部。

　　　　　　　凡從多、爲、麻、垂、皮、肖、奇、義、罷、离、也、

　　　　　　　差、麗之屬，

　　　　　　　與六脂、七之通爲一韻。──────顧氏古韻第六部戈部。

九麻_{此韻當分爲二}：凡從麻、差、咼、加、沙、坐、過之屬，

　　　　　　　與七歌、八戈通爲一韻。──────顧氏古韻第六部戈部。

　　　　　　　凡從者、余、邪、華、夸、叚、且、巴、牙、吾之屬，

　　　　　　　與九魚、十虞、十一模通爲一韻。──────顧氏古韻第

　　　　　　　六部魚部。

　　顧氏以五支與九麻二韻當各分爲二類，又所分二類中，又得併爲一類，皆據諧聲字根而來。顧氏以下承其餘緒，金壇段氏《六書音韻表二・古十七部諧聲表》云：

　　　爲十七部諧聲偏旁表，補古六藝之散逸，類列某聲某聲，分繫於

　　　各部，以繩今韻，則本非其部之諧聲，而闌入者，憭然可攷矣。

如第二部：陸韻平聲蕭、肴、豪，上聲篠、小、巧、皓，去聲嘯、笑、效、號毛聲、樂聲、杲聲、澡聲、尞聲、小聲、丿聲、少聲、與聲、麃聲、暴聲、夭聲、芺聲、敖聲、卓聲、勞聲、龠聲、翟聲、爵聲、交聲、虐聲、高聲、喬聲、刀聲、召聲、到聲、兆聲、苗聲、臭聲、要聲、爻聲、肴聲、孝聲、

教聲、苹聲、鼗聲、巢聲、弔聲、堯聲、覷聲、盜聲、勺聲、崔聲、弱聲、
兒聲、貌聲、梟聲、号聲、號聲、了聲、受聲、邑聲。〔註47〕

　　段氏亦據諧聲偏旁，析歸文字以入古韻十七部中。曾氏音學亦據聲符，以為歸部之依據。所不同於自顧氏以來諸家以韻部為主之方向，曾氏據諧聲偏旁以求其聲類，又系之於其古韻三十攝中，以聲經而韻緯，明聲韻相配之界分則為獨步。曾氏作「諧聲表」，就韻部言之，則曾氏古音三十攝表，自聲部言之，則曾氏諧聲聲母表。北京中華書局未刊曾氏《音韻學講義》一書之前，曾氏古韻攝之分並無資料可見。據本師陳伯元先生云：

> 公元 1969 年，余撰寫博士論文《古音學發微》時，見李國英《周禮異文考》，所言假借，以曾氏三十攝為說，余鈎稽其所引用，僅得二十八攝……以其未備三十之數，因走訪李國英氏，承告曾氏三十攝，未經發表，其所據者，乃魯實先師之手抄本，陽聲有邕宮二攝之名，亦李氏所告知。〔註48〕

臺灣學界用曾氏三十攝自魯氏。魯氏與曾氏為同鄉之誼，又承楊樹達推薦而執教上庠。楊氏與曾氏為莫逆，魯氏用曾氏之學術成果，或基於此緣。曾氏三十攝每為魯氏門人所引稱。除引自李國英氏《周禮異文考》外，李氏《說文類釋》〔註49〕亦稱引此三十攝之名與內容，劉至誠有《說文古韻譜》；〔註50〕除此之外，蔡信發據說文之諧聲，以為曾氏三十攝之後，雖有劉至誠之《說文古韻譜》為之整理，然其中仍有所疏漏。於是為之增補。〔註51〕今並曾氏諧聲表列之於後：

〔註47〕段玉裁《六書音韻表二·古十七部諧聲表》，參見段玉裁《說文解字注》，（臺北：黎明文化事業公司，1988 年 10 月），頁 823。

〔註48〕陳新雄〈曾運乾之古音學〉，《中國語文》，（臺北：中國語文出版社，2000 年）第五期，頁 399。

〔註49〕李國英《說文類釋》，（臺北：全球印刷公司，1975 年 7 月），頁 531。

〔註50〕劉至誠有《說文古韻譜》，（臺北：龍泉出版社，1973 年 6 月），頁 659～669。

〔註51〕可參考《圈點說文解字》附蔡信發三十攝增補，（臺北：書銘出版公司，1990 年），頁 888～897。

表八六　曾運乾諧聲聲母表

攝／聲	陰聲噫攝弟一	噫攝入聲〔註52〕弟二	陽聲膺攝弟三
喉	意醫	亩肊	噟
牙	丌箕龜又友久疑亥己喜郵牛乗丘灰戒	或棘亟黑克革苟复戟虢	興丞厷弓兢肎冰
牙（增補）	增補：綦忌其欺尤右有矣舊	增補：冀國圻 案「戟」當在烏攝入聲	增補：薿弘恆
舌	里來臣埶而之巳止耑已耳史乃毒臺	弋力匿尋食敕陟直異戠	蠅炎丞徵登彝乘夌升孕
舌（增補）	增補：待時怠治態則貍吏音寺台配羑	增補：意代貢式置防勒畞翼	增補：繩承烝朕騰淩能蒸騰
齒	絲思才茲巛司宰子采由甾辭舜士灾再	則息嗇畟寶仄矢色	曾
齒（增補）	增補：在弐菑仕枲	增補：塞	
脣	某母曰不啚負婦葡否	艮畐瑂伏北麥牧甾	蕾朋夂凭
脣（增補）	增補：每部	增補：墨富服福	增補：夢嵋馮

攝／聲	陰聲娃攝弟四	娃攝入聲弟五	陽聲嬰攝弟六
喉		益	嬰
喉（增補）	增補：恚	增補：戹齸厄	增補：嬰
牙	支巂圭規危兮解卝醯企巠	臭役畫觳覡	耕巠荊熒幸頃殸冂耿炅刑敬
牙（增補）	增補：羈乖窐鞋	增補：鶪繫	增補：夃同輕磬炯榮
舌	知是厂卪氏厇兒象厽多只鷹磊	易鬲狄枼翳帝	蟲正盈赢寧靁丁鼎壬
舌（增補）	增補：觷佴糸枝	增補：啻適麻歷剔縈或戠鬎	增補：貞泟定盈成呈廷聖
齒	斯徒	析束胥冊	青晶井爭生省
齒（增補）	增補：虒	增補：刺賜責迹	增補：靚靜星

〔註52〕韻攝以陰陽入三分，以「陰聲某攝」、「陽聲某攝」之名稱之，入聲本當同此體例，稱「入聲某攝」。惟曾氏入聲雖獨立成部，而入聲之名以陰聲韻名之入聲稱之。是以入聲韻部如以「入聲某攝」稱之，則與「陰聲某攝」之名同稱。於是變換體例，以陰聲韻名之入聲稱之，而為「某攝入聲」，如此則可免於衝突。

脣	卑買弭林芈	辟氐糸一	鳴名平并粤
	增補：庳箄	增補：斁覓脈汨鼏㡇	增補：冥萃

攝 聲	陰聲阿攝弟七	阿攝入聲弟八	陽聲安攝弟九
喉		乙取	安晏夗夘焉燕冤
	增補：阿旖	增補：謁敻	增補：匽宛覎
牙	己哥奇咼爲加我義七瓦禾科果臥戈牛罍厄〔註53〕宜	匃衛卤乂丰戌外癩丨乚乎呰獻桀月枭兀夬會巜介劍粤曰奇子孓	袁燹厂辛㞋邍暵原爰官開亘見莧く犬干轪柬吅閒肩毌閑縣元肙憲虜灘丸虔寒姦建隺詈侃虥罕柰宦幻奻擇看柰盥繭旋卝奐
	增補：陸釧過訮可枷何羲化	增補：蓋曷契刉抉陞渴艾薊厥昏銛聑涽斸害奉炅	增補：雚雁彥屵鞻鞻遣岸言貫絭羃顯完旱圜繯纏款
舌	它也离多羅丞罱吹朶蠃蒜那丽	兌劇董砅折帶世肖列大曳少叕乎舌執互筮制摯贄劣孫至刾	叀炭且鷱䜌珡連阤單㝈廛丹狀延衍羨耑象㲱〔註54〕斷叡亼奱善扇穿短聯奻反夘
	增補：施蠃垂炊麗侈䯝離隋移	增補：牵達熱竄賴鷙貰厲	增補：專然叔闌湅段亶輂褢展彎亂
齒	才皼沙㞢貞厽叉	祭最戳竄叔杀毳絕蠿尖雪	叱〔註55〕產泉㚓山厽戔呪楸爨蟲贊祘籌算刪雋夋趱全孨耫
	增補：左佐	增補：叝戍歲薛殺絲	增補：䪞屖蠡鮮屾棧湂陵俊酸巽宣蠹
脣	皮麻罷	卉吠市友貝敗威伐㢺末旹罰癹別八	釆半反曼弁柀縣廾面般煩華片芺萬緜娩带宀鼻萬
		增補：發蔑䋣 案「卉」當屬牙聲	增補：滿邊攀番嬔

〔註53〕《聲韵學講義》作「厄」，誤。參見《聲韵學講義》，頁412。

〔註54〕段玉裁《說文》以「𧥾」當作「䚫」，曾氏不用段說。參見《聲韵學講義》，頁412。

〔註55〕《聲韵學講義》作「弭」，誤。參見《聲韵學講義》，頁413。

攝＼聲	陰聲威攝弟十	威攝入聲弟十一	陽聲㬜聲弟十二
喉	威畏委	鬱尉 增補：惡愛	㬜殷晉壹乚〔註56〕堊 增補：慇隱溫
牙	鬼歸夔褢回虫夒 增補：淮	气旡臾棄胃位彗害惠采凵厬毅忍繼計喬骨冒季叡圣 增補：齾香貴氣屈㞎既豖頮忽蓁蔑瘣	困民鰥君員罤鰥昆云巾堇軍斤熏筋虯困袞圂 增補：闇羣槀沂狋雲欣鷖狀坤
舌	遺自畾妥佳水 增補：壘纍䍦推㐱豕㹟唯維	耒希四豕復隶對內卨聿秫㲱尐突頪戾出 增補：類隊宋律遂肆厽遝充霩對	辰臺川侖盾屯刀典㐱豚舛疢屍尹隼允 增補：𠫤菩晨敐忍殿舜準
齒	衰夊崔奞皋罪 增補：綏	卒率崇歘自白 增補：帥翠茁	先西孫存寸尊飱薦 增補：燹焌
脣	飛枚攴非眉妃肥 增補：微匪	未宋孛丿乀筆屮弗夑鼻勿㒼髦由閉巒鬱弼 增補：敝㠱沸味畀配嵒	門班分昏頻免挽糞文豩焚奮本吻 增補：奔閔糞岑啟彬賁

攝＼聲	陰聲衣攝弟十三	衣攝入聲弟十四	陽聲因攝弟十五
喉	衣𦘒伊医 增補：依殹	一抑壹乙	因冎印 增補：淵
牙	皆几禾豈幾系希亡癸𣂆口火殻卟 增補：開頁枅耆啓闋韋圍嶄毀奚	吉穴血肶 增補：頡	臣匀狋壺玄弦瞏丨轟衒馬开 增補：臤均鈞緊茲堅
舌	示夷旨尼犀屖氏黹夂尸豕利炙小豊弟矢二履盩 增補：戾㞢互彝雉泜黎吴㲋柰隸爾貳蠡	至失疐替實日臬𠂤凵徹逸㸰胅至設質 增補：广致	眞塵丙申臦人寅胤引㢟舜令田仁奠天 增補：身陳闐儿年昌電伸畕夤參
齒	厶齊師𠂤此次兕死妻	疾七卪桼悉	聿秦晉孔辛燊觲囟信旬千

〔註56〕《聲韵學講義》作「く」，誤。參見《聲韵學講義》，頁413。

・267・

增補：㕙臼私璽璽咨資 恣	增補：屑即節⼑瑟邵廿 案此「廿」乃「疾」之 古文，非訓「二十并」 之「廿」。	增補：塈甡妻齔容進亲 親新津盡匄

屑	匕比米美尾	必畢匹	命民籴頻丏便扁幷
	增補：魮鼀坒麋	增補：嗌宓密	增補：瀕㝮賓鬴

攝 聲	陰聲烏攝弟十六	烏攝入聲弟十七	陽聲央攝弟十八
喉	烏於亞	蒦	央尢
	增補：汙		增補：英盎
牙	羇瓜兩寡吳午五乎虍 壺戶互及古鼓兆蟲庫 魚于茉羽雨豦禹圉車 尻巨睸凵牙下夏叚	各韓虢叡霍屰谷㕟赫 矍	香皂亯向印強畺弜光 岡㦰王皇亢兄永囧行 庚羹京竟詰慶競
	增補：冶孤虞御吾虜辜 固夸居瞿頰畀去賈家 鱟雲盧夸虘雇雇笡胡	增補：郭咢郤卻亅逆 案此「谷」乃訓「口上 阿」之「谷」，非訓「泉 出通川」之「谷」。此 「韓」乃「郭」之本字。	增補：羌彊廣匡狂更康 景往彳彳罡鄉宂荒杏黃 橫
舌	圖土兔鹵屰女旅米宁鼠 处如与與瓜呂庶舍躲 奴予魯	若叒炙赤尺彳乇炙隻 石亦睪	易羊羇象上章昌罔長 丈量兩梁尚良
	增補：虘盧者慮宔諸箸 屠豬度除輿桼邪席	增補：路洛赦耗尾斥擇 囊託夜	增補：亮錫碭湯暘嘗堂 黨當臺釀商郎唐爪兩 羕陽
齒	龘初疋素且乍卸俎	索昔舄夕	相匠桑爽爿刅倉喪
	增補：作疏胥祖租菹助 虘所穌	增補：錯措朔籍	增補：襄壯牆牂醬將葬
脣	無毋巫父武夫普步莫 巴馬	羃白百	蚩网罜方亡皿黽兵秉 竝匸彭明
	增補：布㠯甫舞專傅溥 博薄		增補：旁孟丙病忘

攝 聲	陰攝謳攝弟十九	謳攝入聲弟二十	陽聲邕攝弟二十一
喉		屋	邕
			增補：傭翁雝

牙	矦骺後后口寇菁禹區具句	谷角㱿局曲玉獄玨	公工孔収共醜囧凶
	增補：朐朐	增補：彀𡇩岳 案此「谷」乃訓「泉出通川」之「谷」，非訓「口上阿」之「谷」。	增補：邛空江匉兇項
舌	婁扁匜兜斗鬥豆亞朱、𪔔壹几殳乳㲋戍臾俞晝需	彔鹿禿蜀辱豕丁先賣	東同用冢充舂容弄茸宂亯
	增補：主尌斲 案此「臾」乃訓「束縛捽抴」之「臾」。	增補：屬𡔿欲	增補：重童龍甬松 案此「亯」乃「墉」之古文，非「郭」之本字「臺」。
齒	走奏須取芻	束粟族足	嬰从囪雙㑢送叢嵩
	增補：數聚	增補：速欶	增補：從蔥
脣	付侮	卜羑屚木㐭	尨冡丯封豐豖
	增補：府	增補：沐僕	增補：淲奉夆逢蒙

聲＼攝	陰聲幽攝弟二十二	幽攝入聲弟二十三	陽聲宮攝弟二十四
喉	絲麀幼憂奧幺		
	增補：幽憂		
牙	休求丩九韭段簋臼咎臭畢畜万臬喬好告桼孝宆臯	匊臼	躬夅
	增補：梟膠尻軌	增補：籔簏篘鞠學	增補：降宮
舌	攸由褒羽牖禿𦏵雠舟周州盩帚肘守丑流蓼百手夒鹵舀本討牢老鳥匋柔酋	未肉鬻祝竹毒逐孰六	彤中冬眔蟲農戎熊
	增補：卣首羑條畱劉收壽叞簋受疀朝狃道矞腷漻猶荬逞歔鹵儵	增補：瘃叔俶筑育毓	增補：戎宆隆
齒	西囚洀就㚡驫麤曹叉爪棗早艸秀	茜夙肅	宋宗
	增補：蒐脩嫂焦秋蚤造糕	增補：戚宿	

脣	彪髟车矛麤缶阜戌孚勹報卯牡冃冒焱	复夏目嫪
	增補：暴敄椒務瞀婺保呆包蠹	增補：復

攝 \ 聲	陰聲夭攝弟二十五	夭攝入聲弟二十六
喉	要畠杳窅皀夭	約
	增補：芙	增補：彭
牙	爻垚囂梟顥号唬敖交梟高杲羔	敫虐雀
	增補：號教䍃喬堯曉蒿歊肴	
舌	覜尿寮了料勞耆幽刀鬧盜罹叜弔兆犀皃裊敹	桌勺弱龠樂虍翟休
	增補：釗橑召昭照到沼庖肇繇繞	增補：旳籥糴卓
齒	巢梟小少笑	芈爵雀
	增補：肖削稍捎	增補：繄
脣	苗夋表毛皃暴奰	
	增補：眇貓麃髦髳	

攝 \ 聲		音攝入聲弟二十七	陽聲音攝弟二十八
喉		邑	音
			增補：闇瘖㑆陰酓
牙		合及劦絜	今琴咸釆
		增補：泣翕脅	增補：銜禁緘欽金含
舌		入十廿疊沓矗龘壘立卒	突來尤甚壬男尋坴丙林向闖覃
		增補：荅拾昱 案此「廿」乃訓「二十并」之「廿」，非「疾」之古文。	增補：麲深審肬沈任南羑臨醦箴貪念彤
齒		卅卋茸習集聶品厽靸	侵心森先㐱三彡兓參
		增補：戢執	增補：寢浸朁嚻岑

脣			品凡
			增補：稟風

攝／聲		奄攝入聲第二十九	陽聲奄攝第三十
喉			弇奄猒
			增補：厭
牙		譶曄業盇劫甲夾	兼僉广臽欠马甘敢贛凵
		增補：匧	增補：嚴拑監圅
舌		枼聶耴嵒図聿巤涉	占冄染閃炎燄詹甜
		增補：狧闒葉	增補：廉斂濫沾黏陝閻剡
齒		妾耴帀臿疌	芟斬毚
		增補：燮	增補：鑯漸
脣		法乏	
			增補：氾范

六書形聲字為古音研究提供材料，乃古音學成立之基礎。《說文》「从某某聲」、「從某某，某亦聲」、「從某省某省聲等」、「從某，某某皆聲」等，皆為形聲之例。惟聲符之取音不同，或由於音韻演變而有出入。形聲字之讀音，不全與曾氏諧聲聲母表符相同，學者有所謂正例、變例之說，皆歸納形聲文字之音讀所得。自明末顧炎武至有清諸家，於古音之研究皆在古韻，古聲則有未逮。嘉定錢氏之後，古聲研究者，能踵事而增華，曾氏則更析形聲而繫以古攝，使讀者能窺得音韻之全豹。

第五節　曾運乾古聲之創見

曾氏《廣韻》五十一聲紐說中，以鴻細分喻母。以三等為于類，屬牙音之細聲；又分四等為喻類，屬舌音之細聲（可參考本文第四章）。此乃鑑於三十六字母列喻母於韻圖喉音下，濁聲三四等位置。而三四兩等，切語劃然二類絕不相混。曾氏於古聲學最大之成就，即在喻母古讀上之創見，此〈喻母古讀考〉一文為學界所推崇，亦古聲條例中，喻母古讀之定見。曾氏喻母古讀之發想，其自云：

古韻之説，導源於顧亭林，古紐之説，導源於錢竹汀，錢氏言古無舌上音及輕脣音，近世章太炎復本其例，作〈古音娘日二紐歸泥説〉，其言既信而有徵矣。然自宋以來，等韻書中，尚有橫決踳駁，亂五聲之經界，爲錢章所未暇舉正者。如喉聲影母獨立，本世界製字審音之通則，喻、于二母（近人分喻母三等爲于母），本非影母濁聲，于母古隷牙聲匣母，喻母古隷舌聲定母，部伍秩然，不相陵犯。等韻家強之與影母清濁相配，所謂「非我族類，其心必異」者也。〔註57〕

曾氏又云：

聲類原有大經大緯，……其橫決踳駁，亂聲類之經界者，獨喻母粘同影母而已。因定影母獨立，喻母三等，古隷牙聲匣母；喻母四等，古隷舌音定母。不宜與影母清濁相配或與之正變相承。〔註58〕

曾氏於文中自注其喻母古讀亦非自己之創見，而是得自於承前人之説而加以推廣之概念。其自注云：「丁度作《集韻》時，已見端倪。」〔註59〕曾氏於注中並提出觸發此一想法之來源：

《廣韻》：雄，羽弓切。（于母）〔註60〕

《切韻殘卷》：雄，羽隆切。（于母）〔註61〕

《集韻》：雄，胡弓切。（匣母）〔註62〕

〔註57〕曾運乾〈喻母分隷牙舌音〉，參見《音韵學講義》，（北京：中華書局。2000 年 11 月），頁 147～148。

〔註58〕曾運乾〈讀敖士英關於研究古音的一個商榷〉，參見《學衡》第 77 期（1932 年），頁 1。

〔註59〕曾運乾〈讀敖士英關於研究古音的一個商榷〉，參見《學衡》第 77 期（1932 年），頁 3。

〔註60〕陳彭年等編《廣韻》，（臺北：黎明文化事業公司。1989 年 10 月），頁 26。

〔註61〕箋注本《切韻》二（斯 2055），參見周祖謨編《唐五代韻書集存》上冊，（臺北：學生書局。1994 年 4 月），頁 149。

〔註62〕丁度《集韻‧平聲一東》，參見《小學名著六種》，（北京：中華書局。1998 年 12 月）頁 5。

《七音略》：雄，牙聲。（匣母三等）〔註63〕

《指微韻鏡》：雄，牙聲。（匣母三等）

曾氏自《集韻》之切語，看出端倪，進而啓發其對於喻母古讀之研究。事實上，除了他所提出的這些例證外，自其他韻書中之切語，亦看出區別。如：

王仁昫《刊謬補缺切韻》：雄，羽隆切。（喻三）〔註64〕

《韻鏡》：雄。（匣母）〔註65〕

《四聲等子》：雄。（匣母）〔註66〕

《經史正音切韻指南》：雄。（匣母）〔註67〕

慧琳《一切經音義》：熊，許弓、虛弓、虛窮、許窮、畫窮（？）五切，並音雄六音，皆曉母。〔註68〕

徐鍇《說文解字繫傳》：雄，于弓切。（喻三）〔註69〕

《玉篇》：雄，有弓切。（喻三）〔註70〕

以上所舉例證，除慧琳《一切經音義》作曉母外，其他韻書或作喻三，或作匣母，皆與所舉相合。曾氏又云：

《切韻指掌圖·檢例》云：「匣闕三四喻中覓，喻虧一二匣中窮。

上古釋音多具載，當今篇韻少相逢。注云：戶歸切幃、于古切戶。」

〔註71〕是明喻母匣母古音同讀也。唯未能別喻四於喻三，其見終

〔註63〕《通志七音略》，參見《等韻五種》，（臺北：藝文印書館。1998年3月）頁14。

〔註64〕王仁昫《刊謬補缺切韻》（王二），參見周祖謨編《唐五代韻書集存》上冊，（臺北：學生書局。1994年4月），頁434。

〔註65〕《韻鏡》，參見《等韻五種》，（臺北：藝文印書館。1998年3月），頁19。

〔註66〕《四聲等子》，參見《等韻五種》，（臺北：藝文印書館。1998年3月），頁12。

〔註67〕《經史正音切韻指南》，參見《等韻五種》，（臺北：藝文印書館。1998年3月），頁7。

〔註68〕（？）此原書標記，切或有疑。參見黃淬伯著《慧琳一切經音義反切考》卷七，（臺北：中央研究院歷史語言研究所。1993年2月。）頁168。

〔註69〕徐鍇著《說文解字繫傳·通釋第七》，（北京：中華書局。1998年12月），頁69。

〔註70〕顧野王《玉篇·隹部》，參見《小學名著六種》，（北京：中華書局。1998年12月），頁93。

〔註71〕參見《切韻指掌圖·檢例》〈辨匣喻二字母切字歌〉，（臺北：藝文印書館。百部叢書集成），頁5。

未瑩也。是喻三應隸牙聲匣母，就《集韻》、《七音略》、《指微韻

鏡》、《切韻指掌圖》之說推而廣之也。唯謂喻四應隸舌音定母，

則係余創說。〔註72〕

於前人所遺留之訊息中，曾氏能洞燭機先，看出此一古今語音演變之端倪，
此亦曾氏辨明喻母古音分隸二類，而後有〈喻母古讀考〉一文之原由。

一、喻母當分二類

喻母古讀之說，主要釐清喻母三個部分；其一為，喻母非影母之濁聲。
其二為，喻母當分為于、喻二類。其三為，于類古聲當隸牙音匣母，喻類古
聲當隸舌音定母。

（一）影母獨立，喻母非影母之濁聲

宋元以來等韻圖中，喉音影母皆與喻母一清一濁。《經史正音切韻指南》
以喉音之曉匣相配，以影清而喻濁。《四聲等子》亦以喉音之曉匣相配，影
喻亦一清一濁。《韻鏡》卷前，三十六字母歸納助紐字例，喉音下以曉匣為
雙飛，雙飛即清濁相配；而影喻則二獨立。雖則獨立，曾氏認為一清一濁仍
為相配。〔註73〕曾氏云「喉聲影母獨立，本世界制字審音之通則。」〔註74〕
其學生郭晉稀〈講授筆記〉：「影母為眞喉音，即眞喉音，即眞母音，本無清
濁可分。如謂影母與喻母為古今音，則尤大誤。」〔註75〕郭氏謂影母為「眞
喉音」實則謂影、曉、匣、喻四母雖皆列喉音下，然影母為喉塞音，是眞正
之喉音，而曉、匣雖為喉音，實則近於牙，是淺喉音。至於所謂「眞母音」
者，易與元音之母音定義相混，「影」為輔音之類，仍不宜以「眞母音」稱
之。惟元音以振動聲帶為要件，而深喉之影母，氣流阻塞位置近於發元音之
聲帶，如此或可理解所謂「眞母音」之原意。影母既獨立，又無清濁可言，
則喻母字不與影母相配至合音理。惟影、喻《韻鏡》已言「二獨立」，以影

〔註72〕曾運乾〈讀敖士英關於研究古音的一個商榷〉，參見《學衡》第 77 期（1932 年），
頁 3。

〔註73〕《等韻五種‧韻鏡》（臺北：藝文印書館，1998 年 3 月），頁 9。

〔註74〕曾運乾《音韻學講義》，（北京：中華書局，2000 年 11 月），頁 147。

〔註75〕郭晉稀〈講授筆記〉，參見曾運乾《音韻學講義》，（北京：中華書局，2000 年
11 月），頁 147。

喻互爲清濁相配，恐是曾氏體認錯誤。曾氏以《廣韻》五十一聲紐說中，以鴻細分紐類爲二，影母亦有鴻細二類；以安、哀、烏、愛、握、〔註76〕鷖、煙爲影母之鴻聲，以一、於、乙、衣、委、〔註77〕央、伊、依、紆、挹、憂、憶、謁爲影母之細聲。韻圖雖列影母爲清聲，喻母爲濁聲。然影母本無清濁之分，本即不與喻母相配。喻母於三十六字母中亦獨立。此《韻鏡》中，連影、喻二母而於影母下標「喉音二獨立」之本義。

（二）喻母當分爲于、喻二類

喻母既不爲影母之濁聲，則喻母獨立爲一類。惟韻圖中喻母三等四等劃然有別。夏燮既別韻圖中齒音下，二等與三等字，《廣韻》切語不同。以二等古讀歸於齒頭之精、清、從、心，而以三等古讀歸於舌頭之端、透、定。則喻母三四等《廣韻》之切語亦不同，是以喻母當分爲二類。切語中以于、云、雲、王、永、有、羽、雨、洧、爲、韋、筠、榮、遠爲于（爲）類，爲牙音匣母之細聲；以夷、與、予、弋、以、羊、余、悅、移、餘、翼、營〔註78〕爲喻母，爲舌音之細聲。喻母獨立，不與他母相互爲清濁與鴻細。

（三）于類古聲當隸牙音匣母，喻類古聲當隸舌音定母

喻母於韻圖上已分列三四等，而切語上字不同，實劃然分爲兩類，而兩類之性質如何？曾氏謂：「于母之當隸牙音匣母，喻母之當隸舌音定母也，余又爲之補苴其說。其他惟正齒音之三等，宜與舌音爲類，其二等宜與齒音爲類，固皆可從六書之形聲而得其條貫者。」〔註79〕由此語可知曾氏之分喻母兩類，就觀念上來自等韻，就方法而言則來自形聲文字之聲符結構。而曾氏分別喻母古讀，亦採用經籍異文上之線索作爲分析條件。其〈喻母古讀考〉一文刊行前稱〈喻母分隸牙舌音〉。按郭晉稀《音韵學講義》筆記，謂：「〈喻母分隸牙舌音〉一文，曾氏於一九二八年改曰〈喻母古讀考〉發表於東北大學季刊第十二期。發表時，較〈喻母分隸牙舌音〉增益兩段。」〔註80〕所增

〔註76〕「握」，於角切，在四江韻爲二等字。依曾氏鴻細之例，當列鴻聲。

〔註77〕曾氏影母細聲無「委」字，《廣韻》山韻有「嬽，委鰥切」，暫增列於此。

〔註78〕曾氏爲類有「營」，誤置，當列於喻類。可參考本文第四章第二節。

〔註79〕曾運乾《音韵學講義》，（北京：中華書局，2000年11月），頁440。

〔註80〕曾運乾《音韵學講義》，（北京：中華書局，2000年11月），頁165。

益者見於曾運乾《音韵學講義》之〈喻母古讀考〉節錄。〔註81〕

二、喻母古讀說

喻母古讀之考訂，以曾氏〈喻母古讀考〉內容析之，曾氏舉證四十五例，其中三例爲古讀營如環，古讀營如還，古營魂聲相近。「營」，本余頃切，曾氏改爲于頃切，遂與環、還、魂字爲喻三。今「營」仍從其原切作匣類。故曾氏舉經籍異文證喻母三等古歸於匣類之例當爲四十三。

（一）喻三古歸匣母

《廣韻》中切語，凡用于_{羽俱切}、云_{王分切}、雲_{王分切}、王_{雨方切}、永_{于憬切}、有_{云久切}、羽_{王矩切}、雨_{王矩切}、洧_{榮美切}、爲_{遠支切}、韋_{雨非切}、筠_{爲贇切}、榮_{永兵切}、遠_{雲阮切}爲切語上字者，此十四字於等韻圖中，例置於三等位置，與四等不相混用。此爲于類，即曾氏《廣韻》五十一聲紐中細聲之匣二。又《廣韻》中切語，凡用胡乎_{戶吳切}、戶_{侯古切}、侯_{戶鉤切}、下_{胡雅切}、黃_{胡光切}、何_{胡歌切}爲切語上字者，爲匣母。喻母三等讀入匣母，丁度《集韻》雖已見其演變之端倪，然其說則始見於鄒漢勛《五音論》中三十一論，謂：「喻當倂匣。」〔註82〕惜是論見佚而只存條目。曾氏證喻母古讀，皆舉經籍中之異文爲證。四十三條證據如下。

表八七　證喻母三等字古隸牙音匣母

例數	例字	切語	聲類	引　文	出　　處	備　註
				古讀瑗如奐		
1	瑗	王眷切	于	陳孔瑗。	《春秋・左氏傳》襄二十七年	
		于願切	于			
	奐	胡玩切	匣	陳孔奐。	《春秋・公羊傳》	
				古讀瑗又如環		
2	瑗	王眷切	于	齊侯環卒。	《春秋・左氏傳》襄二十七年	
		于願切	于			

〔註81〕曾運乾《音韵學講義》，（北京：中華書局，2000年11月），頁166～170。

〔註82〕鄒漢勛《五韻論》，《鄒叔子遺書》卷上，（自藏石印本），頁46。

	環	戶關切	匣	齊侯瑗卒。	《春秋‧公羊傳》	
	瑗	王眷切	于	好倍肉謂之瑗。	《爾雅‧釋器》	環瑗聲義並
	環	戶關切	匣	肉好若一味之環。	《爾雅‧釋器》	相近
	古爰緩聲同					
3	爰	雨元切	于	爰爰，緩意。	《詩‧毛傳》	爰緩聲同
	緩	胡管切	匣	爰爰，緩也。	《爾雅‧釋訓》	
	古讀援如換					
4	援	雨元切	于	無然畔援。	《詩‧皇矣》	畔泮同聲，跋佈與畔均雙聲。
		爲眷切	于			
	換	胡玩切	匣	畔換。	《漢書‧敘傳》	
	換	胡玩切	匣	判換。	〈魏都賦〉	換奐同切，扈摳同切，均匣母雙聲。
	奐	胡玩切	匣	泮奐。	《詩‧卷阿》	
	扈	侯古切	匣	畔援，猶跋扈也。	《詩‧鄭箋》	
	摳	侯古切	匣	夷粵佈摳。	〈隸釋成陽令唐扶碑〉	
	古讀爰又如換					
5	爰	雨元切	于	晉於是作爰田。	《春秋‧左氏傳》僖十五年	
	換	胡玩切	匣	爰，易也。	服虔注	曾案易猶換也。
				換田。	何休《公羊傳》注	
	爰	雨元切	于	民受田，上田夫百晦；中田夫二百晦；下田夫三百晦。三歲更耕，自爰其處。	《漢書‧食貨志》	段氏注：爰轅𧿇換四字音義同。
	轅	雨元切	于	秦孝公用商鞅轅田。	《漢書‧地理志》	
	𧿇	雨元切	于	𧿇，𧿇田易居也。	《說文‧走部》	
	古爲、蝯、猴三字聲相近					
6	爲	遠支切	于	爲，母猴也。	《說文‧爪部》	
	蝯	羽元切	于	猴，夔也，從犬猴聲。	《說文‧犬部》	
	猴	乎溝切	匣	一名爲，一名沐猴，其靜者蝯。	朱駿聲注	爲蝯猴三字聲相近。
	蝯	羽元切	于	蝯善援，禺屬。	《說文‧虫部》	
	猴	乎溝切	匣	田部曰：禺，母猴屬。	段氏注	
	古讀洹如洹、如汍					
7	渙	胡完切	匣	方洹洹兮。	《詩‧溱洧》	
	洹	于元切	于	方渙渙兮。	《釋文》‧引《韓詩》	
	汍	胡官切	匣	方汍汍兮。	《說文》引	

	古讀羽如扈					
8	羽	王矩切 王遇切	于	弓而羽殺。	《周官・考工・工人》	
	扈	侯古切	匣	羽讀爲扈，〔註83〕緩 也。	注	
	緩	胡管切	匣			
	古院寏同字					
9	寏	胡官切	匣	寏，周垣也。從宀奐 聲。	《說文・宀部》	
	院	王眷切	于	寏字之重文。	《說文・宀部》	
	古于豁聲相近					
10	豁	呼括切	曉	豁旦，即于闐也。	玄應《一切經音義》	曉爲匣之 清。于豁音 近。
	于	羽俱切	于			
	古讀盂于如霍，實如護					
11	盂	羽俱切	于	會于盂。	《春秋》僖二十一年	《穀梁傳》 范解雩或爲 宇
	宇	羽俱切	于	會于雩。	《穀梁傳》	
	霍	虛郭切	曉	會于霍。	《公羊傳》	
	護	胡故切	匣	南山爲霍山，霍之言 護也。	《白虎通・巡狩》	
	護	胡故切	匣	霍者，護也。	《太平御覽》引《三禮 宗義》	
	衡	戶庚切	匣	衡山一名霍山。	《風俗通》	
	古讀于如乎					
12	于	羽俱切	于	于猶乎也。	《經傳釋詞》	
	乎	戶胡切	匣	不籍而贍國，爲之有 道于？〔註84〕	《管子・山軌》	
	于	羽俱切	于	然則先王聖于？	《呂氏春秋・審應》	
	乎	戶胡切	匣	于，乎也。	高注	
	乎	戶胡切	匣	今女之鄙至此乎。	《列子・黃帝》	
	于	羽俱切	于	乎本又作于。	《釋文》	
	乎	戶胡切	匣	不爲社者，且幾有 翦乎？	《莊子・人間世》	

〔註83〕孫貽讓《周禮正義》：「經典扈無緩訓，未詳所出。」曾案：「鄭訓畔援爲跋扈，
知爰扈聲相近，顧德假借。」參見曾運乾《音韵學講義》，（北京：中華書局，
2000 年 11 月），頁 150。

〔註84〕元注：宋本如是，今本譌作子。

	乎	戶胡切	匣	乎，崔本作于是也。	《釋文》	
	乎	戶胡切	匣	孝乎惟孝。	《論語》	
	于	羽俱切	于	孝于惟孝。	《釋文》、漢石經	
	古榮懷聲相近					
13	榮	永兵切	于	匣母三四等字，經讀亦有似喻母者。如榮懷與杌陧，均爲雙聲，今人則有匣喻之別矣。	《十駕齋養新錄》	匣于一類，榮懷雙聲
	懷	戶乖切	匣			
	古讀違如回					
14	違	雨非切	于	靜言庸違。	《尚書·堯典》	
	回	戶乖切	匣	靖譖庸回。	《左氏傳》文十八年，《論衡·恢國》、《三國志·陸抗傳》引	
	古讀圍如回					
15	圍	雨非切	于	春秋楚公子圍。		
	圍	雨非切	于	楚靈王圍。	《漢書·古今人表》	
	回	戶乖切	匣	楚靈王回。	《史記·楚世家》	
	回	戶乖切	匣	圍，《史記》多作回。	《音義》	
	古讀圍又如淮					
16	圍	戶乖切	匣	淮，圍也。圍繞揚州北界，東至海也。	《釋文》	
	淮	戶乖切	匣			
	古讀禈如泂					
17	禈	雨非切	于	儚儚禈禈。	《說文》引《爾雅》	
	泂	戶乖切	匣	儚儚泂泂，惽也。	《爾雅·釋訓》	
	佪	戶乖切	匣	儚儚佪佪。	《潛夫論》	
	古緯繢聲相近					
18	緯	于鬼切	于	緯，織橫絲也。	《說文》	《說文》無憴繢，應即劃字
	橫	戶庚切	匣	緯，橫也。	《廣雅·釋言》	
	繢	胡麥切	匣	忽緯繢其難遷。	《離騷》	
	劃	胡麥切	匣	緯憴，乖刺也。	《廣雅·釋訓》	
	古緯繘聲相轉					
19	緯	于鬼切	于	緯，織橫絲也。	《說文》	
	繘	胡本切	匣	繘，緯也。	《說文》	

		古位畫聲相近				
20	位	于愧切	于	易六位而成章。	《易・說卦》	
	畫	胡麥切	匣	易六畫而成章。	《儀禮・士冠禮》引、疏引	
				位本又作畫。	《釋文》	
		古萑葦聲相近				
21	萑	胡官切	匣	物名雙聲。	萑葦雙聲	
	葦	于鬼切	于			
		古緯渾通讀				
22	緯	于鬼切	于	楎讀如緯,或如渾天之渾。	《說文》	緯渾通讀
	渾	戶本切	匣			
		古扞、衛聲相近				
23	扞	侯旰切	匣	又其外方五百里為衛服。	《周書・職方》	
	衛	于歲切	于	為王扞衛。	孔注	
	衛	于歲切	于	爪牙不足以自衛。	《呂覽・恃君》	
	扞	侯旰切	匣	衛,扞也。	高注	
		古運讀如緷,或讀如輝				
24	運	王問切	于	太卜,其經運十。	《周官經》	
	緷	王問切	于			
	輝	戶昆切	匣	運或為緷,當為輝。	注	
		胡本切	匣			
		古暈亦讀如輝				
25	暈	王問切	于	鐫,謂日旁氣,四面相鄉如暈狀也。	《周官經》眡祲注	
	輝	戶昆切	匣	暈音運;本又作輝。	《釋文》	
		胡本切	匣			
		古讀沄如混				
26	沄	王分切	于	沄,轉流也,從水,云聲,讀若混。	《說文》	
		胡本切	匣	沄亦有此切。	曾運乾注	
	混	胡本切	匣			
		古讀員如魂				
27	員	王權切	于	出其東門……聊樂我員。	《詩・鄭風・出其東門》	
		王分切	于			
		王門切	于			
	魂	戶昆切	匣	員,《韓詩》作魂,神也。	《釋文》	

	古芸魂聲同					
28	芸	王分切	于	魂，芸也。芸芸動也。	《古微書》引《孝經·援神契》	魂魂猶云云也
	魂	戶昆切	匣	魂猶伝伝也，行不休也。	《白虎通》	
	魂	戶昆切	匣	其光熊熊，其氣魂魂。	《中山經》	
	云	王分切	于	雲氣西行云云然。	《呂覽·圓道》	
	古讀員又如圓					
29	圜	戶關切	匣	輪人取諸圜。	《周官·考工·輪人》	
	員	王權切	于	故書圜作員。	注	
		王分切	于	圓闕竦以造天。	《文選·西京賦》	
		王門切	于	圓亦圓字。	注	
	圜	戶關切	匣	圜，天體也；圓，圓合也。	《說文》	聲義並近
	古隫穛聲相近					
30	隫	于敏切	于	儒有不隫穛於貧賤，不充絀於富貴。	《禮記·儒行》	隫穛與充絀皆雙聲
	穛	胡郭切	匣			
	古讀域如或					
31	或	胡國切	匣	或，邦也，從口，從戈，以守一。	《說文》	
	域	雨逼切	于	域，或又從土。	《說文》	
	古讀彧如或					
32	或	胡國切	匣	遵並大道邠或。	《大戴禮記·公冠》	曾案：聲不誤，芬古讀為邠
	彧	雨逼切	于	邠或當為芬彧，聲字誤也。	盧注	
	古讀域如惑					
33	蜮	雨逼切	于	蜮之為言惑也。	《公羊傳》莊十八年	
	惑	胡國切	匣			
	古讀盂如狐、如壺					
34	盂	羽俱切	于	盂黶。	《左氏傳》哀十五年	狐黶，師古注：即盂黶
	狐	戶吳切	匣	狐黶。	《史記·古今人表》	
	壺	戶吳切	匣	壺黶。	《史記·仲尼弟子傳》	

			古讀汙如弧	
35	弧	戶吳切	匣	凡揉輈欲其孫兒無弧深。	《周禮·考工記·輈人》	
	汙	羽俱切	于	杜子春弧讀爲盡而不汙之汙。	注	
			古讀有如或	
36	有	云久切	于	或猶有也。	《經傳釋詞》	
	或	胡國切	匣	無有作好，遵王之道；無有作惡，遵王之路。	《尚書古義》	
	或	胡國切	匣	有作或。	《呂覽·貴公》	
	有	云久切	于	或，有也。	高注	
	有	云久切	于	或，之言有也。	《論語》鄭康成注	
	或	胡國切	匣	無或作利，從王之指；無或作惡，尊王之路。	《韓非子》	
			古讀又亦如或	
37	又	于救切	于	或猶又也。或之通又，猶或之通作有矣。	《經傳釋詞》	
	或	胡國切	匣	父死之謂何，或敢有他志，以辱君義。	《禮記·檀弓》	
	又	于救切	于	或作又。	《國語·晉語》	
	或	胡國切	匣	今吳不如過，而越大於少康。或將豐之，不亦難乎？	《左氏傳》哀元年	
	又	于救切	于	又將寬之。	《史記·吳世家》	
			古又后（後）聲相近	
38	又	于救切	于	王又無母恩。	《詩·葛藟》	
	后	胡口切	匣	又本作后。	《釋文》	
	后	胡口切	匣	定本即諸本右作后。	疏	
			古右、后聲相近	
39	右	于救切	于	轉寫者誤以右爲後。	《漢書·武帝記》注	右後左前，古雙聲字，非誤。
	又	于救切	于	又，有繼之詞也。	《穀梁傳》	
	又	于救切	于	以待又語。	《禮·文王世子》	
	後	胡口切	匣	又語，爲後復論說也。	注	

			古讀越如穴		
40	越	王伐切	于	清廟之瑟，朱絃而疏越。	《禮·樂記》	
	穴	胡決切	匣	越，瑟下孔也。	注	孔亦穴
			古讀戉、鉞如豁		
41	鉞	王伐切	于	鉞，豁也，所向莫敢當前，豁然破散也。	《釋名·釋兵器》	
	豁	呼括切	曉			
			古讀王如皇		
42	皇	胡光切	匣	皇，從自，始也，始亡者，三皇大君也。〔註85〕	《說文》	
	王	雨方切	于	王者皇也，王者黃也。	《春秋繁露·深察名號》	
			古讀往如皇		
43	皇	胡光切	匣	祭祀之美，齊齊皇皇。	《禮·少儀》	
	往	于兩切	于	皇讀如歸往之往。	注	
	皇	胡光切	匣	烝烝皇皇。	《詩·魯頌·泮水》	
	往	于兩切	于	皇皇當作㝵㝵，㝵㝵猶往往也。	箋	
	皇	胡光切	匣	先祖是皇。	《詩·小雅·北山之什·楚茨》	
	往	于兩切	于	皇，㝵也。	箋	
	皇	胡光切	匣	先祖是皇。	《詩·小雅·北山之什·信南山》	
	往	于兩切	于	皇皇之言往也。	箋	
	皇	胡光切	匣	㝵讀若皇；䑞從舜，㝵聲，讀若皇。	《說文》	

　　四十三條證據，引證詳實。有聲同者，有聲近者，有讀如者，有聲轉者。皆證于母之古讀與匣母無異。

　　劉冠才《兩漢聲母系統研究》一書中，就東漢時期，班固《白虎通義》、劉熙《釋名》，許慎《說文》等文獻中可見的聲訓材料，或從《說文》中讀若之資料，或從其他經籍中假借材料等等看來，云（于）、匣二母之關係皆異常密切。然亦顯示出云（于）、匣二母於東漢時期可能已是各自之聲母。〔註86〕

〔註85〕皇自當從王，王亦聲。

〔註86〕劉冠才《兩漢聲母系統研究》，（上海：上海古籍出版社，2012年12月），頁128～135。

然而，北周‧庾信〈雙聲詩〉則又云（于）、匣不分。

（二）喻四古歸定母

《廣韻》中切語，凡用以夷以脂切、與余呂切、予余餘以諸切、弋翼與職切、以羊已切、羊與章切、悅弋雪切、移弋支切、營〔註87〕爲切語上字者，此十二字於等韻圖中，例置於四等位置，與三等不相混用。此爲喻類，即曾氏《廣韻》五十一聲紐中細聲之喻。而《廣韻》中切語，凡用徒同都切、同徒紅切、特徒得切、度徒故切、杜徒古切、唐徒郎切、堂徒郎切、田徒年切、陀徒何切、地徒四切爲切語上字者，爲定母。又《廣韻》中切語，凡用直除例切、除直魚切、場直良切、池直離切、治持直之切、遲直尼切、佇直呂切、柱直主切、丈直兩切、宅場白切爲切語上字者，爲澄母，古則讀如定母。

表八八　證喻母四等字古隸舌音定母

例數	例字	切語	聲類	引　　文	出　　處	備　註
				古讀夷如弟		
	夷	以脂切	喻	匪夷所思。	《易‧渙》	
	弟	徒禮切	定	夷苟本作弟。	《釋文》	
		特計切	定			
1	夷	以脂切	喻	夷於左股。	《易‧明夷》	
	睇	特計切	定	子夏本作睇，又作眱。	《釋文》	
	鴺	杜奚切	定	鴺，從鳥夷聲。	《說文》	
	鶇	徒禮切	定	鴺作鶇，從鳥弟聲。	重文	
		特計切	定			
				古讀夷如陳，實如田		
	夷	以脂切	喻	刑遷於夷儀。	《左氏傳》僖元年	
	陳	直珍切	澄	陳儀。	《公羊傳》	
2	田	徒年切	定	陳從申聲，古音如田。史記齊田氏即陳田氏。	曾按	
	夷	以脂切	喻	庚子干丙子夷。	《淮南子‧天文》	
	電	堂練切	定	夷或爲電。夷之讀爲電，猶夷之讀爲陳。	注	

〔註87〕曾氏爲類有「營」，誤置，當列於喻類。可參考本文第三章第二節。

	古讀夷如遲				
3	遲	直利切	澄	周道倭遲。	《詩·四牡》
	夷	以脂切	喻	威夷。	《韓詩》
	夷	以脂切	喻	昔者馮夷大丙之御也。	《淮南·原道》
	遲	直利切	澄	夷或作遲。	注
	古讀夷如樨				
4	樨	直利切	澄	完生樨孟思。	《史記·田完世家》
	夷	以脂切	喻	夷孟思。	《索隱》引《世本》
	古讀姨如弟				
5	姨	以脂切	喻	妻之姊妹曰姨，姨弟也，言與己妻相長弟也。	《釋名·釋親屬》
	弟	徒禮切	定		
		特計切	定		
	古讀夷如薙、如髯				
6	夷	以脂切	喻	書薙或作夷；玄謂薙讀如髯小兒頭之髯，書或作夷，此皆翦艸也，字從類也。	《周官經·薙氏》注
	薙	直履切	澄		
	稚	他計反	透	薙或作稚，同他計反，徐庭計反；髯他計反。	《釋文》
		庭計反	定		
	髯	直履切	澄		
	古讀希如弟				
7	希	羊至切	喻	希讀若弟。	《說文》
	弟	特計切	定		
	古讀肆如髴				
8	肆	羊至切	喻	古文肆肆同聲。肆從長，隶聲。籀文肆作肆，亦從隶聲，故古肆、肆通作。	
	肆	羊至切	喻	肆儀爲位。	《周官·小宗伯》
	肆	羊至切	喻	故書肆爲肆。杜子春讀肆當作肆。	鄭注
	肆	羊至切	喻	肆束及帶。	《禮·玉藻》
	肆	羊至切	喻	肆讀爲肆。	注
	肆	羊至切	喻	小子羞肆羊殽肉豆。	《周官》
	髴	他歷切	透	肆讀爲髴。	注

9	\multicolumn{6}{c}{古讀圛、驛如弟、如悌或如涕}	
	驛	羊益切	喻	驛，。	《商書·洪範》	
	圛	羊益切	喻	驛引作圛。	《周禮·大卜》注引	
	圛	羊益切	喻	驛引作圛。	《說文·口部》引	
	弟	徒禮切	定	齊子豈弟。	《詩·載驅》	
		特計切	定			
	悌	特計切	定	古文《尚書》以弟爲悌。	箋	
	悌	特計切	定	驛古文作悌，今文作弟。	《正義》引賈逵《書古文同異》	
	涕	他禮切	透	涕。	《史記·宋微子世家》	
		他計切	透			
10	\multicolumn{6}{c}{古讀斁如度}	
	斁	羊益切	喻	惟盤遊之無斁兮。	《後漢書·張衡傳》	
	度	徒故切	定	斁古度字。	章懷注	
		徒各切	定			
11	\multicolumn{6}{c}{古讀余如荼}	
	徐	似余切	邪	來徐徐。	《易·困》	
	荼	宅加切	澄	子夏作荼荼。	《釋文》	
		同都切	定			
	余	以諸切	喻	王肅作余余。	翟同音圖	
12	\multicolumn{6}{c}{古讀易如狄}	
	易	羊益切	喻	易牙。	《管子·戒》	
		盈義切	喻			
	狄	徒歷切	定	狄牙。	《大戴禮·保傅》	
	狄	徒歷切	定	狄牙。	《論衡·譴告》	
13	\multicolumn{6}{c}{古讀逸如迭}	
	迭	徒結切	定	史迭。	《書·洛誥》	
	逸	夷質切	喻	史逸。	《逸周書·去殷》	
	逸	夷質切	喻	隨侯逸。	《左氏傳》	逸、逃、遁雙聲
				逸，逃也。	杜預注	
				逸，頓也。	《漢書·成帝紀》	
14	\multicolumn{6}{c}{古讀逸又如徹}	
	逸	夷質切	喻	夫子奔逸絕塵。	《莊子·田子方》	
	徹	丑列切	徹	奔徹。	《釋文》	
		直列切	澄			

15				古讀軼如轍		
	轍	直列切	澄	螳螂怒臂以當車轍。	《莊子·人間世》	
	軼	夷質切	喻	轍字義作軼。	《釋文》	
16				古讀軼又爲迭		
	軼	夷質切	喻	軼讀如迭。	《文選·陽給事誄》注	
	迭	徒結切	定			
17				古讀佚如迭		
	佚	夷質切	喻	迭爲賓主。	《孟子》	
	迭	徒結切	定	迭，或作佚。	《釋文》引張音	
	佚	夷質切	喻	遺佚而不怨。	《孟子》	
	迭	徒結切	定	佚音義與逸同，或作迭。	《釋文》	
	佚	夷質切	喻	遺佚與隤迭雙聲。	曾運乾按	
	迭	徒結切	定			
	佚	夷質切	喻	數若佚蕩。	《莊子·天地》	
	佚	夷質切	喻	佚蕩，唐佚也。	《釋文》引司馬注	佚蕩、佚宕、蕩泆並定母雙聲連語。
	佚	夷質切	喻	佚宕中國	《穀梁傳》文十一年	
	佚	夷質切	喻	爲人簡易佚蕩。	《漢書·揚雄傳》	
	泆	夷質切	喻	泆，水所蕩泆也。	《說文》	
	代	徒耐切	定	佚，代也；齊曰佚。	《方言》	雙聲爲訓
18				古讀遺如隤		
	遺	以追切	喻	棄予如遺。	《詩·谷風》	
		以醉切	喻			
	隤	杜回切	定	遺作隤。	《文選·歎逝賦》注引《韓詩章句》	
19				古讀育毓如毒		
	毒	徒沃切	定	亭之毒之。	《老子》	
	育	余六切	喻	毒本作育。	《釋文》	
	毒	徒沃切	定	無門無毒。	《莊子·人間世》	
	毓	余六切	喻	毒本作毓。〔註88〕	《釋文》	

〔註88〕曾運乾注：原文作毎，按毎在脣類，無與毒通讀之理，蓋毓之殘字。參見曾運乾《音韵學講義》，（北京：中華書局，2000年11月），頁158。

20	古讀育又如胄	
	胄	直祐切	澄	舜命夔典樂，教胄子。	《書·堯典》	
	育	余六切	喻	育子	《周官·大司樂》鄭注引	
	育	余六切	喻	育子	《說文》引《虞書》	
	稺	直利切	澄	育亦作稺，	《史記》	
	胄	直祐切	澄	稺與胄雙聲	曾按	
21	古讀鬻如濁	
	鬻	余六切	喻	鬻濁於糜，粥粥然也。	《釋名·釋飲食》	
	濁	直角切	澄			
22	古讀欲如猶，實如獨	
	欲	余蜀切	喻	匪棘其欲。	《詩·文王有聲》	
	猶	以周切	喻	匪棘其猶。	《禮·禮器》	
	猶	以周切	喻	而我猶為人猗	《莊子·大宗師》	
	獨	徒谷切	定	猶，崔本作獨。	《釋文》	
23	古讀繇如陶	
	繇	餘招切 以周切	喻 喻	皋繇謨。	《離騷》、《尚書大傳》、《說文》	
	陶	徒刀切 餘招切	定	皋陶謨。	《尚書·皋陶謨》	
24	古讀躍如濯	
	躍	弋照切	喻	躍躍，迅也。	《爾雅·釋訓》	
	濯	直角切 直教切	澄 澄	躍，樊光本作濯。	《釋文》	
25	古讀躍如趯	
	躍	弋照切	喻	躍躍毚兔	《詩·巧言》	
	趯	弋照切	喻	趯趯	《韓詩》	
	狄	徒歷切	定	狄狄然。	《荀子·非十二子》	
	躍	弋照切	喻	跳躍之貌	注	
26	古投兒雙聲	
	投	度侯切	定	投謂之鬪 [註89]	《廣雅·釋宮》	
	鬪	以灼切	喻			
	牏	羊朱切	喻	厠牏	《漢書·傳》十六	
	投	度侯切	定	厠投	注引蘇林音	
	俞	羊朱切	喻	牏讀若俞	《說文》片部	

〔註89〕「投謂之鬪」字在《廣雅·釋宮》，曾文「投謂之兒」，《廣雅·釋器》皆誤。參見王念孫《廣雅疏證》，（南京：江蘇古籍出版社，2000年9月），頁211。

27	古讀腧如頭					
	腧	羊朱切	喻	石建取親中裙廁腧，身自浣濯。	《史記·萬石君傳》	
	腧	羊朱切	喻	今世謂小袖衫爲侯腧	《索隱》	
	頭	度侯切	定	此即《釋名》之侯頭，所謂齊人謂如衫小袖曰侯頭，侯頭猶言解瀆也。	曾按	
28	古讀逾亦如頭					
	逾	羊朱切	喻	逾，大溝反	《儀禮》《釋文》引《說文》舊音	
	逾	大溝反	定			
29	古讀愉如偷，實如婾					
	愉	羊朱切	喻	他人是愉	《詩·山有樞》	
		以主切	喻	愉讀約偷	箋	
	偷	他侯切	透	毛以朱反，樂也；鄭作偷，他侯切，取也。	《釋文》	
	婾	託侯切	透	他人是婾	《漢書·地理志》引	
		羊朱切	喻	我王以婾	《文選·諷諫詩》	
	偷	羊朱切	喻	婾與愉同	注	
		以主切	喻			
30	古讀渝如偷					
	渝	羊朱切	喻	舍命不渝	《詩·清仁》	
	偷	託侯切	透	舍命不偷	《韓詩外傳》引	
31	古渝、墮雙聲					
	渝	羊朱切	喻	鄭人來平渝，墮成也。輸成也。	《左氏傳》隱公六年《公羊傳》、《穀梁傳》	
	墮	徒果切	定	輸者墮也。	《穀梁傳》	
32	古讀揄如臽					
	揄	度侯切	定	或舂或揄。	《詩·生民》	
		徒口切	定			
		羊朱切	喻			
		以周切	喻			
	臽	代兆切	定	或舂或臽。	《說文》臼部引	
		羊朱切	喻			
		以周切	喻			
				《廣韻》切語竝定母喻母相通之理。	曾運乾按	

				古讀舀如挑		
33	舀	代兆切	定	二手執挑匕枋以挹滘	《儀禮・少牢饋食禮》	
		羊朱切	喻			
		以周切	喻			
	挑	吐雕切	定	挑謂之,讀如或舂或扰之扰。	《儀禮・少牢饋食禮》注	
				舀,抒臼也。從爪臼;或從手,從冘;或從臼,從冘。	《說文》臼部	
				古讀攸如調		
34	調	徒聊切	定	卤,讀若調。〔註90〕	《說文》卤部	
	攸	以周切	喻	卤,從乃,卤聲,讀若攸。〔註91〕	《說文》乃部	
				覶,從見,卤聲,讀若攸。〔註92〕	《說文》見部	
				古讀攸如逐,又如迪,如滌		
35	逐	直六切	澄	其欲逐逐。	《易・頤》	
	攸	以周切	喻	子夏作攸攸。	《釋文》	
	逐	直六切	澄	攸當爲逐。	《志林》	
	迪	徒歷切	定	迪。	蘇林音	
	滌	徒歷切	定	六世耽耽,其欲滌滌。	《漢書・敘傳下》	
	逐	直六切	澄	滌音攸,今《易》作逐。	顏師古注	
				古讀由如條		
36	由	以周切	喻	《說文》無由字,從聲有之,蓋粤之古文。	曾運乾按	

〔註90〕 《說文》卤部,「凡卤之屬皆從卤,讀若調。」字當爲「卤」,曾文作「卤」誤。參見段玉裁《說文解字注》,(臺北:黎明文化事業公司,1988年10月),頁320。

〔註91〕 《說文》乃部,「卤從乃卤聲,讀若攸。」字當爲「卤」,曾文「遹」誤;又從乃不省,曾文作省,亦誤。參見段玉裁《說文解字注》,(臺北:黎明文化事業公司,1988年10月),頁205。

〔註92〕 《說文》見部,「覶,從見,卤聲,讀若攸。」曾文作「覶,從見,遹聲,讀若攸。」誤。參見段玉裁《說文解字注》,(臺北:黎明文化事業公司,1988年10月),頁413。

粵			若顛木之有粤枿	《說文》粤下引商書
條	徒聊切	定	擘作枿，不言由作粤，正古文作由之證。其字古讀作條。	《尚書釋文》引馬本
條	徒聊切	定	木生條也	《說文》粤下
由	以周切	喻	由由然不忍去也。	《孟子》
愉	羊朱切	喻	愉愉然不忍去也。	《韓詩外傳》
愉	以主切	喻		
投	度侯切	定	俞聲古讀如投。	曾按
			古讀也如它	
也	羊者切	喻	從它聲者，或讀同也聲，如頦讀若馳也。從也聲者，或讀若它聲，如杝讀若佗是也。	《說文》
它	徒何切	定		
也	羊者切	喻	篆從它聲者，隸變多作也，如蛇或作虵、佗隸作他、沱隸作池是也。	
它	徒何切	定		
地	徒四切	定	地，從土也聲。	《說文》
也	羊者切	喻	坤道成女，玄牝之門，為天地根，故其字從也。	段玉裁注
			古讀弋如代	
銚	大弔切	定	銚弋古雙聲物。弋聲有代，猶已聲有台。	
弋	與職切	喻		
代	徒耐切	定		
姒	祥里切	邪	夫人姒氏薨。	《左氏傳》襄四年
弋	與職切	喻	弋氏。	《公羊傳》
			《左氏經》作姒氏，字聲勢與此同。	疏云：
弋	與職切	喻	徐說是也。弋今音與職切，喻母；姒今音祥里切，邪母。；錢氏所謂同位轉也。	曾按
姒	祥里切	邪		
弋	與職切	喻	敢弋殷命。	《書》
代	徒耐切	定	弋亦代也。	

	古讀瀷如勑				
	瀷	與職切	喻	泂游瀷淢	《淮南本經》
	勑	恥力切	徹	瀷讀燕人強春言敕之敕。	高注
39	瀷	與職切	喻	澤受瀷而無源者。	又〈冥覽〉
	敕	恥力切	徹	讀燕人強春言敕同也。	高注
	瀷	與職切	喻	瀷水時人謂之勑水，音類。	《水經注》
	勑	恥力切	徹	瀷水俗名勑水。	李吉甫曰
	古兊讀如兑				
	兊	以舛切	喻	《說文》:「兊，山間臽泥地，從口，從水敗兒。」此合體象形也。《易》:「兑爲澤」，借爲兊字，兑從兊聲也。其聲蓋在喉舌。	章太炎《文始》
				非兼在喉舌也，直同隸舌聲定母	曾按
40	沇	以轉切	喻	兊爲古文沇，	段本《說文》
	台	徒哀切	定	《說文》允從吕聲，以古音如台。	曾按
	端	多官切	端	「兊之言端也，言隉經端，故氣纖殺。」是沇與端聲近。	《藝文類聚》引《春秋元命苞》
	古讀說如兑				
	說	弋雪切	喻	〈說命〉	《書》
	兑	杜外切	定	兑命	《釋文》
41				〈兑命〉曰:「念終始典于學」	《禮·學記》引
				兑當爲說之誤。	注
				不誤。	曾按
	說	弋雪切	喻	兑當爲說。	《禮·緇衣》引兑命注
	兑	杜外切	定	兑當爲說。	《禮·文王世子》引兑命注

				兌者，說也。	《易・序卦》	
				兌，說也。	《說文》	
				兌，說也。	《釋名》	
42	古讀說如脫					
	脫	徒活切	定	成公脫	《史記・齊世家》	
	說	弋雪切	喻	成公說	《史記・十二諸侯年表》	
	說	弋雪切	喻	說故喜怒哀樂愛惡欲以心異。	《荀子・正名》	
	脫	徒活切	定	說讀爲脫。	楊注	
43	古讀說如申，實如電					
	說	弋雪切	喻	遊於說。	《禮・少儀》	
	申	失人切	審	說活爲申。	注	
	電	堂練切	定	《廣韻》十七薛，說失熱切；十七真，申失人切；說與失雙聲，申亦與失雙聲。故說得轉而爲申。	俞曲園《禮記異文箋》	
				俞說是但尚非兩字本義。申本電字，《說文》虹下：「申，電也。」可證申古音陳，實如田，定母字。說從兌聲，亦定母。	曾按	
44	古泄、沓聲相近					
	泄	以世切	喻	無然泄泄	《詩・板》	
				泄，以世切。	《釋文》，徐	
	呭	餘制切	喻	呭〔註93〕	《說文》口部	
	沓	徒合切	定	泄泄猶沓沓也。	《孟子》	
45	古讀融如同					
	融	以戎切	喻	融，炊氣上出也，從鬲，蟲省聲。籀文不省，作䘲。	《說文》	澄母歸定

〔註93〕曾文作「泄」，當作「呭」。參見段玉裁《說文解字注》，（臺北：黎明文化事業公司，1988年10月），頁58

同	徒紅切	定	從蟲聲之字，古讀多如同。	曾按	
蟲	直弓反	澄	蘊隆蟲蟲	《詩·雲漢》	
蟲	直弓反	澄	蟲，直弓反，徐徒多反；	《釋文》	
	徒多反	定			
燲	都多反	端	燲	《爾雅》	
			都多反	郭注	
焖	徒多反	定	焖	《韓詩》	
蟲	直弓反	澄	同盟於蟲牢	《春秋》成五年	
	徒多反	定			
桐	徒多反	定	陳留封邱縣北有桐牢。	杜注	
			〈雲漢〉之蟲蟲，即融之同聲假借字，韓退之所謂「如坐深甌遭烝炊」也。焖燲二字，《說文》不載，蓋俗體字，其聲紐則相同。 融又與彤通讀。	曾按	
融	余終反	喻	大隧之中，其樂也融融。	《左氏傳》	
彤	徒多反	定	展洩洩以彤彤。	《文選·思玄賦》	
融	徒多反	定	融與彤古字通。	注	
融	余終反	喻	彤與融同。	《後漢書·張衡傳》注	
彤	徒多反	定	彤，丹飾也；從丹，從彡。彡其畫也。	《說文》丹部	
彤	余終反	喻	《晉書音義》中彤本作肜，則知肜為正體，彤為譌體。	曾按	
彤	徒多反	定	彤弓、彤管	《詩》	
			彤音徒多反	《釋文》	
肜	余終反	喻	〈高宗肜日〉	《書》	
			肜音融	《釋文》	
彤	徒多反	定	商曰肜	《爾雅》	
肜	余終反	喻	肜音余終反	《釋文》	
			自《說文》而外，皆仍彤肜為二字，於丹飾則音徒多，於肜祭則音余終，不知余終即徒多矣。	曾按	

46	古讀炎如惔				
	惔	徒藍反	定	憂心惔惔。	《詩・節南山》
	炎	余廉切〔註94〕	喻	惔，徒藍反。又音炎；《韓詩》作炎。	《釋文》
	炎	余廉切	喻	赫赫炎炎	《詩・雲漢》
	惔	徒藍反	定	本或作惔。	《釋文》
	惔	徒藍反	定	如惔如焚	《詩・雲漢》
				惔音談。	《釋文》
	炎	余廉切	喻	今時復旱，如炎如焚。	《後漢書・章帝紀》
	炎	余廉切	喻	如炎如焚。	注引《韓詩》
	炎	余廉切	喻	大言炎炎。	《莊子・齊物論》
	淡	徒藍反	定	炎李作淡。	《釋文》
47	古讀引如田				
	田	徒年切	定	應田懸鼓	《詩・有瞽》
	田	徒年切	定	田，大鼓也。	〈傳〉
	㹊	余忍切	喻	田當作㹊；㹊小鼓，在大鼓旁，聲轉字誤，變而作田。	箋
	㹊	余忍切	喻	令奏鼓㹊	《周禮・太師》
	引	余忍切	喻	鄭司農云：㹊，擊小鼓引樂聲也，從申柬聲。	注
	申	失人切	審	此字從柬，申聲。《說文》無柬部，故附申部，柬非聲也。說解引樂聲，引申同部，蓋從聲訓。	朱駿聲曰	審母古歸透母，透與定互為清濁
	引	余忍切	喻	「小樂事鼓㹊。」讀若引。	小徐本《說文》引《周禮》
	引	余忍切	喻	引申二字聲近義通，如晨，《說文》訓「引也」；神，「天神引出萬物」。故二鄭及許均讀㹊引，至《毛傳》不破字，假田為㹊，則猶田之訓陳，陳完之為田完矣。	曾按
	申	失人切	審		

〔註94〕曾運乾按：「《廣韻》于廉切，誤。炎當在余廉切紐下，于在牙類，炎在舌類，不可相混。」參見曾運乾《音韵學講義》，（北京：中華書局，2000 年 11 月），頁 159。

				古讀盈如逞，實如挺		
48	盈	以成切	喻	晉欒盈出奔楚。	《左氏傳》襄二十一年	
	逞	丑郢切	徹	晉平公彪七年，欒逞奔齊。	《史記·十二諸侯年表》	
	逞	丑郢切	徹	平公六年，欒逞有罪，奔齊。	《史記·晉世家》	
	盈	以成切	喻	晉大夫欒盈來奔。	《史記·齊世家》	
	逞	丑郢切	徹	徐廣曰：盈，《史記》多作逞。	《集解》	
	逞	丑郢切	徹	吳敗頓胡沈蔡陳許之師於雞父，胡子髡、沈子逞滅。	《左氏傳》昭二十三年，經	
	楹	以成切	喻	沈子楹	《公羊傳》	盈逞同聲
	盈	以成切	喻	沈子盈	《穀梁傳》	
	楹	以成切	喻	楹，柱也。	《說文》	
	桯	他丁切	透	桯圍倍之。	《考工記·輪人》	
	桯	他丁切	透	桯，蓋杠也。讀如丹桓宮楹之楹。	鄭司農注	
	聽	他定切	透	《說文》從盈聲之字，或從呈聲，如縊從糸，盈聲。讀與聽同；或從呈聲作經		
	挺	特丁切	定	諸字皆從壬聲。壬本讀挺。		
		特頂切	定			
49				古讀延如誕		
	延	以然切	喻	赧王延立	《史記·周本記》	
	誕	徒旱切	定	名誕。	《索隱》引皇甫謐	
50				古讀緣如褖		
	褖	吐亂反	透	褖衣	《禮·玉藻》	
	褖	吐亂反	透	褖，吐亂反。	《釋文》	
	緣	與專切	喻	緣衣	《周禮·內司服》	
		羊絹切	喻	緣當為褖。	疏	
	褖	吐亂反	透	或作褖衣。	《釋文》	

			古讀甬如桶		
51	甬	余隴切	喻	角斗甬。	《禮·月令》	
	甬	余隴切	喻	音勇，斛也。	《釋文》
	桶	他綜切	透	「平斗甬」字作桶。	《史記·商君列傳》
	甬	余隴切	喻	音勇，今之斛也。	《集解》引鄭玄
	統	他綜切	透	音統。	《索隱》

			古讀媵如騰		
52	媵	以證切	喻	媵觚于賓	《禮·大射禮》	
	騰	徒登切	定	古文媵皆作騰。	注
	騰	徒登切	定	眾人騰羞者。	《禮·公食大夫禮》
	媵	以證切	喻	騰當作媵。	注
	滕	徒登切	定	滕口說也。	《易·大射禮》
	滕	徒登切	定	滕，虞翻作媵。	《釋文》

			古讀揚亦如騰		
53	媵	以證切	喻	媵觚于賓	《儀禮·燕禮》	
	騰	徒登切	定	媵，送也。讀或爲揚。揚，舉也。今文媵作騰。	注
	揚	與章切	喻	盥洗揚觶。	《儀禮·鄉飲酒義》
	揚	與章切	喻	今禮揚皆騰。	注
	揚	與章切	喻	揚觶而語。	《儀禮·射義》
	騰	徒登切	定	今禮揚皆騰。	注
	揚	與章切	喻	杜簣洗而揚觶。	《禮記·檀弓》
	媵	以證切	喻	揚作媵，揚，舉也；媵，送也；揚近得之。	《禮記·檀弓》注
	騰	徒登切	定	媵騰通讀，則讀揚媵，（揚騰雙聲）猶讀揚如騰。（揚騰古雙聲）緣揚古讀如蕩，音轉爲騰，騰、蕩雙聲，故飛揚亦曰靟騰。	曾按

　　曾氏舉出以上五十三條有關喻母四等古讀之證據，主要依據經籍異文與部分用諧聲偏旁之例，分析歸納出喻母古讀。證據中今喻母于韻圖四等之字者，古均讀入舌聲定母爲多，其次部分與透母相近。而透與定皆在舌聲，二者只清濁有別。王力認爲喻四爲舌面音一類，而董同龢則認爲是舌尖音舌根音兩類。殷寄明〈上古喻紐字淺義〉從同源與諧聲關係，認爲董氏之看法爲

確，〔註95〕也間接證明曾氏喻四歸定之論，有其根據。又有一二喻四與端母相近之例，而端母亦在舌類。至於徹、澄之讀如透、定，錢大昕〈舌音類隔之說不可信〉已辨之甚明。曾氏發明喻母之古讀，今每以「喻三古歸匣」、「喻四古歸定」稱之。然就實際舉證之例分析，則「喻四古近定」或「喻四古歸舌頭」似乎更近於證據所呈現之結果。

三、曾運乾補證

曾氏據以上所舉喻三喻四于古籍中之證據，寫成〈喻母古讀考〉一文。其前身則爲〈喻母分隸牙舌音〉。故於 1928 年再爲補充證據，以證隋唐之際，于讀牙聲，而喻讀舌聲。並改篇名作〈喻母古讀考〉。曾氏補充之證據有四：

（一）自法言《《切韻》·序》，首述全書之大例曰：「支脂魚虞，共爲一韻；先仙尤侯，俱論是切。」所舉例字之切語聲類與韻等如下表。

表八九　〈《切韻》·序〉例字正變鴻細表

		切 語	聲 類	韻 類	備		註	
共爲一韻	支	章移切	照	支開三	韻部易混	音合雙聲	分別韻部	
	脂	旨夷切	照	脂開三				
	魚	語居切	疑	魚開三				
	虞	遇俱切	疑	虞開三				
俱論是切	先	蘇前切	心	先開四	聲類易混	類隔雙聲	分別聲類	
	仙	相然切	心	仙開三				
	尤	于求切	于	尤開三				
	侯	胡溝切	匣	侯開一				

《《切韻》·序〉舉例，上四字舉音和雙聲，以明分別韻部之意；下四字舉類隔雙聲，以明分別聲類之意。故舉三等〔註96〕之「于」母「尤」；一等之「胡」母與「侯」韻爲說明。知「于」「匣」二類，於〈《切韻》·序〉中分別

〔註95〕殷寄明〈上古喻紐字淺義〉，（杭州：杭州大學學報，1995 年 9 月）第 25 卷第 3 期，頁 59～64 轉頁 81。

〔註96〕曾運乾此處誤作二等，今正。參見曾運乾《音韻學講義》，（北京：中華書局，2000 年 11 月），頁 166。

甚明。

（二）自《顏氏家訓・音辭篇》中一例爲證。「梁世有一侯」謂「郢州爲永州」。考《廣韻》：「永，于憬切，于母；郢，以整切，喻母。」二字劃然二類，絕不相溷。顏氏與法言同定《切韻》，顏氏之知喻、于有別，故爲一例說解。可見當時喻、于確爲二類。今等韻中，喻、于同母，遂至相混。惟分置二三等位置，能得其梗概。曾氏以之再證喻母之當分。

（三）自《廣韻》全書之例，凡只俱侯音影一母，牙音見、溪、群、疑、曉、匣六母，脣音幫、滂、並、明四母之韻，如微、殷、廢、文、元、痕、嚴、凡等韻部中，只有于母字，而絕無喻母字。反之，凡只具舌齒聲之韻類，如麻韻弇音齊齒呼，即以邪嗟奢車遮賒爲切語下字者，又只有喻母，而絕無于母字。是以明喻、于二母之部位有別。徵之《廣韻》切語之爲類，喻在舌齒類，于在喉牙類，是知于母確爲牙聲而喻母確爲舌聲。

（四）于喻二母今讀，曾氏舉職韻之域與弋，清韻之營與盈，靜韻之潁與郢，昔韻之役與繹，祭韻之衞與銳，仙韻之員與沿，線韻之瑗與椽，旨韻之洧與唯，至韻之位與遺，準韻之殞與尹，陽韻之王與陽，養韻之往與養，虞韻之于與逾，東韻之雄與戎〔註97〕諸韻部中字以爲區別。至於二類確定之發音部爲，于當讀如牙音撮口呼之欘類濁聲，喻母則讀如舌上音之齊齒呼或撮口呼之欘類濁聲。〔註98〕

以上曾氏另爲補證其〈喻母分隸牙舌音〉一文，而後改爲〈喻母古讀考〉，以證明喻、于二母，自宋元以來等韻家，如楊中修、鄭樵、張麟之等，〔註99〕不加細查而溷爲一音之弊。

依曾氏增補資料看，亦有宜再商確之例。如「準韻之殞與尹」者，依《廣韻》切語，殞在上聲十六軫韻，尹在上聲十七準韻，不宜對舉。應以軫韻之「引，余忍切」爲例，則可明喻、于二分。

1	軫	引	余忍	喻	開	三	1	軫	殞	于敏	爲	開	三

又「清韻之營與盈」與則曾氏逕改清韻中「營」字爲「于頃切」故與同

〔註97〕《廣韻》戎，如融切，日母。融，以戎切，喻母。當用「融」字爲例。

〔註98〕曾運乾《音韵學講義》，（北京：中華書局，2000年11月），頁170。

〔註99〕楊中修《切韻類例》、鄭樵《七音略》、張麟之《指微韻鏡》。

韻之喻母字「盈」爲對舉,「昔韻之役與繹」一同此例,亦有商榷之必要。

1	清	盈	以成	喻	開	三	1	清	營	余傾	喻	合	三
2	昔	繹	羊益	喻	開	三	2	昔	役	營隻*	喻	合*	三

又「靜韻之穎與郢」與「祭韻之翻與銳」,字皆在喻母,曾氏作爲喻、于二分之例,亦有商榷之必要。

1	靜	郢	以整	喻	開	三	1	靜	穎	餘頃	喻	合	三
2	祭	銳	以芮	喻	合	三	2	祭	曳	餘制	喻	開	三

除此之外,曾氏所舉餘九例十八字,無論就實際語言中,所遺留之痕跡,或自切語中形之於書面之資料,喻、于宋元後不分,或由誤併所致。除曾氏所舉,別喻、于二類於職韻等九韻中外,更據「同音之字不立兩切語」之大例,今再將《廣韻》切語,於同一韻中,有喻、于二類字,不相混者,列之於表,以明其區分。

表九十　《廣韻》一韻中喻、于兩類不相混表

喻　母							于　母						
字數	韻部	韻字	切語	聲類	開合	等第	字數	韻部	韻字	切語	聲類	開合	等第
1	支	移	弋支	喻	開	三	1	支	爲	薳支	爲	合	三
2	眞	寅	翼眞	喻	開	三	2	眞	筠	爲贇	爲	開	三
3	鹽	鹽	余廉	喻	開	三	3	鹽	炎	于廉	爲	開	三
4	屋	育	余六	喻	開	三	4	屋	囿	于六	爲	開	三
5	尤	猷	以周	喻	開	三	5	尤	尤	羽求	爲	開	三
6	寘	易	以豉	喻	開	三	6	寘	爲	于僞	爲	合	三
7	仙	延	以然	喻	開	三	7	仙	焉	有乾	爲	開	三
8	獮	庚	以主	喻	合	三	8	獮	羽	王矩	爲	合	三
9	質	逸	夷質	喻	開	三	9	質	颭	于筆	爲	開	三
10	藥	藥	以灼	喻	開	三	10	藥	籰	王縛	爲	合	三
11	遇	裕	羊戍	喻	合	三	11	遇	芋	王遇	爲	合	三
12	宥	狖	余救	喻	開	三	12	宥	宥	于救	爲	開	三
13	葉	葉	與涉	喻	開	三	13	葉	曄	筠輒	爲	開	三
14	脂	惟	以追	喻	合	三	14	脂	帷	洧悲	爲	合	三
15	漾	漾	餘亮	喻	開	三	15	漾	迂	于放	爲	合	三
16	紙	酏	移爾	喻	開	三	16	紙	蔿	韋委	爲	合	三

　　喻、于二類除於一韻中，絕然二類之例，亦有一韻中只喻類而無于類者。
表列如下。

表九一　《廣韻》一韻中有喻無于表

					喻	母						
字數	韻部	韻字	切語	聲類	開合	等第	字數	韻部	韻字	切語	聲類	開合	等第
1	之	飴	與之	喻	開	三	2	紙	莈	羊捶	喻	合	三
3	諄	勻	羊倫	喻	合	三	4	止	以	羊已	喻	開	三
5	宵	遙	餘昭	喻	開	三	6	海	佁	夷在	喻	開	一
7	麻	邪	以遮	喻	開	三	8	海	膌	與改	喻	開	一
9	腫	勇	余隴	喻	合	三	10	軫	引	余忍	喻	開	三
11	語	與	余呂	喻	開	三	12	獮	演	以淺	喻	開	三
13	馬	野	羊者	喻	開	三	14	獮	兗	以轉	喻	合	三
15	寑	潭	以荏	喻	開	三	16	小	鷕	以沼	喻	開	三
17	用	用	余頌	喻	合	三	18	有	酉	與久	喻	開	三
19	志	異	羊吏	喻	開	三	20	琰	琰	以冉	喻	開	三
21	笑	燿	弋照	喻	開	三	22	御	豫	羊洳	喻	開	三
23	證	孕	以證	喻	開	三	24	震	胤	羊晉	喻	開	三
25	薛	抴	羊列	喻	開	三	26	禡	夜	羊謝	喻	開	三
27	緝	熠	羊入	喻	開	三	28	豔	豔	以贍	喻	開	三
29	鍾	容	餘封	喻	合	三	30	燭	欲	余蜀	喻	合	三
31	支	隋	悅吹	喻	合	三	32	曷	藒	予割	喻	開	一
33	脂	姨	以脂	喻	開	三	34	薛	悅	弋雪	喻	合	三
35	魚	余	以諸	喻	開	三	36	業	殜	余業	喻	開	三
37	蒸	蠅	余陵	喻	開	三	38	術	聿	餘律	喻	合	三
39	侵	淫	餘針	喻	開	三							

　　上表海韻中有「佁、夷改切」，又有「膌、與改切」。據余迺永《新校互
注宋本廣韻》，「佁」宜併「駘、徒亥切」中；又「膌」字切語或有誤，音在
上聲第八語韻中。又亦有一韻中只于類而無喻類者。表列如下。

表九二　《廣韻》一韻中有于無喻表

于 母												
字數	韻部	韻字	切語	聲類	開合	等第	字數	韻部	韻字	切語	聲類	開合	等第
1	賄	倄	于罪	為	合	一	2	微	幃	雨非	為	合	三
3	吻	抎	云粉	為	合	三	4	文	雲	王分	為	合	三
5	阮	遠	雲阮	為	合	三	6	元	袁	雨元	為	合	三
7	有	有	云久	為	開	三	8	庚	榮	永兵	為	合*	三
9	願	遠	于願	為	合	三	10	梗	永	于憬	為	合	三
11	線	衍	于線	為	開	三	12	祭	衛	于歲	為	合	三
13	沁	類	于禁	為	開	三	14	問	運	王問	為	合	三
15	物	颿	王勿	為	合	三	16	映	詠*	為命*	為	合*	三
17	月	越	王伐	為	合	三	18	未	胃	于貴	為	合	三
19	緝	煜	為立	為	開	三	20	尾	韙	于鬼	為	合	三

　　以上有曾氏所舉對舉九例十八字，有據《廣韻》切語再為對舉之十六例三十二字，有二類不相混者，于類二十字，喻類三十九字，併曾氏誤舉或逕改者，合喻母於《廣韻》中切語有七十五例，于母有四十六例。

　　古聲類研究自錢大昕《十駕齋養新錄》中〈舌音類隔之說不可信〉，謂知、徹、澄古讀當如端、透、定。又有〈古無輕脣音〉，謂輕脣之非、敷、奉、微古讀當如幫、滂、並、明。章太炎《國故論衡》中有〈古音娘日歸泥〉，謂娘、日二母古讀當如泥母。又黃侃有照三、穿三、牀三、審三、禪，古讀端、透、定。曾氏於是有〈喻母古讀攷〉定喻母當分為二，三等與四等各有來源，不可相溷。

　　曾氏之說，今已為古聲之定論，此間雖或有疑者，然皆未足以全盤否定曾氏之說。除〈喻母古讀考〉舉證論述外，另有〈讀敎士英關於研究古音的一個商榷〉〔註100〕一文，對於喻母四等歸屬問題提出駁正。敎氏於喻母四等之歸屬，提出喻四讀同定母者，證據五十餘條，讀同齒聲者，僅二十七條。其中有誤舉者三條，有更可助曾說者十四條，餘僅十條證據，卻將喻四改隸屬齒聲，而不歸於舌聲，證據顯然不足。曾氏於是詳加駁正。

〔註100〕曾運乾〈讀敎士英關於研究古音的一個商榷〉，《學衡雜誌》第七十七期，（1932年），頁543。

曾氏文中云：「錢玄同先生集各家考訂之結果，定爲古聲十九紐。」根據曾文自注，〈讀敔文〉（以下文中簡稱）寫於民國二十年八月瀋陽東北大學即1931 年。此與發表於 1932 年《師大國學叢刊》第三期之〈古音無「邪」紐證〉一文中所定古聲不同。[註101]

錢氏文中認爲古音聲紐應爲十四紐，除喉音影母外，其他部位無全清聲母。而見、端、幫等則歸於同類全濁聲母下，此與曾氏言錢氏有古聲十九紐顯然不同。

表九三　曾運乾與錢玄同古音聲類比較表

曾運錢古聲十九紐				錢玄同古音十四紐			
發音部位	聲紐數	變聲讀如古聲	古聲	古聲	變聲讀如古聲	聲紐數	阻塞部位
【深喉】喉聲	1		影	影		1	喉門阻
【淺喉】牙聲	2		見				舌根阻
	3		溪	溪	曉	2	
	4		曉				
	5	于	匣	群	見、匣、云	3	
	6		疑	疑		4	
【舌聲】	7	書、照三、知	端				舌尖阻
	8		透	透	徹、昌、書	5	
	9	喻、澄、禪、神（牀三）	定	定	端、澄、知、船、章、禪、以、邪	6	
	10	孃、日	泥	泥	娘、日	7	
	11		來	來		8	
【齒聲】	12	莊（照二）	精				舌葉阻
	13	初（穿二）	清	清	初	9	
	14	牀（牀二）	從	從	精、崇、莊	10	
	15	斜、山（審二）	心	心	生	11	
【脣聲】	16	非	幫				兩脣阻
	17	敷	滂	滂	敷	12	
	18	奉	並	並	幫、奉、非	13	
	19	微	明	明	微	14	

[註101] 參見《錢玄同文集》第四卷，（北京：中國人民大學出版社，1996 年 6 月），頁58。

1928 年《東北大學季刊》第二期中即載有曾氏〈喻母古讀考〉，文中歸納出「喻母分隸牙舌聲」之古音條例。于母即三十六字母，列於韻圖喻母下，三等位置者。三等與四等古音各有歸屬，而系聯《廣韻》切語則為兩類。曾氏針對敖士英文中所提出之例證，再次論證喻母四等於經籍異文、諧聲偏旁中，與透、定、泥、來等聲紐之關係，適足以證明曾氏「喻母應隸舌音定母」之說法。至於「于母隸牙聲匣母」，敖氏與曾氏同，因此不再作論述。

四、曾氏闡明古音研究之概念

曾文中並提出四個研究古音時，必須具備之四個基本概念：（一）當知古讀例。（二）當知旁紐雙聲。（三）當知轉語。（四）當知聲類系統。實際上，就「當知聲類系統」一項，即已經兼及聲類間同類、同位關係（曾氏用同位、位同），以及基於聲類此種關係，而可能產生語音上之流轉與變化。此即「當知旁紐雙聲」與「當知轉語」所以造成語音之差異，最後歸結於研究古音「當知古讀例」。

（一）當知古讀例

曾氏就敖士英文中，有關喻四古讀的問題所舉的例證，臚列出十例，皆更能證明曾說「喻母應隸舌音定母」為塙。然此處「定母」之範圍，就例證所舉，應當包含全濁聲母之「定」與次清聲母之「透」。是以「喻四古歸定」之範圍當定為「喻四古隸舌音透、定」，宜修改為「喻四古近隸定」或「喻四古近舌頭」。

就十個例證論述之條件基礎來看，曾氏喻四古讀問題之推論必當在澄、禪、神（牀三）古讀「定」，以及徹、審三、穿三古讀「徹」之後始能論定。錢氏於《十駕齋養新錄‧卷五》中，有〈舌音類隔之說不可信〉之說：

> 之分，知、徹、澄三母以今音讀之，與照、穿、床無別也，求之古音則與端、透、定無異。」又說：「古人多舌音，後代多變齒音，不獨知、徹、澄三母為然也。〔註102〕

本師陳伯元先生《古音研究》：

> 錢氏所謂古人多舌音。後代多變為齒音者，其意乃謂三十六字母

〔註102〕錢大昕《十駕齋養新錄》卷五，（臺北：臺灣中華書局，1982 年 11 月），頁 16。

中之正齒照穿神審禪五母於後世爲齒音，而古代多讀爲舌音也。
錢氏此說，經陳澧考證，此五母當分近舌一類照穿神審禪，近齒
一類莊初床疏。錢氏所爲古人多舌音，後代多變齒音者，乃指照
穿神審禪五紐而言也。此五紐，黃侃以爲當歸入舌頭端透定諸紐。
李方桂所著《上古音研究》〔註103〕，亦有類似之言。故就音理言，
錢氏所說，亦非無徵者也。〔註104〕

是以曾氏「喻四歸定」之說，必當在照三古歸舌頭音之古聲條件確立後，才
能有其論述條件。喻四之古歸舌頭音透、定，而不歸於端，其不歸於端者，
就音理而言，或以端爲全清，而喻爲次濁，本介於全濁之定與次清之透間，
且透、定相爲清濁，〔註105〕自然與端爲全清聲母之性質相遠。然此處值得注
意的是，錢玄同之古音十四紐除喉音影母外，其他四音全無全清聲母之端、
見、精、幫母。甚或錢氏以爲根本沒有影母。〔註106〕如此一來，則漢語古聲
無全清聲母，且濁多於清。舌音如無端紐，則喻四之古讀就只能歸於舌頭音
之透、定，此容有再討論的空間。以下爲敖文所舉出的例證，而曾氏再加以
補充，以爲正足以證「喻四古歸於舌頭透、定」

（二）當知旁紐雙聲

雙聲之概念有正紐之雙聲，即聲紐完全相同者，此爲雙聲，必無疑義。
而於喉、牙、舌、齒、脣（曾文作鼻）各部位中，因發音方法有異而爲區分
之聲類，皆聲類之旁紐，古亦雙聲。此章太炎所謂旁紐雙聲。聲類旁紐，以
發音部位相同，是以音近，故易流轉而通讀。敖氏以葉：攝，繹：纇，弋：
蟄，緣：湪之例，可以聲類旁紐雙聲，故能通讀而視之，不當爲喻四歸於齒
音之例。此研究古聲之當知古讀。

〔註103〕李方桂《上古音研究‧上古聲母》（北京：商務印書館，2003 年 9 月），頁 9～
　　　　 15。

〔註104〕陳新雄《古音研究》（臺北：五南圖書出版有限公司，2000 年 11 月），頁 545。

〔註105〕曾運乾〈讀敖士英關於研究古音的一個商榷〉，參見《學衡》第 77 期（1932 年），
　　　　 頁 4。

〔註106〕錢玄同之古聲紐，參見《錢玄同文集》第四卷（中國人民大學出版社，1996 年
　　　　 6 月），頁 58～59。

（三）當知轉語

轉語之說，源自漢代揚雄。其《方言》一書云：「庸謂之俗，轉語也。」[註107] 錢大昕謂鄭玄、郭璞等人皆能明轉語，至唐後儒家學者罕聞其義。清代戴震通揚雄方言之旨，作轉語。惟書已佚。今戴氏《聲類表》中有轉語二十章，即《聲類表》之序。錢氏云：「《說文》讀若之字或取正音，或取轉音。」[註108] 又其《聲類・釋訓篇》通篇皆言轉語。其第一條云：「饗之爲奏，正轉也。餿之爲屆變轉也。」此與戴東原相同。所謂「饗、奏同位，故爲正轉；餿、屆位同，故爲變轉。」饗，作恐切，精母字；奏，則候切，精母字。二者雙聲，同位正轉。餿，子紅切，精母字；屆，古拜切，見母。位同，故爲變轉。戴氏轉語之同位，以今語言學名詞視之，即聲類發音之部位相同，惟發音之方法不同，謂之「同位」。聲類發音部位相同者，有聲類全同，有聲類或稍異之旁紐雙聲。或是聲類之發音方法相同，惟發音之部位不同，此謂「位同」，即變轉也。

表九四　曾運乾聲類正轉變轉關係表 [註109]

		清	濁	清	濁	清	濁
周	喉音、攛舌音	影	來				
出							
疏							
入							
周	牙聲	見	群				
出		溪	于匣				
疏		曉	疑				
入							
周	舌聲	端	定	知		照三	
出		透		徹	澄	穿三	牀三
疏			泥			審三	禪
入					娘		日

[註107] 揚雄《方言》，《揚雄方言校釋匯證》，（北京：中華書局，2006 年 9 月），頁 252。

[註108] 錢大昕〈《說文》讀若之字或取轉聲〉《十駕齋養新錄》卷四，（臺北：臺灣中華書局，1982 年 11 月），頁 2。

[註109] 引自曾運乾〈讀敎士英關於研究古音的一個商榷〉，參見《學衡》第 77 期（1932 年），頁 8。

周	齒聲	精	從	照二	
出		清	邪	穿二	牀二
疏		心		審二	
入					
周	脣聲	幫	竝	非	
出		滂		敷	奉
疏			明		
入				微	

　　曾氏此表以周、出、疏、入即勞氏之憂、透、轢、捻，以表聲類性質。此表錄自〈讀敖士英關於研究古音的一個商榷〉一文中，曾文用以五聲分周、出、疏、入及清濁條件，說明戴震轉語之正轉、變轉關係。惟此圖與曾氏《音韵學講義》中，論〈聲之憂、透、轢、捻〉〔註110〕一節論及聲之周、出、疏、入與清濁等對應相左甚多，以其中有不合音理者故。今從〈聲之憂、透、轢、捻〉一節作下表，以明聲類之同位、位同關係。

表九五　五聲四十一聲紐同位、位同關係表

	清濁	憂（周）	透（出）	轢（疏）	捻（入）
喉聲	清	影			
牙聲	清	見	溪	曉	
	濁		群	匣于	疑
舌聲	清	端	透		
	濁		定		泥
	清	知	徹		
	濁		澄	喻	娘
	清	照三	穿三	審三	
	濁		牀三	禪	日
	濁	來			
齒聲	清	精	清	心	
	濁		從	邪	
	清	照二	穿二	審二	
	濁		牀二		

〔註110〕曾運乾《音韵學講義》，（北京：中華書局，2000年11月），頁145。

脣聲	清	幫	滂		
	濁		並	明	
	清	非	敷		
	濁		奉	微	

上表中，聲類同爲牙聲，同爲齒聲，即爲「同位」關係，音易於流轉而變。不獨於此，同爲周類，同爲出類者，即「位同」關係，音同樣易於流轉。此轉語之大旨。曾氏以研究古音當知轉語者，是不可不知聲類演變之脈絡。今以語言學對聲類結構之定義爲觀點，則更能見「同位」、「位同」之關係。

表中縱向，如端、透、定、泥，發聲部位同在舌音之舌頭，不論其氣流阻塞之方式爲何，此四紐間即爲戴氏「同位」之關係，今稱「同類」，亦稱旁紐雙聲。又如影、曉、匣、喻、爲等紐同在喉音。一在深喉，一在淺喉（亦有主歸於牙音者），亦爲「同位」之關係，其他皆準此。

表中橫向，如幫、知、端、見、影等紐，不論其發聲部位如何，相同者即同爲塞聲，即發聲方法相同。此即戴氏之「位同」關係，今稱「同位」。或如明、微、娘、泥、疑五紐皆同爲鼻聲，亦即即發聲方法相同，亦爲「位同」關係。不論「同位」、「位同」關係，聲類易自流變，此轉語中正轉變轉知經界。今列表如下，以明其對應關係。

表九六　聲類同位、同類關係表

發音部位 / 發音方法			脣音		齒音				舌音			牙音	喉音	喉音
			重脣	輕脣	齒頭	正齒	正齒	半齒	半舌	舌上	舌頭	牙音	喉音	喉音
			雙脣	脣齒	舌尖前	舌尖前	舌面面	舌面前	舌面前	舌尖中	舌尖中	舌根	舌根	喉
塞音	清	不送氣	幫 p							知 ȶ	端 t	見 k		影 ʔ
		送氣	滂 p'							徹 ȶ'	透 t'	溪 k'		
	濁	不送氣												
		送氣	並 b'							澄 ȡ'	定 d'	群 g'		

發音方法	清濁	送氣											
塞擦音	清	不送氣		非 pf	精 ts	莊 tʃ	照 tɕ						
		送氣		敷 pfʻ	清 tsʻ	初 tʃʻ	穿 tɕʻ						
	濁	不送氣											
		送氣		奉 bvʻ	從 dzʻ	床 dʒʻ	神 dʑʻ						
鼻音	濁		明 m	微 ɱ						娘 ȵ	泥 n	疑 ŋ	
邊音	濁								來 l				
擦音	清				心 s	疏 ʃ	審 ɕ						曉 x
	濁				邪 z		襌 ʑ	日 nʑ					匣 ɣ
半元音													爲 j
零聲母													喻 o

（四）當知聲類系統

諧聲之例，學者每就其韻而不求其聲。章太炎古雙聲之說：「凡字從其聲類，橫則同均，縱則同音，其大齊不逾是」。〔註111〕知文字音讀，同一字根者，其切必爲同類，不爲同類則旁紐雙聲，或爲同位變轉，或以疊韻爲聲。就其聲類系統，則文字音讀脈絡清晰可睹。

以例六楹：盈：逞爲例。曾氏以爲：「逞字《說文》從辵呈聲。呈從口壬聲。壬象物出地挺聲也。壬本讀挺。」〔註112〕所以引《廣韻》：「挺，特丁、特頂二切。」而爲定母字。又《廣韻》：「逞，丑郢切」透母。故以《說文》聲類求「逞」音如「定」，以《廣韻》切語求「逞」音如「透」。「定」

〔註111〕章太炎《國故論衡·古雙聲》上卷，（上海：上海古籍出版社，2003年4月），頁29。

〔註112〕曾運乾〈讀敎士英關於研究古音的一個商榷〉，參見《學衡》第77期（1932年），頁5。

爲全濁，「透」爲次清。然文字孳乳，何以「壬」本必讀「挺」？且「挺」
從手廷聲，廷，從廴壬聲，已經層層孳乳。「壬」林義光以爲即「滕」之古
文。季旭昇以爲或即「工」字。《說文》：「勝，機持經者。」段注：「滕者
勝之叚借字」。「滕」詩證切，即透母。又段注：「戴勝之鳥，首有橫文似滕，
故鄭云：『織紝之鳥』。《小雅》云：『杼軸其空』，勝即軸也。」「戴勝」即
「戴鵀」，其關係如下圖：

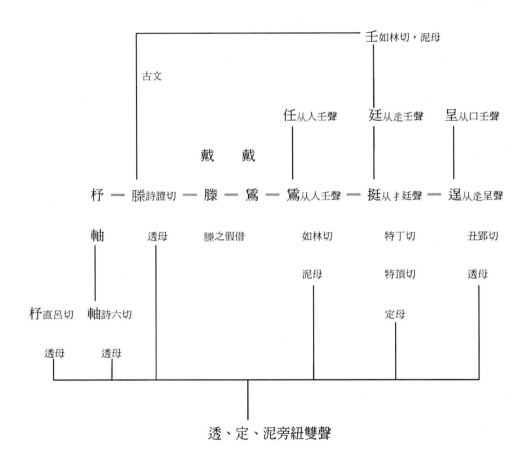

聲類系統有可見諸文字者諧聲文字之聲符，即字根；有不見諸文字者即
語根，當自語源以求。知字根易，而知語根難。研究古音，不可不知聲類之
系統。

表九七　古音研究基本知識舉例表

例數	例字	聲類	古聲	引　文	出　處	備　註
1	聿	喻四	定	聿脩闕德	《毛詩・大雅・文王》	
	述	牀三	定	述脩闕德	《漢書・東平思王宇傳》引詩	
				聿脩闕德	《漢書・匡衡傳》師古注	聿，述也。〔註113〕
2	夷	喻四	定	會於夷儀	《左傳・襄公二十四年》	
	陳	澄三	定	于陳儀	《公羊傳・襄公二十四年》	
3	育	喻四	定	教育子	《說文》引《尚書・堯典》	
	胄	澄三	定	教胄子	《尚書・堯典》	
4	夷	喻四	定	盟於夷陵	《穀梁傳・宣公十一年》	
	辰	禪三	定	公盟於辰陵	《左傳・宣公十一年》	
5	余	喻四	定	四月爲余	《爾雅・釋天》	
	舒	審三	透	四月爲舒	孫炎說〔註114〕	
6	楹	喻四	定	沈子楹	《公羊傳・昭公二十三年》	
	盈	喻四	定	沈子盈	《穀梁傳・昭公二十三年》	
	逞	徹四	透	沈子逞	《左傳・昭公二十三年》	
7	渝	喻四	定	來渝平	《左傳・隱公六年》	
	輸	審三	透	來輸平〔註115〕	《穀梁傳・隱公六年》	
8	陽	喻四	定	陽如之何	《魯詩》	
	傷	審三	透	傷如之何	《毛詩・陳風・澤陂》	

表格最上方標題：第一、古讀條例

〔註113〕《前漢書・匡衡傳》卷八十一（臺北：臺灣中華書局，1984年4月），頁6。

〔註114〕敦氏以爲孫炎說，未注所出。曾氏引《毛詩・小雅・小明》：「日月方除」箋云：「四月爲除」。《廣韻》：「除，直魚切，又持侶切。澄母亦定。孔疏：「除，直慮反，如字。若依《爾雅》，則宜『余』、『舒』二音。」參見《十三經注疏2》（臺北：藝文印書館，1989年1月），頁446。

〔註115〕《穀梁傳・隱公六年》：「輸者墮也」《廣韻》：「墮，徒果切又他果切。」正是定母。參照《十三經注疏6》（臺北：藝文印書館，1989年1月），頁22。

例數	例字	聲類	古聲	引　文	出　　　　處	備　　　註
9	延	喻四	定	延於條枚	《韓詩外傳》、《呂氏春秋》	
	施	審三	透	施於條枚	《毛詩・大雅・旱麓》	
10	易	喻四	定	我心易也	《毛詩・小雅・何人斯》	
	施	審三	透	我心施也	《韓詩外傳》	

第二、旁紐雙聲						
例數	例字	聲類	古聲	引　文	出　　　　處	備　　　註
11	葉	喻四	定	而葉	《儀禮・士冠禮》	阮元《儀禮校勘記》作「攝」；段玉裁《儀禮漢讀考》作「櫓」。舊籍「鼦」皆譌「葛」。《廣韻・葉韻》：「櫓，良薛切。」與「葉」通讀。
	攝	來三	來	攝	古文「葉」爲「攝」	
12	繹	喻四	定	取繹	《左傳・宣公四年》《穀梁傳・宣公四年》	
	纇	來三	來	取纇	《公羊傳・宣公四年》	
13	弋	喻四	定	埶或作弋	《周禮・考工記・匠人》鄭注	敫氏原文作「陶人」誤。
	埶	泥一	泥	置埶	《周禮・考工記・匠人》	埶爲疑三，依鄭當讀泥一。〔註116〕
14	緣	喻四	定	緣濯棄于坎	《儀禮・士喪禮》鄭注	鄭見豫州人語澳爲緣。古文澳作緣
	澳	泥一	泥	澳濯棄于坎	《儀禮・士喪禮》	

第三、轉語						
例數	例字	聲類	古聲	引　文	出　　　　處	備　　　註
15	弋	喻四	定	定弋	《公羊傳・襄公三年》	古讀「弋」如「代」。
				弋氏薨	《穀梁傳・定公十五年》	
	姒	邪四	定	定姒	《左傳・襄公三年》《穀梁傳・襄公三年》	
				姒氏薨	《左傳・定公十五年》《公羊傳・定公十五年》	

〔註116〕鄭玄注：「故書埶或作弋。杜子春云：『埶當爲弋，讀如代。』玄謂：埶，古文枲，假借字。」

16	豫	喻四	定	豫則鉤楹內	《儀禮・鄉射禮》	
	序	邪四	定	序則鉤楹內	《儀禮・鄉射禮》鄭注	今文豫爲序
17	異	喻四	定	不異侯	《儀禮・大射》	
	辭	邪四	定	不辭侯	《儀禮・鄉射禮》鄭注	古文異作辭
18	庸	喻四	定	庸磬東面	《儀禮・鄉射禮》鄭注	古文頌爲庸
	頌	邪四	定	頌磬東面	《儀禮・大射》	原文引作「東南」誤。〔註117〕
19	筵	喻四	定	賓升就筵	《儀禮・大射》鄭注	今文席爲筵〔註118〕
	席	邪四	定	賓升就席	《儀禮・大射》	
20	揚	喻四	定	不可揚也	《韓詩》	鄭箋引《韓詩》
	詳	邪四	定	不可詳也	《毛詩・國風・牆有茨》	
21	羊	喻四	定	褖羊	《公羊傳・昭公十一年》	
	祥	邪四	定	褖祥	《左傳・昭公十一年》《穀梁傳・昭公十一年》	
22	詒	喻四	定	子寧不詒音	《韓詩》	鄭箋引《韓詩》
	嗣	邪四	定	子寧不嗣音	《毛詩・鄭風・子衿》	
23	已	喻四	定	於穆不已	《毛詩・周頌・維天之命》	
	似	邪四	定	於穆不姒〔註119〕	《詩譜》引孟仲子	孔疏引《詩譜》
24	逾	喻四	定	秉有五逾	《儀禮・聘禮》鄭注	今文籔或爲逾（曾作古文，誤）
	籔	心一	泥	秉有五籔	《儀禮・聘禮》	

第四、聲類系統

例數	例字	聲類	古聲	引　文	出　　處	備　　註
25	弋	喻四	定	定弋	《公羊傳・襄公三年》	《說文》從弋得聲者十六字，切語十八，
				弋氏麂	《穀梁傳・定公十五年》	

〔註117〕《儀禮・大射》，參見《十三經注疏4》（臺北：藝文印書館，1989年1月），頁189。

〔註118〕《儀禮・大射》：「賓升就席」鄭玄注：「今文席作筵。」曾文此處經文與注文誤換。參見《十三經注疏4》（臺北：藝文印書館，1989年1月），頁214。

〔註119〕當爲「於穆不似」，曾文引作「不姒」。參見《十三經注疏2》（臺北：藝文印書館，1989年1月），頁708。

	姒	邪四	定	定姒	《左傳‧襄公三年》《穀梁傳‧襄公三年》	皆與透、定、徹、審三通用。據《廣韻》各切語,讀入舌類。
				姒氏薨	《左傳‧定公十五年》《公羊傳‧定公十五年》	
26	豫	喻四	定	豫則鉤楹內	《儀禮‧鄉射禮》	今文豫爲序。《說文》豫、序竝从予聲。从予得升者九字,切語十四。入邪母三切,餘皆舌母澄、牀三、審三、禪各母。
	序	邪四	定	序則鉤楹內	《儀禮‧鄉射禮》鄭注	
27	異	喻四	定	不異侯	《儀禮‧大射》	《說文》異从収从畀從異得聲者十字。
	辭	邪四	定	不辭侯	《儀禮‧大射》鄭注	古文異作辭
28	庸	喻四	定	庸磬東面	《儀禮‧大射》鄭注	古文頌爲庸
	頌	邪四	定	頌磬東面	《儀禮‧大射》	
30	筵	喻四	定	賓升就筵	《儀禮‧大射》鄭注	今文席爲筵 [註120]
	席	邪四	定	賓升就席	《儀禮‧大射》	
31	揚	喻四	定	不可揚也	《韓詩》	鄭箋引《韓詩》
	詳	邪四	定	不可詳也	《毛詩‧國風‧牆有茨》	
32	羊	喻四	定	裼羊	《公羊傳‧昭公十一年》	
	祥	邪四	定	裼祥	《左傳‧昭公十一年》《穀梁傳‧昭公十一年》	
33	詒	喻四	定	子寧不詒音	《韓詩》	
	嗣	邪四	定	子寧不嗣音	《毛詩‧鄭風‧子衿》	
34	已	喻四	定	於穆不已	《毛詩‧周頌‧維天之命》	
	似	邪四	定	於穆不姒 [註121]	《詩譜》引孟仲子	孔疏引《詩譜》
35	逾	喻四	定	秉有五逾	《儀禮‧聘禮》鄭注	今文籔或爲逾
	籔	心一	泥	秉有五籔	《儀禮‧聘禮》	
36	闑	喻四	定	席于闑西闑外	《儀禮‧士冠禮》	闑當爲喻三,此敫文之誤,曾氏以辨之。
	槷	精四	精	闑作槷	古文	

〔註120〕注同例 19。

〔註121〕注同例 23。

37	位	喻三	匣	古者立與	《周禮・肆師》	曾氏謂同字未必同
	立	來三	來	位同字。	《周禮・肆師》鄭司農注	音，此例敖文誤舉
38	爲	喻三	匣	尙寐無爲	《詩・兔爰》	爲爲喻三，此例敖文
	訛	疑三	疑	尙寐無訛	《釋文》	誤舉。
39	愼	禪三		上其愼也，蓋殯也。	《禮記・檀弓》	敖文作影三，誤
	引	喻四		愼當爲引	注	

　　曾氏以當知一、古讀。二、旁紐雙聲。三、轉語。四、聲類系統。以爲研究古音之基本知識。以上四點實則可歸於一點，即當知古讀。諧聲自从某某聲，即古聲聲類系統之例。又有旁紐雙聲與同位雙聲者，皆當明其流變之理。曾氏求喻母古讀，有與知、徹、澄、審、邪紐異文者，實當知皆古讀爲定。此皆古聲十九紐之例。是以曾氏之謂求古音當知古讀，正爲此意。

第六節　曾運乾古聲評述

　　曾氏〈喻母古讀考〉，以喻母三等，今爲于母，乃匣母之細聲弇音，古音讀入匣母；喻母四等，今稱喻母，本是舌音，古音讀近舌音定母。此一學說以爲古聲紐之定論，亦爲曾氏古聲研究之創見。

　　世界上各種語言於喉塞聲即影母字類皆獨立爲類，而宋元以來等韻家與影母清濁相配，致令語音分類混亂，又將喻母于母併作一類，致使淆亂聲類之經界。因就古籍中資料，考定于母古隸牙聲匣母，喻母則古隸舌聲定母，部伍秩然，不相陵犯。此見諸〈喻母古讀考〉一文。以下諸家於喻母古讀多有正補，舉其要者，列之於下：

一、羅常培〈《經典釋文》和《原本玉篇》反切中的匣于兩紐〉

　　　　　　〔註122〕

　　《廣韻》切語中的「匣」類，《經典釋文》中則以「戶」類表示。「于」類則相同。戶類中有三十八字，除「弦」字不系連外，餘皆爲一類。而《廣韻》「弦」、「賢」同切胡田，則「弦」字亦可與其他爲一類。

〔註122〕羅常培〈《經典釋文》和原本《玉篇》反切中匣于兩紐〉，（臺北：歷史語言所集刊八本之一。1971年再版），頁85～90。

　　于類十四字，除「尤」、「有」二字不系連外，餘皆為一類。「尤」作下求反，只一見，則「尤」亦可與其他系連。

　　「戶」、「于」二類大致上自成系統，然彼此卻又關係錯綜。如「滑」有「胡八、乎八、于八」三反，以滑為切之字「猾」亦有「于八、戶八」二反。如此則前例不能系連之「尤」字，何嘗不能有「有牛」、「下求」二反。況且，于類之「鴞」同時有「于驕、于嬌、于苗、戶驕」四反。亦可以為「戶」、「于」二類相通之例證。

　　羅文中引周祖謨所考《萬象名義》中《原本玉篇》音系，匣、于二類幾不可分別。此外羅氏引南齊王融〈雙聲詩〉：「圍衡眩紅蘤。湖荇燁黃華。迴鶴橫淮翰，遠越合雲霞。」北周庾信〈問疾封中錄〉：「形骸違學宦，狹巷幸為閑；虹迴或有雨，雲合又含寒。橫湖韻鶴下，迴溪狹猿還，懷賢為榮衛，和緩惠綺紈。」二詩為旁證，詩中皆以匣、于為雙聲。可見二紐之音值結構應該相當接近。然而此種現象究竟是同音而合併？抑或音近而相通？羅氏提出了疑問，並嘗試自匣于二母歷史演變之軌跡來看此一問題。羅氏於此肯定了曾氏〈喻母古讀考〉於古聲母考證上之成績。然而曾氏自古籍中析理出的結果，應該如何解釋於古代完全同音者，如何於規律之音理演化下，變為不同之兩音。羅氏先以高本漢之擬測，以為匣母上古為*g'–，而于母為*g–，兩類差別只在送氣條件。但高氏構擬雖然填補了作為群母洪音位置的空缺，但不能解釋*g'–變為j–，何以二者為雙聲？又*g'–與*g–相近，如果*g'–+ǐ → ɣ–，*g–+ǐ → ɣ–，何以群母 g'–未變成ɣ–？所以李方桂懷疑匣類有兩個上古來源。可以依照下面關係，解釋其間的演化。

上古音	六世紀初	六世紀末
*g'–	ɣ–（匣）	ɣ–
*ɣ–	ɣ–（匣）	ɣ–
*ɣ（i）–	ɣ（i）–（于）	ɣ– ＞ j
*g'（i）–	g'（i）–（群）	g'j–

如果此一假設成立，則五世紀末ɣ在ǐ前尚未j化，所以王融與庾信詩匣于雙聲，而《原本玉篇》中兩類反切相互系聯情況也相對較多。至六世紀末，ɣ在ǐ前已經j化，因此《經典釋文》兩類反切有分化現象。我們若把《切韻》

中之匣紐擬作ɣ–，于紐擬作ɣj–即可以解釋匣、于之間的關係。現代吳語、閩南語大部分還與匣母一樣保留著[H–]音，正可以解釋曾讀作ɣ音。

二、李方桂〈幾個上古聲母問題〉〔註 123〕

複聲母問題於上古漢語語音討論之中，一直是重要課題。李方桂以複輔音概念解釋諧聲關係中一些問題，李氏認為上古聲母中，*grj–（*gwrj–）是專為切韻時代的喻四等，跟舌根音諧聲的字而設的。此一說法是從音系結構上來看，舌根音第三類〔註 124〕只有單獨的 grj–。如果舌尖音第三類有 trj–、thrj–、drj–、nrj–，而齒音第三類有 tsrj–、tshrj–、dzrj–、srj–，則似乎*grj–應該也有*krj–、*khrj–的音相配。事實上卻沒有，所以李氏才說「*grj–（*gwrj–）是專為切韻時代的喻四等，跟舌根音諧聲的字而設的。」

《廣韻》術韻中有某些喻四與舌根音相諧聲者，李氏作為解說之例。李氏云：

> 鷸（鳥名），驈（黑馬白髀），**蟢**（**蟢**蟥也），噊（鳥鳴），潏（水流貌），鱊（小魚名）皆讀 jiuět，但是他們又都讀牀三等 dźjuět。他們的注釋除去潏（爾雅曰小沚曰坻，人所為為潏），噊（爾雅曰危）之外都是相同的。因此可以認為這種兩讀的字，應當代表方言的現象。換言之，如果保持所擬的*gwrj–（這些字都是從上古圓唇舌跟音變來的，參看橘，*kwjit>kjuět），我們可以說上古的*gwrjit 在方言上兩種變化，一種變為 jiuět，一種變為 dźjuět。

李方桂對於喻四音值之構擬，以及其演變作了推測。若 jiuět 又有讀入牀三之 dźjuět，而牀三古音即為定母。如此則更證明喻母與舌頭音之關係。

三、周祖謨〈漢代竹書和帛書中的通假字與古音的考訂〉〔註 125〕

周氏根據山東臨沂銀雀山漢墓出土之竹書，與湖南長沙馬王堆漢墓出土帛書等寫本文字中之通假字以考定古音。此等寫本字體有漢代通行之隸書，有介於篆隸之間字體，亦有古體文字與別字，而此類字體與傳本文字多有不

〔註 123〕李方桂《上古音研究》，（北京：商務印書館，2003 年 9 月），頁 85～94。

〔註 124〕以舌尖音為例，李方桂分三類：A. t一類。B. tr一類。C. trj一類。其他音類準此。

〔註 125〕周祖謨《周祖謨語言學論文集》，（北京：商務印書館，2001 年 10 月），頁 133。

同。如帛書《老子》中有：毆（呑）、颿（汎）之例，其中也出現古書傳本不同之通假文字。從諧聲關係觀察，喻母字有與舌音類諧聲者，有與齒音類諧聲者，亦有與牙音類諧聲者。此一現象在竹簡文字與帛書文字中都有。周氏將其分為 A、B、C 三類，而三類之間的關係並非在單一群組中，而是彼此間具有錯綜演變的關係。就諧聲類別的分組關係，周氏推斷喻母古音來源也許是 sd– 和 sg– 兩類之複輔音。上古漢語是否具有複輔音性質，雖然容有一些討論空間，然而對於漢語語音演化之軌跡，確實亦提供了可能的方向作為解決衝突之門徑。周氏於是進一步加以構擬 A、B 兩類的音讀可能為 d‘，而 C 類則可能為 g‘。三組諧聲關係演化可以以下圖表示：

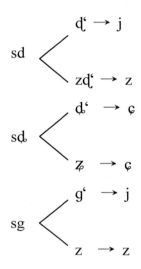

由上圖發展關係看來，sd– 和 sg– 的演變最後具有相同的結果，反而是 sd–和 sḓ– 的結果補一樣。周氏文中沒有進一步闡釋。但使用出土文獻之假借，重新修訂古音演化關係。自諧聲關係看來喻母與舌音、齒音都有關係。於喻母一例，雖然並未完全釐清其演變脈絡，但喻母諧聲三類中，sd 與 sḓ 演變不同，但上古音值結構相近；顯然是近於舌頭音。至於 sg 一類，上古音值不同，但卻有相同的演化結果，自然也是近於舌頭音。sḓ一變為近於齒音一類，實際上也提供了喻母四等歸屬問題在討論過程中，歸入齒音的線索，例如敖士英氏得看法。不過此與曾氏以喻四古讀近於舌頭音的推論並不違背。

　　周氏又有〈五代刻本《切韻》及其聲母的讀法〉〔註126〕一文，刻本與今本稍異。喻母分兩類，三等歸於匣。如東韻「雄、弓、穹、貅」（h̲、k、k‘、

〔註126〕周祖謨《周祖謨語言學論文集》，（北京：商務印書館，2001 年 10 月），頁 267。

ŋ）爲一組，虞韻「虞、劬、拘、區、于、訏」（ŋ、g、k、kʻ、h、h）

四、董同龢《漢語音韻學》[註127]

上古聲母有一個大的諧聲群，中古變入k–kʻ–，gʻ–，ŋ–，x–，ɣ–，ɣ（j）–，中。其諧聲例如下：

句 k–：拘 k–，跔 kʻ–，劬 gʻ–，胊 x–。

堯 ŋ–：趬 kʻ–，翹 gʻ–，曉 x–，驍 k–。

交 k–：效 ɣ–，齩 ŋ–，骹 kʻ–。

有 ɣ（j）–：賄 x–。

㞷 gʻ–：往 ɣ（j）–，匡 kʻ–。

k–kʻ–，gʻ–，ŋ–，x–，ɣ–，上古可以假定來自*k–*kʻ–，*gʻ–，*ŋ–，*x–，*ɣ–。至於ɣ（j）–，因爲

1. 中古ɣ–指出現在一二四等中，而ɣ（j）–則只出現在三等韻。

2. 根據較早的反切材料，可知匣母與喻母三等，在切韻前是不分的。因此ɣ（j）–在上古也是*ɣ–。

董氏反對高本漢的說法，不認爲ɣ–與k–，kʻ–諧聲，就認爲上古是塞聲結構。而且ɣ–與ɣ（j）–在《切韻》之前本就不分，沒有理由因爲與k–，kʻ–諧聲，就構擬爲g–去塡補三等位置。因爲一部分的o（j）–已構擬爲[g–]了。而o（j）–與ɣ（j）–同在三等韻出現，所以不可能同出一源。此一主張，正提供了曾氏喻母當分爲二的理由。董氏雖未推喻o（j）上古來源，于ɣ（j）–自匣ɣ–分化，此與王力相同，喻三古歸匣母之證。

五、王力《漢語史稿》

對於上古聲母的發展，王力討論到共有四點的演變：

（一）ɣ 的分化。

（二）t、tʻ、dʻ 的分化。

（三）d 的失落。

（四）ȶ、ȶʻ、ȡʻ、ȵ 的發展。

其中ɣ的分化即是匣母的分化。王力認爲：

直到《切韻》時代，雲母（喻三）仍屬匣母，但在唐末守溫三十六字母裏，雲已歸喻，可見從這個時候起，雲母已從匣母分化出來了。那就是説

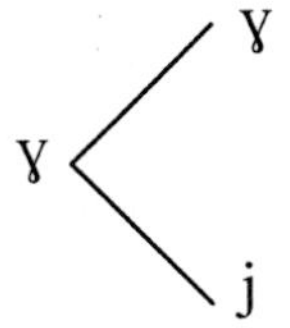

《切韻》時代的匣母沒有三等，和喻母三等正相補足。曾運乾、羅常培和葛毅卿先生分頭研究，雲母在六世紀初年跟匣母本爲一體的事實已經從多方面得到充分的證明。從上古的史料上看，雲匣也是同一聲母的。從諧聲偏旁來看，雲匣常常是互諧的。〔註 128〕

王力是贊同曾氏喻三古歸匣母之古聲觀點。同時亦就音理結構，解釋何以匣母分化之原因。由於三等韻中最高部位之韻頭ĭ影響到聲母ɣ的失落，同時此一ĭ更加高化，變爲輔音 j 加上韻頭ĭ。此外，就諧聲偏旁觀察于、匣二母間之關係，盍：饁，号：鴞，完：院，華：燁，以上四組字，諧聲字屬于母，而諧聲偏旁則屬匣母。亦有諧聲字間同一諧聲偏旁而分屬于、匣兩類者，如：垣：桓，運：渾，均爲于、匣二母關係密切的證據。王力亦自方言中，找到證據，如吳方言上海話中，于、匣二母都讀 [ɦ]：

侯（匣）：尤（于）—— [ɦəu]：[ɦiəu]

恆（匣）：盈（于）—— [ɦə]：[ɦiŋ]

號（匣）：耀（于）—— [ɦɔ]：[ɦiɔŋ]

于母與匣母於上古原本屬於一音，之後分化而爲兩母。王力於《漢語音韻》中亦提到，喻三與喻四於現代漢語之各個方言中已經合流，然於漢越語（越南語中之漢語借詞）中喻三與喻四則分別劃然。〔註 129〕曾氏自經籍異文之典籍資料中證得喻母分爲二類，其於韻圖三等之于母，古讀應入匣母。王力則自語音分化之條件，看出于母與匣母分合條件，也證實曾氏喻母古讀之正確性。

至於喻母四等的問題，王力在「d 的失落」中討論到，在《切韻》裏，

〔註 128〕王力《漢語史稿・上古聲母的發展》，（北京：中華書局，2001 年 2 月），頁 70。

〔註 129〕王力《漢語音韻・字母》，（北京：中華書局，1991 年 10 月），頁 73。

喻三與喻四是截然兩類的區分。而兩類之上古來源顯然完全不同。從諧聲系統中可看出喻四一類字與絕大部份舌音之端、透、定相諧，而小部分與邪母相諧。例如：

台（定）：怡（喻），桃（定）：姚（喻），翟（定）：耀（喻），荼（定）：余（喻），鐸（定）：懌（喻），錫（定）：陽（喻），兌（定）：悅（喻），黃（定）：夷（喻）。可見喻母上古音值應該是[d]構成。而王力認為，在漢語語音的特性中，不送氣之塞聲，如 p、t、k、b、d、g 等相對而言是較易於失落的。於是上古之[d]至中古便失落了，只剩[j]起頭之字音。如怡，[dǐə]→[jǐə]；陽，[dǐaŋ]→[jǐaŋ]。從此一語音演變之脈絡來，中古喻母由上古有[d]字頭之音演化而來，自然與舌音之端、透、定相近。也證明了曾氏喻四古歸於定之說法。不過王力認為喻母古讀不全然歸於定母，更精確說，「喻母古讀近於舌頭音」。此與曾氏舉經籍中，喻母古讀之例，不全在定母，亦有透母、端母之證據相符，故「喻母古讀近於舌頭音」應是合理之說法。

六、葛毅卿〈喻三入匣再證〉〔註130〕

葛氏文中言及羅常培影印殘卷，云部第一百：「云，胡勳反」與通行本《玉篇》「云，于君切」顯然不同。羅氏又有《尚書釋文》殘卷，其中「滑，于八切」又「戶八切」，二者亦不同。就《切韻》系統中切語，實際上可以系聯為類。如：越，戶伐反；雲，戶分反；遠，雲晚反；云，戶分反；有，云久反。越、雲、遠、云、有，五字為喻母字，戶為匣母字。實際上應入匣類。

又《切韻》于類字中，如：羽，于俱反；雨，于俱反；王，雨方反；韋，王悲反；永，榮兵反；榮，永兵反；為，蔿支反；洧，榮美反；筠，為贇反。以上還不能與雲類系連一類。然葛氏認為于類與雲類，在《切韻》時期之前，應均為一帶有 g 之聲母。說與李方桂、周祖謨相同。此一聲母之後分化為于、雲二類，至《切韻》後，二類均為等韻家併成一類。

是以，自與《切韻》同時期之字書反切觀之，于、雲雖尚不能系連成一類，然于、雲二類相近，相近而為一類，則是實際存在的。葛氏之說法為曾氏喻三歸匣，再為補充證據與理由。

〔註130〕葛毅卿〈喻三入匣再證〉，（臺北：歷史語言所集刊八本之一。1971 年再版），頁 90。

七、陳新雄《古音研究》

本師陳伯元先生《古音研究》中，對於古聲類有〈曾運乾古聲說〉。文中列舉曾氏於喻母三等古隸牙聲匣母，四等古隸舌聲定母中古籍異文之例證。認為曾氏所證古聲甚為的當。陳先生云：

> 曾運乾以為爲紐古歸匣紐，喻紐古歸定紐，其說實精研得理，言之確鑿，實足以正黃侃之疏，故羅常培以為曾氏此文乃繼錢大昕之後，對古聲之考證最具貢獻一文，洵非溢美之言也。〔註131〕

曾氏喻母古讀之論證詳實，之後殆得定論。復有羅常培〈《經典釋文》和《原本玉篇》反切中的匣于兩紐〉與葛毅卿〈喻三入匣再證〉二文補強曾氏之說，陳先生以為二者在曾氏論證基礎上，進一步討論匣、爲二紐之古聲音值，雖然音值之構擬容有在討論之空間，但證匣爲二紐之上古來源相同，則應是無可再疑。《古音學發微》：「蓋黃君僅明喻爲二紐之爲變聲，至其入影則從錢氏陳說，猶未暇詳考也。曾氏言之，適可補其疏漏。」〔註132〕至此，爲之入匣，喻之入定，於音理上更勝於黃季剛入影之說法。

八、敖士英〈研究古音的一個商榷〉

此文刊於北京大學《國學季刊》第二卷第三號中。敖士英以喻四古歸於齒聲而不歸於舌聲之說。曾氏以〈讀敖士英研究古音的一個商榷〉一文回應。敖氏舉例爲證，曾氏則駁議甚多，已論之於前，不另舉。

九、龍宇純〈喻三與匣〉、〈喻四與定〉〔註133〕

龍氏文中認爲中古三十六字母，喻母韻圖排列第三等一類與匣母聲不相同，然於上古本來一音。同意曾氏之「喻三古歸匣說」，並就敦煌所出韻書中例再爲補證，如舉《切三、全王、王二、唐韻、廣韻》：

> 葉韻曄字音筠輒反（切）；而《全王》緝韻爲立反下云「又胡輒反」，匣母例不出現於三等韻，胡輒同筠輒。

〔註131〕陳新雄《古音研究》，（臺北：五南圖書出公司，2000年11月），頁580。

〔註132〕陳新雄《古音學發微》，（臺北：五南圖書出公司，1996年10月），頁711。

〔註133〕龍宇純〈例外反切研究〉，《中上古漢語音韻論文集》，（臺北：五四書店，利氏學舍，2002年12月），頁30～32。

又舉羅常培〈《經典釋文》和《原本玉篇》反切中的匣于兩紐〉一文，再爲說明喻三與匣母直至《切韻》以前仍是不分的。至於「喻四古歸定」之說，龍氏則以爲「不免以偏概全」，但實際上也同意「部分與定母的關係卻是可以肯定的。」如：《全王、王二》：

> 歌韻虵字音夷柯反。歌韻屬一等，一等韻例不配喻母。《集韻》字
> 音唐何切。

又有《廣韻》海韻伳字音夷在切。亦是一等韻用喻母。是以龍氏提出質疑，認爲此二例，或本是上古喻母一等字之殘留，或者夷爲弟之形誤。是以「喻四古歸定」之說，只同意確實有此現象，至於是否喻四上古全歸於舌音定母，則趨於保留。

十、伏俊連〈曾運乾先生對中國聲韻學的傑出貢獻〉〔註134〕

上古聲紐之說，自錢大昕以來，至章太炎從鄒漢勳之說，作〈古音娘日二紐歸泥說〉於是黃季剛依前人之說，勾稽古籍，推求音理，進而定古聲十九紐。曾氏考訂喻母當分爲二，於是有〈喻母古讀考〉，重新排定古聲十九。黃季剛在此文一出之後，有機會於東北與曾氏深談兩夜。並說：「喻紐四等古歸定紐，喻紐三等，古歸歸匣，這是很正確的，我的十九紐說應當吸收這一點。」〔註135〕是以古聲之數，大抵以此爲據。然伏氏亦舉出王力有不同之看法，王力以爲認爲古聲應當爲三十二紐，主要是不同意章太炎：日紐歸入泥，錢大昕：照、穿、神、審、禪，歸入端、透、定。黃侃：莊、初、牀、疏，歸入精清從心；〔註136〕曾運乾喻母入定。王力以爲知、徹、澄、娘併入端、透、定、泥，非、敷、奉、微併入幫、滂、並、明是合理的，因爲同母不同等呼，就有分化條件。然照、穿、神、審、禪、日屬三等，如併入端、透、

〔註134〕伏俊連〈曾運乾先生對中國聲韻學的傑出貢獻──兼談古聲十九紐與三十二紐之爭〉，《西北師大學報》，1993 年第 6 期，頁 39～43。

〔註135〕陸昕《我的祖父陸宗達及其師友》，（北京：人民文學出版社，2012 年 1 月），頁 73。

〔註136〕此處有「溪之歸群」，未知何據？參見伏俊連〈曾運乾先生對中國聲韻學的傑出貢獻──兼談古聲十九紐與三十二紐之爭〉，《西北師大學報》，1993 年第 6 期，頁 41。

定，則與同爲三等之知、徹、澄三母相衝突。喻母則是假四等，眞三等，若併入定母亦與澄母相混。至於莊、初、牀、疏爲二等字實際上有些爲假二等，眞三等；精、清、從、心是一四等，實際上有些是假二等，眞三等，如果合併就沒有分化條件了。不過，王力也解釋日母於上古可能讀[ȵ]與泥母[n]很接近；照系二等於上古可能爲[tʃ]與精系之 [ts]接近；喻四於上古可能是 [d] 與定母之[dʻ]很接近。

是以伏文以曾氏之聲韻學貢獻爲主要論述，而喻三喻四問題自然是其中主軸。古聲十九紐大抵受到聲韻學者之肯定，然王力仍持有不完全同意的看法。雖則如此，王力也同意喻四上古應該是具有[d]音值結構之音，與定母之[dʻ]基本上是接近的。因此曾氏喻四古歸定（歸於舌頭聲）仍是受到肯定的說法。

第七節　小　結

古音研究始於古韻，鄭庠雖分古韻六部，實至明末顧炎武始能離析唐韻，以求古韻。至於古紐，顧氏雖知古音輕重脣相通，惟所重在古韻，而未能進一步考證。其後江永則固守三十六字母，以爲不可增減。每於聲紐有乖違不合處，則以近、混、轉、改之理釋之。期間雖經戴、段，直至錢大昕始有「古無輕脣音」、「古無舌上音」之說。古聲之研究，於焉肇啓。自茲而往，於是有照二照三之分歸齒舌之說；有娘日之古歸泥母說。其至於曾氏，則有喻母之古讀考，其以韻圖上所居位置，訂爲喻三與喻四兩類。而二類古音各有來源，其三等入於匣母而四等則入於定母。是說已成古聲之定論。

曾氏於古聲之考定，以經籍之異讀與文字之諧聲爲材料。其與敖氏之論喻母古讀，亦多用古籍以證。至於諧聲偏旁之用，自顧氏之離析俗韻與《唐韻》而求古音之法。《說文》所載之字，其十之八九爲形聲字。顧氏以降，求於古韻者，無不據諧聲以求其分合。然則，一字之音聲、韻合一始能相成。而形聲之字據諧聲偏旁，以求古韻，則何嘗未能據之以求古紐，曾氏於是有諧聲表之勘定。斯表以曾氏所考定之古韻三十攝爲經，以喉牙舌齒脣之五聲爲緯。據說文之形聲字諧聲偏旁塡入其對應之位置，如此有諧聲表之完成，以備檢音。是表自韻攝觀之，則古韻之諧聲表，自古紐觀之，亦古聲之諧聲表。曾氏於對於敖士英文中引用古籍中，喻母與邪母關係，謂研究古音當知

轉語。而仍未能考訂出邪母之古讀，實爲可惜。伏俊連〈曾運乾先生對中國聲韻學的傑出貢獻──兼談古聲十九紐與三十二紐之爭〉：[註137]

> 由於喻母（四等）同邪母古代實際相通，而曾氏又未能進一步考定邪母古讀，所以喻四歸定還有人懷疑。待他的學生郭晉稀教授《邪母古讀考》一出，則既證成了邪母古代讀定，而且喻四古讀定的證據就更爲加強了。

　　邪母之古讀，錢玄同有〈古音無邪紐證〉[註138]一文，其後戴君仁又有〈古音無邪紐補證〉，郭氏《邪母古讀考》當爲邪母之古讀作最後定奪。

〔註137〕伏俊連〈曾運乾先生對中國聲韻學的傑出貢獻──兼談古聲十九紐與三十二紐之爭〉，《西北師大學報》，1993 年第 6 期，頁 41。

〔註138〕錢玄同《錢玄同文集》卷四，（北京：中國人民大學出版社，1999 年 7 月），頁 57。

第八章　曾運乾之古音學
——古韻之部

　　《詩·召南·行露》：「誰謂鼠無牙？何以穿我[墉]？誰謂女無家？何以速我[訟]？雖速我[訟]，亦不女[從]。」訟與墉、從爲韻。東晉·徐邈（343～397）《毛詩音》：「訟，取韻才容反。」本師陳伯元先生《古音研究》謂：「徐氏之意蓋謂「訟」後世音似用反，其聲調不合，訟爲去聲，與「墉」、「從」等平聲字不諧，必改讀爲平聲才容反後，方可與平聲之「墉」、「從」等字相諧也。」〔註1〕可見魏晉之際，於古音的概念並不完整。對於古音與今音不合，爲了諧韻而有改讀。此外，北周·沈重《毛詩音》於《詩·邶風·燕燕》有「協句」說；唐·陸德明（550約～630）《經典釋文》於《詩·召南·采蘋》有「協韻」說；唐·顏師古（581～645）《漢書·司馬相如傳》有「合韻」說，此皆不識古音而予改讀之例。

　　唐·陸德明《經典釋文》於《詩·邶風·燕燕》：「燕燕于飛，下上其音。之子于歸，遠送于南。瞻望弗及，實勞我心。」引沈重「協句」之說又曰：「今謂古人韻緩，不煩改字。」是除「改讀」之外，又有「韻緩」之說。

　　陸氏言及古人音讀與今音不同，其後仍無人能識。遇字不能諧，則往往「改經」以求合音，實爲不倫。陳第作《毛詩古音考》其自序云：

〔註1〕　陳新雄《古音研究》，（臺北：五南圖書出版公司，2000年11月），頁10。

蓋時有古今，地有南北，字有更革，音有轉移，亦勢所必至。故以今之音讀古之作，不免乖剌而不入，于是悉委之叶，夫其果出於叶也，作之非一人，采之非一國，何母必讀米，非韻杞韻止，則韻祉韻喜矣。馬必讀姥，非韻組韻黼，則韻旅韻土矣。……厥類實繁，難以殫舉，其矩律之嚴，即《唐韻》不啻，此其故何耶？又左、國、易象、離騷、楚辭、秦碑、漢賦，以至上古歌謠，箴銘、讚誦，往往韻與詩合，實古音之證也。〔註2〕

是以知古音今音之不同，而後有古音之研究。宋‧鄭庠雖分古韻六部，然實至明‧顧炎武，古韻研究始正式進入軌道。

第一節　古韻研究之成果

古韻研究，自宋‧吳棫（約1100年～1154年），鄭庠著《詩古音辨》，以《廣韻》與古音之通合，分東、支、魚、真、蕭、侵，為古韻六部後，繼之者踵事增華。明末崑山顧炎武作《音學五書》，據《詩》、《易》用韻，離析《唐韻》，於是分古韻為十部。江永作《古韻標準》分古韻為十三部，又別出入聲八部，於顧氏之古韻有所修正。段玉裁作《六書音韻表》，分古韻十七部，古韻分部至此為一階段。

段氏之後，其師戴震作《聲類表》，戴氏取其師江永之入聲概念，以為入聲當獨立為部。又有陰聲陽聲之說（陰陽入之名訂於孔廣森）。於是主陰陽入三分，分古韻陰聲七部、陽聲九部、入聲九部，合九類二十五部。古韻分部自此分流為主陰陽二類與主陰陽入三類者。而二家之說，各得擅場，自此古韻各部之關係得以確立。

孔廣森作《詩聲類》，以為古韻有平去而無入聲，定陰陽二類之名，分古韻為十八部。此與段氏之「有入無去」不同，與戴氏之陰陽入三分亦不同。然其確立「陰聲」「陽聲」之名，與「陰陽對轉」之義，實有大功於古韻研究，且較之戴氏之說更為精密。王念孫作《古韻譜》返孔氏之東多二分於段氏，又析脂部為三，分古韻二十一部。其後江有誥亦分古韻為二十一部，然江氏又反王氏之併東多。再析為東、中二部，二家均可為段氏之修正，而仍有所

〔註2〕 陳第《毛詩古音考》，（臺北：廣文書局，1966年1月），頁5。

不同。自此古韻確立東冬分部。

　　夏炘合王、江二氏二十一部之說，併其同異而為修正，析古韻為二十二部。歙縣江氏之前，除戴氏將入聲正式獨立外，鄭、顧、江、段、孔、王諸氏，於古韻皆主陰陽二分。夏氏作《詩古音二十二部集說》，除入聲未獨立外，陰陽二部幾已盡析。其後丁以此（竹筠）作《毛詩正韻》同於夏氏，分古韻為二十二部。嚴可均作《說文聲類》，併段氏之真諄為一，為古韻十六部。姚文田作《古音諧》，分古韻二十六部。劉逢祿作《詩聲衍》，分古韻二十六部。丁履恒作《形聲類篇》，分古韻十九部。朱駿聲作《說文通訓定聲》，分古韻為十八部，又別立入聲十部，並以卦名為韻部名。張成孫作《說文諧聲譜》，分古韻二十一部，陳立作《說文諧聲孳生述》，分古韻十九部。夏燮作《述韻》，分古韻二十部。龍啟瑞作《古韻通說》，分古韻二十部。黃以周作《六書通故》，分古韻十九部，實二十一部。時庸勱作《聲譜》，分古韻二十部，實二十二部。若分入聲則為三十三部。以上則不出戴、孔、王、江四家之範圍。〔註3〕

　　章太炎作《成均圖》，自夏炘二十二部之上，再析脂部為脂、隊二部，古韻於是分至二十三部。黃侃作《音略》，修正章氏二十三部，再將戴氏已獨立之入聲六部帶入，本古韻當為二十九部，惟以黃氏之古本音概念，以至於蕭部無入。古韻分至二十八部。錢玄同則以為蕭部有入而豪部無入，以覺為幽（黃之蕭）之入，而宵（黃之豪）部無入。於是又併豪、沃為一部，仍為二十八部。

　　黃侃弟子黃永鎮作《古韻學源流》，分黃侃蕭部之入聲，並獨立為肅部，於是分古韻為二十九部，而陰、陽、入各部獨立，此章氏二十三部與戴氏六部入聲之合。與黃侃之同時，益陽曾氏，於黃侃二十八部之基礎上，又取錢玄同之意見。折衷二家古韻，以豪、蕭二部皆有入聲，於是古韻至此分作三十部，近於完成之階段。曾氏雖衣、威分部，但王力仍從兩部諧聲偏旁再為畫分清楚，此王力脂微分部較之曾氏衣威分部，更緊密之處。又併冬於侵部，古韻於是又為二十九部。本師陳伯元先生，自黃侃早年二十八部之基礎，又益以黃氏晚年之〈談、添、盍、怗分四部說〉，以及王力之脂微分部，於是古

〔註3〕　錢玄同〈古韻二十八部音讀之假定〉《錢玄同文集》第四卷，（北京：人民大學出版社，1999年6月，頁96。

韻分至三十二部，已臻精密，當無可再析。以下所列爲自鄭庠以來，重要而有代表性之古韻學家，與其所分古韻分部。自各家古韻部間之對應關係，亦可明韻部分合及其源流。

表九八　古韻對應分部舉要表

鄭庠	顧炎武	江永	段玉裁	戴震	孔廣森	王念孫	江有誥	章太炎	黃侃	曾運乾	王力	陳新雄
6部	10部	13部	17部	25部	18部	21部	21部	23部	28部	30部	29部	32部
東	東	東	東	翁	東	東	東	東	東	邕	東	東
					冬		中	冬	冬	宮	冬	冬
	陽	陽	陽	央	陽	陽	陽	陽	唐	央	陽	陽
	耕	庚	庚	嬰	丁	耕	庚	青	青	嬰	耕	耕
	蒸	蒸	蒸	膺	蒸	蒸	蒸	蒸	登	膺	蒸	蒸
支	支	支	支	支	支	支	支	支	齊	娃	支	支
				厄					錫	娃入	錫	錫
			脂〔併於眞〕	衣	脂	脂	脂	脂	灰	衣	脂	脂
										威	微	微
								隊	沒	威入	術	沒
				乙		至		至	屑	衣入	質	質
				靄		祭	祭	泰	曷末	阿	祭	月
				遏							月	
			之	噫	之	之	之	之	咍	噫	之	之
				億					德	噫入	職	職
魚	魚	魚	魚	烏	魚	魚	魚	魚	模	烏	魚	魚
				堊					鐸	烏入	鐸	鐸
	歌	歌	歌	阿	歌	歌	歌	歌	歌戈	阿	歌	歌
眞	眞	眞	眞	殷	辰	眞	眞	眞	先	因	眞	眞
						諄	文	諄	魂痕	昷	諄	諄
		元	元	安	原	元	元	寒	寒桓	安	元	元
蕭	蕭	蕭	蕭〔併於尤〕	夭	宵	宵	宵	宵	豪	夭	宵	宵
				約					沃	夭入	藥	藥
	尤〔併於魚〕	尤	尤		幽	幽	幽	幽	蕭	幽	幽	幽
										幽入	沃	覺
			侯〔併於尤〕	謳	侯	侯	侯	侯	侯	謳	侯	侯
				屋					屋	謳入	屋	屋
侵	侵	侵	侵	音	綅	侵	侵	侵	覃	音	侵	侵
				邑	合	緝	緝	緝	合	音入	緝	緝

		談	覃	醶	談	談	談	談	添 談	奄	談	添 談
		諜	併於合	盍	葉	盍	怗 盍	奄入	盍	怗 盍		

　　王力多部併於侵部中，自諧聲偏旁看，侵部中冬聲、眾聲、宗聲、中聲、蟲聲、戎聲、宮聲、農聲、夆聲、宋聲、彤聲、隆聲等，皆冬部中字，曾氏爲宮攝。是以曾氏三十攝與王力之二十九部幾能一一對應。

第二節　諸家古韻之入聲

　　入聲獨立爲古韻分部之重要關鍵。古無韻書，古韻研究之始，據《詩經》、《楚辭》與先秦韻文爲材料，雖見《廣韻》以四聲分卷，又以入聲專附陽聲，然先秦韻文往往入聲又與陰聲、陽聲協韻。是以入與陰、陽又區而不別。

　　顧氏求古韻，以能識《詩》韻與諧聲中，陰與入近，而與陽遠。因反《唐韻》入配陽聲之例，以爲入配陰聲爲確。然雖亦有見，而入聲仍只爲陰陽之附屬。顧氏歸入聲於陰聲韻中，江氏能識入聲與陰聲異，不宜一概而論。韻書以入配陽，江氏能析三類，是以江氏析古韻十三部外，又別立入聲八部，實鑒於入聲與陰聲陽聲有別，此亦古韻陰陽入三分之先聲。

　　段氏專研說文，從江氏之後，據文字諧聲，尋古韻之脈絡。能自江氏支部析支、脂、之三部，此段氏考古之功深。惟十七部中，侵、覃本有入聲，除眞部外，餘皆併入聲於陰聲韻部中，古韻仍主陰陽二分，此段氏之不從江。戴氏師承江氏，其於古韻入聲更爲進一步。戴氏能審音理，耙梳語音系統之脈絡。於是更爲主張陰陽入三分，此入聲正式獨立爲類，與陰陽分庭抗禮，而不再爲陰陽之附屬。於是古韻分部從此分爲主陰陽二分與主陰陽入三分兩派。於二分派，王力云：

> 這一派主張比較地注重材料歸納，「不容以後說私意參乎其間」（王國維語）。推重這一派的人往往主張二十二部之說。〔註4〕

二十二部說，根據夏炘《古韻集說》，有顧炎武、江永、段玉裁、王念孫、江有誥五家。〔註5〕而章太炎主二十三部，亦屬此派。王力早年主二十三部，少

〔註4〕王力《漢語音韻》，（北京：中華書局，2000年11月），頁136。

〔註5〕夏炘《古韻集說》，（臺北：廣文書局，1961年2月）。

章氏多部而多微部，亦屬此派。

戴震立古韻二十五部，分爲九類，則主陰陽入三分。黃侃如將戴氏獨立出之幽、宵、侯、魚、支，六部之入聲韻部，帶入章氏二十三部中，則古韻以陰陽入三分，可得二十九部。然以黃氏幽部無入，只得二十八部。惟主古韻陰陽入三分者，戴、黃仍是代表人物。王力晚年主三十部，則應歸入此派中。

是以入聲概念爲古韻分部之關鍵。而古韻分部，後來者每從先進之基礎再加深邃。曾氏古韻分部已近於古韻完成之階段，其前有所承緒，其後有所啓發，是以論曾氏古韻，亦當參酌各家入聲概念以明其演變。

一、顧炎武之入聲

首先看出陰聲與入聲近，而與陽聲遠者爲顧炎武。顧氏離析《唐韻》以求古韻，見《廣韻》之入聲專附於陽聲之下，《廣韻》以一屋二沃爲平聲一東二多之入聲。然入聲之「屋」、「沃」讀入平聲當爲「烏」、「夭」，而不爲「東」、「多」，是以韻書久仍其誤。其《音論‧近代入聲之誤》中提出，歌戈麻三韻，舊無入聲，而侵覃以下九韻舊有入聲，此悉如《廣韻》者外，餘皆當改配陰聲。顧氏之說，理由有二。

（一）《詩經》韻，陰聲與入聲協韻

〈秦風‧小戎〉：「小戎俴收幽，五楘梁輈幽，游環脅驅侯，陰靷鋈續屋，文茵暢轂屋，駕我騏馵侯。言念君子，溫其如玉屋。在其板屋屋，亂我心曲屋。」《詩》以入聲屋韻之玉、屋、曲，協陰聲侯韻之驅、馵，又旁轉陰聲幽部之收、輈，是以入聲屋韻與陰聲侯韻音近而協，而與東韻遠。又〈唐風‧揚之水〉：「揚之水，白石鑿鑿藥。素衣朱襮藥，從子于沃藥。既見君子，云何不樂藥？」《詩》以入聲藥韻之鑿、襮、沃、樂相協，而「沃」之平聲爲「夭」，不爲「多」，是以入聲沃韻與陰聲夭韻音近而協，而與多鍾遠。

（二）一字兩音，陰聲與入聲爲類

顧氏提出一字有兩讀，以音別義之例。如平聲讀爲去聲之中中，行行，興興；上聲讀爲去聲之，語語，好好，有有，因同音而只是聲調有別，是故人並不疑二字同音關係，因爲是「一音之字爲流轉」。然而去聲讀爲入聲則不然。顧氏云：

> 去之讀入，宿宿，出出，惡惡，易易，而人疑之者。宿宥而宿屋；
> 出至而出術，惡暮而惡鐸，易寘而易昔。後之為韻者，以屋承東，
> 以術承諄，以鐸承唐，以昔澄清，若呂之代嬴，黃之易羋，而其
> 系統遂不可尋矣。

是以顧氏以為韻書入聲之配陽聲在語音之流轉上並不正確，又以入聲字與陰聲字諧聲或押韻者甚多，因此主張入聲應與陰聲相配。

　　事實上，入聲配陰聲抑或配陽聲，就音理而言，皆有其正確性。就入聲配陽聲而言，漢語陽聲韻類，就其收音之韻尾為區分，有三類不同。分別為收雙脣鼻音韻尾–m 者，有收舌尖鼻音韻尾–n 者，有收舌根鼻音韻尾–ŋ者。而入聲就其收音之韻尾為區分，亦有三類。即收雙脣塞聲韻尾–p 者，收舌尖塞聲韻尾–t 者，收舌根塞聲韻尾–k 者。韻書以入聲專附陽聲之下，其收雙脣塞聲韻尾–p 者，皆與收雙脣鼻音韻尾–m 者相配；其收舌尖塞聲韻尾–t 者，皆與收舌尖鼻聲韻尾–n 者相配；其收舌根塞聲韻尾–k 者，皆與收舌根鼻音韻尾–ŋ者相配。就陽、入二音之關係而言，其發音部位完全一致，故入聲之配陽聲實亦合於音理。而入聲以塞聲為韻尾結構，漢語語音之塞聲韻尾，於收音時，均以唯閉音之型態呈現，即塞而不破之類型，其音則類於元音，故近似以元音收尾之陰聲韻類者。是以顧氏以入聲配陰聲，亦合於音理。

　　然而顧氏雖知古有入聲，而其古韻十部，只是將古韻分成陰聲韻部與陽聲韻部，將入聲歸於陰聲韻部中，並未獨立成部。

二、江永之入聲

　　顧氏之後，江永分古韻十三部，又另分入聲八部，並主張數韻同入。此當是古韻分部中，陰陽入三分之先聲，與顧炎武陰陽二分，截然不同。此外對於入聲概念亦有不同，最基本之差異在於顧炎武歸入聲於陰聲中，而江永則已經看出入聲韻類有塞聲韻尾–p、–t、–k 之差異。其《四聲切韻表・凡例》中云：

> 韻學談及入聲尤難，而入聲之說最多歧。未能細辨等列，細循脈
> 絡，為之折中，歸於一說者也。依韻書次第，屋至覺四部，配東
> 冬鍾江；質至薛十三部，配真諄臻文欣元魂寒桓刪山先仙。唯痕

無入。〔註6〕藥至德八部配陽唐庚耕清青蒸登；緝至乏九部，配侵覃談鹽添嚴咸銜凡。調之聲音而諧，按之等列而諧。當時編韻書者，其一時出於此。以此定八聲，天下古今之通論不可易也。〔註7〕

入聲與陰聲陽聲既有差異，則不能不區別，此江永精於審音之處。又以古韻分十三部，而入聲韻只八部，因有數韻同入之說。江氏雖已立入聲八部，然此不在其古韻十三部中，古韻陰陽入三分實至戴震始正式確立。

三、段玉裁之入聲

段氏以諧聲分古韻十七部，一部中入聲或與陰聲同部，或與陽聲。其第一部陰聲之咍，入聲職德；第二部陰聲蕭、宵、肴、豪，無入；第三部陰聲尤幽部，其入聲屋、沃、燭、覺；第四部陰聲侯部，無入；第五部陰聲魚虞模部，入聲藥、鐸；第六部陽聲蒸登部，無入；第七部陽聲侵鹽添，入聲緝葉怗；第八部陽聲覃、談、咸、銜、嚴、凡部，入聲合、盍、洽、狎、業、乏；第九部東、冬、鍾、江，無入；第十部陽聲陽唐部，無入；第十一部庚、耕、清、青部，無入；第十二部眞、臻部，入聲質、櫛、屑；第十三部陽聲諄、文、欣、魂、痕部，無入；第十四部陽聲元、寒、桓、刪、山、仙部，無入；第十五部陰聲脂、微、齊、皆、灰部，入聲術、物、迄、月、沒、曷、末、黠、鎋、薛；第十六部陰聲支佳部，入聲陌、麥、昔、錫；第十七陰聲哥戈部，無入。

由段氏古韻分部來看，其陰、陽、入之對應，並不從韻書之以入聲附於陽聲之舊例，反而入聲配於陰聲韻而爲類。除第十二部陽聲眞臻部有入外，其歌、戈本即無入，侵談部有入，餘入聲皆附陰聲，此與顧氏之主張同。而以質配眞，則爲例不純，然入聲皆不獨立，而附陰陽之下，分部仍主陰陽二類。

四、戴震之入聲

戴氏雖爲段氏之師，然其古韻分部則晚於段玉裁。師弟二人之音學主張

〔註6〕痕韻入聲只麧、紇、齕、紀、麧五字，以字少之故，《廣韻》不立一部，而寄於魂韻之入聲，沒韻之中。所謂無入之意，乃無立入聲韻部，非爲無入聲之字。

〔註7〕江永《四聲切韻表》，（臺北：藝文印書館，影印百部叢書集成），頁8～9。

有所不同，而又各自衍其流派，此每爲學者所稱引比較者。於入聲之概念，段氏主陰、陽二分，而戴氏則主陰、陽、入三分。此二類根本之歧異，按王力所言：

> 是由於前者是純然依照先秦韻文來作客觀的歸納，後者則是在前者的基礎上，再按照語音系統進行判斷。這裡應該把韻部和韻母系統區別開來。韻部以能互相押韻爲標準，所以只依照先秦韻文作客觀歸納就夠了；韻母系統則必須有它的系統性（任何語言都有它的系統性），所以研究古音的人必須從語音的系統性著眼，而不能專憑材料。〔註8〕

王力將二派之歧異在三點呈現，就是使用的材料與運用的方法，以及所得的成果。

（一）就使用材料而言

1. 二分派運用先秦韻文與諧聲資料爲觀察之材料。

2. 三分派則在二分派所建構的基礎上再作研究，並以語言系統爲觀察。

（二）就研究方法而言

1. 二分派對材料作客觀之分析、判斷、歸納。

2. 三分派除對材料作客觀之分析、歸納外，就語言統，以審音之法爲歸納所得之判斷。

（三）就古韻分類而言

1. 二分派主張古韻以陰聲韻類與陽聲韻類爲區分。

2. 三分派主張古韻入聲與音聲陽聲不同，當獨立分別韻部應爲陰陽入三類。

（四）就研究成果而言

1. 二分派建立古代韻文之押韻韻母系統。

2. 三分派建立古代語言之韻母系統。

（五）就代表人物而言

1. 二分派以顧炎武、江永、段玉裁、王念孫、江有誥、章太炎爲代表。

〔註8〕王力《漢語史稿》，（北京：中華書局，2000年11月），頁147。

2. 三分派以戴震、黃侃爲代表。

戴震〈答段若膺論韻書〉云：

> 大箸六、七、八、九、十、十一、十二、十三、十四，凡九部，
> 舊皆有入聲，以金石音喻之，猶擊金成聲也。一、二、三、四、
> 五、十五、十六、十七，凡八部，舊皆無入聲，前七部以金石音
> 喻之，猶擊石成聲也。惟第十七部歌、戈，與有入者近，麻與無
> 入者近，遂失其入聲，於是藥、鐸溷淆不分。僕審其音，有入者，
> 如氣之陽、如物之雄、如衣之表；無入者，如氣之陰、如物之雌、
> 如衣之裏。又平上去三聲近乎氣之陽、物之雄、衣之表；入聲近
> 乎氣之陰、物之雌、衣之裏。故有入之入，與無入之去近，得其
> 陰陽、雌雄、表裏之相配。〔註9〕

戴氏得段氏分古韻十七部，然後有此書。對於音韻之性質，戴氏確實審音精
密。能剖析毫釐。其論歌、戈，與有入者近，而麻與無入者近，後人遂失其
入聲。實爲戴氏之創見。故其古韻分部，以歌、戈、麻爲陽聲，以魚、虞、
模爲陰聲，而以鐸爲入聲。王力以爲戴氏之誤，而後之學者皆未從其分配，
仍以歌、戈、麻爲陰聲之屬。而戴氏稱段氏九部，舊皆有入，是對段氏十七
部，以入聲附於陰聲韻部之討論。戴氏仍以爲入聲本附陽聲之下，但也認爲
入聲雖本附陽聲，然入聲如氣之陰，是以與陰聲韻類之去近，可以爲陰聲之
入。此亦戴氏之創見。應爲戴氏論音之陰、陽、入，確立古韻三分之理論基
礎。

陽聲：平、上、去、入 → 去、上、平：陰聲

陽聲之入，如氣之陰，與陰聲之去近

戴氏〈答段若膺論韻書〉中云：「其前昔無入者，今皆得其入聲，兩兩相
配，以入聲爲相配之樞紐」即是基於戴氏以入聲爲氣之陰，故與陰聲之去近。
此語甚爲主觀，何謂「入聲近乎氣之陰，……與無入之去近」？就語言學之
觀點說明，即漢語入聲之塞聲韻尾結構，發聲時均以唯閉音之形式呈現。而
唯閉音之特質，爲塞而不破。是以入聲之發聲只到元音即收住，此與相配之
陰聲，主要元音完全相同，入聲因而近於陰聲之去聲。又以音高、音長條件

〔註9〕 戴震《聲類表·卷首》，（臺北：廣文書局。1966 年 1 月），頁 4～5。

分四聲之聲調特性而言，則入聲如短去，而去聲若長入。是以戴氏以陽入近於陰去，而以入聲爲陰陽之樞紐，誠爲有識。戴氏以入爲陰陽相配之樞紐，於是古韻韻類三分之說正式確立，然以韻類轉陰轉陽之「陰陽對轉」說，則待孔廣森之完成。

五、孔廣森之入聲

　　戴氏確立陰陽入三分，以入聲爲陰陽之樞紐爲基礎。其〈答段若膺論韻書〉，孔氏當時並未得見，其陰陽之說，實際上是與戴氏暗合。而孔廣森則確立「陰陽對轉」說之架構，王力以爲「比戴氏高明」。然而孔氏雖確立陰陽對轉之說，但並不認爲上古有入聲。孔廣森《詩聲類・序》：

> 至於入聲，則自緝合等閉口音外，悉當分隸，自支至之七部，而
>
> 轉爲去聲，蓋入聲創自江左，非中原舊讀。〔註10〕

孔氏之意是除了閉口音的緝合韻可以算是入聲外，其他都應當歸入支、脂、魚、侯、幽、蕭、之七部中，轉爲去聲。孔氏之所以有此看法，乃是認爲入聲非中原之舊，而是江左所創。此說確不同於前人。然而古無入聲之說，並未得後之學者響應，段氏古無上去只有平入二聲，反得支持。孔氏古無入聲之說並不可信。王力認爲：「語言是社會的產物，決非江左的人所能創造出來。」〔註11〕孔氏是說，恐怕是錯誤之推論。孔氏《詩聲類・序》又云：

> 竊嘗基於《廣韻》，階於漢、魏，而躋稽於二雅、三頌、十五國風，
> 而譯之、而審之、而條分之、而類聚之、久而得之。有本韻、有
> 通韻、有轉韻，通韻聚爲十二，取其收聲之大同，本韻分爲十八，
> 乃又剖析於斂侈、清濁、豪釐、纖眇之際，……陽聲者九，……
> 陰聲者九。此九部者，各以陰陽相配而可以對轉。〔註12〕

所謂斂侈，乃謂元音開口度之大小而言。而清濁，則不能謂聲類，而是指音之開合性質，開則開口度大，元音響度大而爲濁，合則開口度小，帶有圓唇性質，相對元音響度則小而爲清。〔註13〕孔氏進一步提出「陰陽對轉」之概

〔註10〕孔廣森《詩聲類・序》，（成都：渭南嚴氏刻本影印，甲子嘉平月），頁2。

〔註11〕王力《清代古音學》，（北京：中華書局，2013年8月），頁170。

〔註12〕孔廣森《詩聲類・序》，（成都：渭南嚴氏刻本影印，甲子嘉平月），頁3。

〔註13〕清濁謂韻不謂聲，清爲合口，濁爲開口。此2007.10.28，本師陳伯元先生於師大

念，古韻分部與研究之成果於是更向前一大步。然雖以爲古無入聲，其「陰陽對轉」之說，顯然優於戴氏，而戴氏入聲獨立，又優於孔氏。合二者之優點以論古韻，則入聲獨立於陰陽，而陰陽以入聲爲樞紐，陰可轉陽，陽亦可轉陰，此所謂陰陽對轉。陰陽入三分之古韻分派至此確立。

六、章太炎之入聲

戴氏之後，古韻陰陽入三分已爲學者所接受而成爲定論。論古韻者，或從段氏，主陰陽二分；或從戴氏，主陰陽入三分。至於韻部則各有所見，不一而是。章氏於古韻主平上與去入，劃然二分。而於入聲則又與前人異說。其說音韻已能就西方語言學概念與術語，然仍不免於臆測。《國故論衡・小學略說》中，其說陽聲：

> 陽聲即收鼻音，陰聲非收鼻音也。然鼻音有三孔道，其一侈音，印度以西皆以半摩字收之，今爲談、蒸、侵、冬、東諸部，名曰撮脣鼻音。（古音蒸侵常相合互用，東談亦常相合互用，以侵談撮脣，知蒸東亦撮脣，今音則侵談撮脣，而蒸登與陽同收，此古今之異。）其一弇音，印度以西皆以半那字收之，今爲青、眞、諄、寒諸部，名曰上舌鼻音。其一軸音，印度以央字收之，不待撮脣上舌，張口氣悟，其息自從鼻出。名曰獨發鼻音。夫撮脣者使聲上揚，上舌者使聲下咽，既已乖異，且二者非故鼻音也，以會厭之气被閉距于脣舌，婉轉以求漢宣，如河決然，獨發鼻音則異是。
>
> 印度音摩、那皆在體文，而央在聲勢，亦其義也。〔註14〕

章氏所謂侈音以半摩字收之，今即收–m之雙脣鼻音；所謂弇音以半那字收之，今即收–n之舌尖鼻音；所謂軸音以姎字收之，今即收–ŋ之舌根鼻音。章氏能別陽聲三類，撮脣、上舌、獨發，皆收鼻音，就語音學分析，確合音理。但章氏以蒸東收撮脣鼻音，顯然是審音上之疏失。至於使聲上揚下咽之說，皆章氏之個人體悟與臆說，非關音理。

章氏之說陽聲三類，可見其認爲陽聲當分三類。然章君之說入聲則云：

「古音研究」課程，親授筆記。

〔註14〕章太炎《國故論衡・小學略說》，（上海：上海古籍出版社，2003年4月），頁13。

「泰、隊、至者，陰聲去入韻也；緝、盍，陽聲去入韻也。」又云：「古音本無藥覺職德沃屋燭鐸陌錫諸部，是皆宵之幽侯魚支之變聲也。有入聲者，陰聲有質櫛屑一類，曷月鎋薜末一類，術物沒迄一類；陽聲有緝類、盍類耳。」章氏之意是入聲僅分二類，一爲陽聲韻類之入，收雙脣塞音-p 者，一爲陰聲韻類之入，收舌尖塞音-t 者。而收舌根塞音之-k 者，章氏謂古音本無，皆陰聲之變聲。因此，章氏之入聲僅分二類。

　　入聲本承於陽聲，章氏既分陽聲三類，而入聲僅二類，則陽聲收舌根鼻音-ŋ者，即無所承。章氏以收舌根塞音之-k 爲陰聲之變，似與音理不合，章氏古韻分二十三部，入聲雖獨立，然只分二類，其說實有未諦。

七、黃侃之入聲

　　黃氏古韻分部承前人之緒，更爲發煌。基本上是於其師章太炎之二十三部基礎上，補正章氏「古音無藥、覺、職、德、沃、屋、燭、鐸、陌、錫諸部」〔註 15〕之誤，再益以戴震陰陽入三分之概念，而爲古韻二十八部。黃氏云：

> 古韻則陰聲、陽聲以外，入聲當別立，顧江段孔諸君，皆以入聲散歸陰聲各部中，未有審締。謂宜準戴氏分陰聲、陽聲、入聲爲三之說，爰就餘杭師所分古韻廿三部，益爲廿八部。〔註16〕

又《音略》：

> 古韻部類，自唐以前，未嘗昧也。唐以後，始漸茫然。宋鄭庠肇分古韻爲六部，得其通轉之大界，而古韻究不若是之疏，爰逮清朝，有顧、江、戴、段諸人，畢世勤劬，各有啓悟，而戴君所得爲獨優。本師章君論古韻二十三部，最爲暸然。余復益以戴君所明，成爲二十八部。〔註17〕

黃氏自章氏古韻二十三部，再益入戴震入聲爲二十八部。二十八部爲：歌（顧

〔註15〕張世祿《中國古音學》，（臺北：先知出版社，1972 年 4 月），頁 152。

〔註16〕劉賾《音韻學表解》引，（上海：上海商務印書館，1934 年），頁 116。

〔註17〕黃侃《音略》，《中國現代學術經典‧黃侃、劉師培卷》，（石家庄：河北教育出版社，1996 年 8 月），頁 312。

炎武所立）、灰（段玉裁所立）、齊（鄭庠所立）、模（鄭庠所立）、侯（段玉裁所立）、蕭（江永所立）、豪（鄭庠所立）、咍（段玉裁所立）、寒（江永所立）、痕（段玉裁所立）、先（鄭庠所立）、青（顧炎武所立）、唐（顧炎武所立）、東（鄭庠所立）、冬（孔廣森所立）、登（顧炎武所立）、覃（鄭庠所立）、添（江永所立）、曷（王念孫所立）、沒（章太炎所立）、屑（戴震所立）、錫（戴震所立）、鐸（戴震所立）、屋（戴震所立）、沃（戴震所立）、德（戴震所立）、合（戴震所立）、帖（戴震所立）。二十三部中章氏有至部即黃之屑部，爲戴氏所立名。章氏無錫部，本戴氏所立，一也；章氏無鐸部，本戴氏所立，二也；章氏無屋部，本戴氏所立，三也；章氏無沃部，本戴氏所立，四也；章氏無德部，本戴氏所立，五也；章氏有緝部即黃之合部，爲戴氏所立名；章氏有盍部即黃之帖部，爲戴氏所立名。如此則黃氏用戴氏陰陽入以分古韻，從章氏之二十三部益之以戴氏所立之錫、鐸、屋、沃、德五部入聲而爲二十八部。又改章氏至、緝、盍部名稱同戴氏之屑、合、帖，仍爲二十八部。

董同龢《中國語音史》：

> 古韻分部，近年又有黃侃二十八部之說，實在並無新奇之處。他
> 所以比別人多幾部，是把入聲字從陰聲韻部中抽出獨立成「部」
> 的緣故。就古韻諧聲而論，那是不能成立的。因爲陰聲韻部與入
> 聲字押韻或諧聲的例子很多，如可分，清儒早就分了。〔註18〕

董氏的說法顯然不同意黃侃以沃爲豪部之入。認爲陰聲韻部與入聲關係不可分，如可分，清儒早就分了。如此則董氏並不主張入聲獨立。事實上，入聲本即與陰聲韻部近，此顧氏一反韻書，以爲侵覃以下之入仍其舊，歌部無入，餘皆悉反韻書之故。又入聲雖與陰聲相近，然其中亦有分別。此江永於十三部外，別立入聲八部，即已能識陰、入之別。董氏所言仍待商榷。

黃氏雖從戴氏入聲韻部獨立，而陰陽入三分。然黃氏之入聲仍不同於戴震。王力認爲戴震之入聲爲《廣韻》，而黃侃之入聲爲《詩經》之入聲，其差異在祭、泰、夬、廢四韻，《廣韻》非入而《詩經》爲入。王力《漢語音韻》：

〔註18〕董同龢《中國語音史》，（臺北：中華文化出版事業委員會，1954 年 2 月），頁 144。

戴震的入聲概念和黃侃的入聲概念是不同的。戴震的入聲是《廣韻》的入聲，所以祭泰夬廢不算入聲；黃侃的入聲是《詩經》的入聲，所以祭泰夬廢是入聲。黃侃承受了段玉裁古無去聲之說，更進一步主張古無上聲，這樣就只剩下平入二類，平聲再分為陰陽，就成了三分的局面。〔註19〕

黃侃入聲中實際上包含大部分去聲字，並有意識地改變入聲韻目以入聲字代替去聲韻目。王力以為，此黃侃較之戴震高明之處。〔註20〕黃侃從段玉裁古聲只有平入二類為其古韻分類之基礎。段氏〈古四聲說〉本對古聲調之說解，聲調者，以今語音學之說解，乃音高與音長之變化，以平上去入各有其變化而為區別。而入聲短促，以其收塞聲韻尾之故，此乃平、上、去、入之「入」。又韻以收音結構之不同，而有以元音收尾者，為陰聲韻類；以輔音鼻聲收尾者，為陽聲韻類；以輔音塞聲收尾者，為入聲韻類，此乃陰、陽、入之「入」。是以同一入聲，其性質本一，即收塞聲韻尾者即為入聲。然入聲與平上去為類，性質雖無改變，而所重不同，乃在音高與音長之比對。入聲與陰聲陽聲為類，性質亦無改變，亦所重不同，在韻尾結構之比對。此入聲而兼有「調類」與「韻類」之特質。黃氏古韻分部二十八，分陰陽入三類。就其《音略》所刊，載之如下。

表九九　黃侃古韻分陰陽入三類表

陰	平		入	
	陽			
	收鼻	收脣	收鼻	收脣
歌				
	寒	覃	曷	合
灰	痕		沒	
	先	添	屑	帖
齊	青		錫	
模	唐		鐸	
侯	東		屋	

〔註19〕王力《漢語音韻》，（北京：中華書局，2000年11月），頁145。

〔註20〕王力《漢語音韻》，（北京：中華書局，2000年11月），頁138。

蕭				
豪	冬		沃	
咍	登		德	

由上表可知黃侃之入聲乃調類之「入」，與「平」對舉。而後平聲分陰生韻類與陽聲韻類，始有陰、陽、入三分；戴震之入乃韻類之入，入聲獨立，陰、陽、入對舉，亦爲陰、陽、入三分，惟所重不同。至於蕭部爲戴氏之幽部而無入，此乃黃氏拘於古本韻之失。而先屑無陰，則黃氏之未審。有待後之苴補。

八、曾運乾之入聲

曾氏古韻分至三十攝，較黃侃二十八部所增益者是析黃氏之灰部爲威、衣二部，又黃氏蕭部無入，又別出入聲一部，於是古韻爲三十部。此曾氏親與楊樹達所談及。楊樹達《積微翁回憶錄》：〔註21〕

> 卅一日。曾星笠來談，謂擬定古韻爲三十部。於黃季剛二十八部外，取其豪蕭部分出入聲一部，此與黃永鎮，錢玄同相同者也。其他一部，則取微部分爲二：一爲齊部，開口之字如衣、依等屬之，以與屑、眞爲一組；餘合口之字仍爲微部。《詩經》中齊、微二部雖偶有交錯，大致劃分云。

楊樹達〈曾星笠傳〉：

> 君謂段氏知眞諄知當分爲二，而不悟脂微齊皆灰之當分，非也。戴氏因脂微齊皆灰未分，而並取眞諄之應分爲二者合之，尤非也。齊與先對轉，故陸韻以屑配先，灰與痕魂對轉，故以沒配痕。三百篇雖間有出入，然其條理自在也。君既析齊於微，與屑先相配，又參稽江段孔王朱章諸家之成說，定爲陰聲九部，入聲十一部，陽聲十部，合之爲三十部，於是古韻分部臻於最密，無可復分矣。
>
> 〔註22〕

〔註21〕楊樹達《積微翁回憶錄・一九三八年三月三十一日》，（北京：北京大學出版社，2007 年 5 月），頁 99。

〔註22〕楊樹達〈曾星笠傳〉，參見楊樹達《積微居小學述林全編》下冊，（上海：上海古籍出版社，2007 年 8 月），頁 466～467。

由楊樹達所述，知曾氏之古韻乃據黃侃之古韻而來。曾氏《音韻學講義》一書中，並未特別言及。曾氏與黃同時，章黃學派其後日興而曾學則未成主流。其後，論曾氏之音學，大抵只言古聲之喻母古讀，遂令其他皆隱而未顯，甚至淹沒。曾氏既從黃氏二十八部而來，然黃氏古韻名稱並無所承，今以王力三十部與曾氏三十部列表如下，以爲參照。

表一百　黃、王、曾三家古韻名稱對應表

黃侃	王力	曾運乾	黃侃	王力	曾運乾	黃侃	王力	曾運乾	黃侃	王力	曾運乾	黃侃	王力	曾運乾
平（陰聲）			平（陽聲・收鼻）			平（陽聲・收脣）			入（收鼻）			入（收脣）		
歌部	歌部	阿攝												
			寒部	元部	安攝	覃部	侵部	音攝	曷部	月部	阿攝入聲	合部	緝部	音攝入聲
灰部	微部	威攝	痕部	文部	昷攝				沒部	沒部				
	脂部	衣攝	先部	眞部	因攝	添部	談部		屑部	質部	衣攝入聲	帖部	葉部	奄攝入聲
齊部	支部	娃攝	青部	耕部	嬰攝				錫部	錫部	娃攝入聲			
模部	魚部	烏攝	唐部	陽部	央攝				鐸部	鐸部	烏攝入聲			
侯部	侯部	謳攝	東部	東部	邕攝				屋部	屋部	謳攝入聲			
蕭部	宵部	夭部								藥部	夭部入聲			
豪部	幽部	幽攝	冬部	冬部					沃部	覺部	幽攝入聲			
咍部	之部	噫攝	登部	蒸部					德部	職部	噫攝入聲			

曾氏三十攝雖以陰陽入三分，而其攝名承戴氏之餘緒，用影母內字爲之。惟戴氏各以諸攝內影母字立爲攝名，是以陰、陽、入，均各立其名。曾氏則只於陰、陽二類，用諸攝中影母字，立爲攝名，入聲一類則只以同類陰聲韻攝之名，爲「某攝入聲」稱之，此爲立古韻部名之特出者。

　　曾氏以入聲與陰聲、陽聲爲對舉，是曾氏之入聲爲韻類之入聲，此與戴氏同，而與黃侃調類之入聲則有所不同。入聲既未立攝名，其因也未見有所論述之處。其三十攝，以豪蕭部無入聲相承，遂別出一部，是能審音理系統之結構，而自陰聲韻部中，析得入聲字。曾氏古韻分部雖以陰、陽、入三分，或以爲入聲實近於陰聲，遂以陰攝之入爲入攝之名。

第三節　曾運乾古韻之承先

　　曾氏對於音學之創見甚夥，今所知者，如〈廣韻五聲五十一類考〉、〈古本音齊韻當分二部說〉、〈喻母古讀考〉等，皆著聞於世。而曾氏分古韻爲三十部之說，今據《音韻學講義》乙書，雖載有古韻三十攝。然是書於 1996 年 11 月，由北京中華書局刊行之前，除講授講義外，實未見正式發表而公諸於世。曾氏逝於西元 1945 年 1 月 20 日。其摯友積微翁楊樹達於是年 2 月 20 日作〈曾星笠傳〉，述及曾氏之古韻分部云：

> 古韻分部，自清儒顧、江、戴、段以下，至近日餘杭章氏，分析益精，江慎修繼顧亭林之後，析《廣韻》之眞諄臻文殷魂痕先爲一部，元寒桓刪山仙爲一部。段氏承之，更析眞臻先與諄文殷魂痕爲二。戴氏與段書，謂江先生分眞以下十四韻爲二，今又分眞以下爲三，詎脂微齊皆灰不分爲二，蓋嫌其陽聲三分而陰聲只二分，不相稱合也。於是戴氏仍返從江氏之說，取段氏所分之眞諄二部合而一之。君謂段氏知眞諄之當分爲二，而不悟脂微齊皆灰之當分，非也。戴氏因脂微齊皆灰之未分，而並取眞諄之應分爲二者合之，尤非也。齊與先對轉，故陸韻以屑配先，灰與痕魂對轉，故以沒配痕。三百篇雖間有出入，然其條理自在也。君既析齊於微，與屑先相配，又參稽江段孔王朱章諸家之成說，定爲陰聲九部，入聲十一部，陽聲十部，合之爲三十部。於是古韻分部臻於最密，無可復分矣。〔註23〕

楊氏所述，實曾氏古韻三十部之首見於著錄者。又李肖聃所作〈曾星笠君墓

〔註23〕楊樹達《積微居小學述林全編》下冊，（上海：上海古籍出版社，2007 年 8 月），頁 469。又收曾運乾《音韵學講義》，（北京：中華書局，2000 年 11 月），頁 4。

表〉云：

> 又著〈喻母古讀考〉、〈廣韻研精〉，參稽清世江、段、孔、王及近
> 儒章炳麟諸家成說。定陰聲九部，入聲十一部，陽聲十部，合爲
> 三十部。〔註24〕

二者雖都論及曾氏於古韻分三十部說，或以所論非聲韻專著，於三十部之名，
則都未能詳盡有所標明。

　　李國英《周禮異文考》〔註25〕有言假借之例，以曾氏三十攝爲說。本師
陳伯元先生於民國五十八年，撰寫《古音學發微》時，見李氏用曾氏古韻之
說，因鉤稽其所引用內容，惟僅得二十八攝。因走訪李國英氏，知曾氏古韻
三十攝之說，並未經正式發表，而所據者，乃魯實先（1913～1977）之手抄
本。時又自李氏得陽聲有邕、宮二攝之名，計陽聲十攝：安、盦、因、嬰、
央、應、邕、宮、音、奄；陰聲九攝：阿、威、衣、益、烏、謳、幽、噫、
夭九攝；入聲十一攝未有專稱，但以陰聲九攝及陽聲音奄二攝各有入聲，即
稱爲某攝入聲。如：阿攝入聲、威攝入聲、衣攝入聲、益攝入聲、烏攝入聲、
謳攝入聲、幽攝入聲、噫攝入聲、夭攝入聲、音攝入聲、奄攝入聲等十一攝，
於是始備古韻三十攝之數。〔註26〕此當爲曾氏分古音三十部最爲正式而完整
之資料。李氏引魯實先抄本稱「攝」，今見刊行之《音韵學講義》，於古韻稱
「攝」，而不稱「部」。韻攝之稱，起於中古等韻之學。《韻鏡》與《通志・七
音略》合韻母相同或相近之數韻爲一類，列爲韻圖，乃「韻攝」名稱之始。
本師陳伯元先生〈曾運乾古韻三十攝權議〉乙文云：「其稱攝不稱部，未見其
書，不得其詳。」〔註27〕主要是韻攝名稱與用法來自中古等韻之學。音韻學
者一般以「部」稱上古韻，以「攝」稱等韻圖，以「韻」稱中古韻部。曾氏
用攝不用部，與學界習慣不同，遂有此疑。師文中援引董同龢《中國語音史》
說法，曰：

〔註24〕李肖聃《李肖聃集》，（長沙：岳麓書社，2008 年 12 月），頁 126。

〔註25〕李國英《周禮異文考》《師範大學國文研究所集刊》第十一號，上冊，（臺北：
　　　　臺灣省立師範大學，1966 年 6 月）。

〔註26〕陳新雄《古音學發微》，（臺北：文史哲出版社，1986 年 9 月），頁 575。

〔註27〕陳新雄〈曾運乾古韻三十攝權議〉《第五屆國際暨第十四屆全國聲韻學學術研討
　　　　會論文》，（新竹國立新竹師範學院，1996 年 5 月 25 日），頁 1。

韻部是歸納古代韻語的結果，所以他們當是若干可以押韻的古代
韻母的總類。一個韻部，非但不只包括一個韻母，並且他的範圍
應當比《切韻》系韻書的「韻」還要大。大致說，應相當所謂「攝」。
〔註28〕

如此，則楊樹達所稱三十部，與魯實先所引三十攝之稱，應皆曾氏古韻三
十部之意。自鄭庠分古韻為六部，經顧、江、戴、段、孔、王、章、黃，
各家皆有所發明。而古韻至黃氏已析至二十八部，期間或有所增併、改易，
要皆更加細密。此正章氏所謂「前修未密，後出轉精」之意。曾氏於古韻
或稱「攝」，今為行文論述之統一，於古韻則以曾氏自論稱攝者，保留其本
稱。本文之行文論述則一律以「部」稱之。

顧氏繼鄭氏之後，於魚部再析出歌部，又於東部再析出陽、耕、蒸部，
古韻至顧氏益為十部；江氏從顧氏之後，析真部為真、元，析蕭部為蕭、尤，
析侵部為侵、覃，於是古韻至江氏益為十三部，此所謂增補者。戴氏不從段
氏之真、諄分部，又併為一部；孔氏析東、冬為二，而王氏又併之，此為併
減者。戴氏所立韻部，不從顧氏以來，以韻書之舊目為稱，而以每攝中，影
母字立部，此所謂改易者也。段氏古韻次第以之、宵、幽，以至於歌部為序，
謂合韻之遠近。歙縣江氏以之、幽、宵為序，至於緝部又復通於之，謂以古
韻之聯通為次第，亦改易也。

古韻分部至蘄春黃氏已臻精密。曾氏與黃氏同時，據其摯友楊樹達回憶
錄所載，曾氏三十部實據黃侃二十八部而有所增益與剪裁，此皆承緒於先進
者。曾氏古韻承黃氏二十八部；其韻目則承戴氏，以影母字立攝；至於韻部
之次第，其建首則宗段氏，其後則以韻部之結構為類，序其次第，此待論於
後。

一、曾運乾三十部與黃侃二十八部

黃氏二十八部，以陰陽入三分，惟據黃氏《音略》所刊二十八部表，入
與平對舉，而平再分陰陽。此調類之入，非韻類之入，此黃氏之入聲，已論
述於前。曾氏古韻三十部，於黃氏二十八部上再為增益，以表對應如下。

〔註28〕董同龢《中國語音史》，（臺北：中華文化事業出版委員會，1954 年 2 月），頁
148。

表百○一　黃、曾二家古韻名稱對應表

黃侃	曾運乾	黃侃	曾運乾	黃侃	曾運乾	黃侃	曾運乾	黃侃	曾運乾
平						入			
陰聲		陽聲				收鼻		收脣	
		收鼻		收脣					
歌部	阿攝 歌戈支麻								
		寒部	安攝 寒桓仙刪元	覃部	音攝 覃侵咸凡	曷部	阿攝入聲 曷末薛鎋月	合部	音攝入聲 合緝洽乏
灰部	威攝 灰脂皆微	痕部	昷攝 痕魂欣諄山文			沒部	威攝入聲 沒迄術黠物		
	衣攝 齊脂皆微	先部	因攝 先眞臻	添部	庵攝 添談鹽銜嚴	屑部	衣攝入聲 質櫛屑	帖部	庵攝入聲 怗盍葉狎業
齊部	娃攝 齊支佳	青部	嬰攝 青清耕			錫部	娃攝入聲 錫昔麥		
模部	烏攝 模魚麻	唐部	央攝 唐陽庚			鐸部	烏攝入聲 鐸藥陌		
侯部	謳攝 侯虞	東部	邕攝 東鍾江			屋部	謳攝入聲 屋燭覺		
蕭部	幽攝 蕭尤幽						夭攝入聲 鐸藥		
豪部	夭攝 豪宵肴	冬部				沃部	幽攝入聲 沃		
咍部	噫攝 之咍	蒸部				德部	噫攝入聲 職德		

　　黃氏二十八部本其師餘杭章氏之二十三部基礎而來。戴震將之部、幽部、宵部、侯部、魚部、支部六部之入聲獨立出來，即職、覺、藥、屋、鐸、錫六部，確立其陰陽入三分之古韻理論。黃氏將此帶入二十三部中，則古韻本當分至二十九部。王力以黃氏拘於「古本韻」，[註29] 以致幽部無入聲相配，遂省爲二十八部。黃氏蕭（幽）部無入，未必如王力所言。其「古本韻」說，

〔註29〕王力《漢語音韻》，（北京：中華書局，2000 年 11 月），頁 137。

或尚有不夠周密之失，然古本音即在《廣韻》二百六韻中，亦屬事實。謝磊〈齒音二、四等的眞假和內轉、外轉——兼論黃季剛先生的古本音說不可抹殺〉〔註30〕一文，仍以爲黃氏古本音說有其重要性。

黃氏二十八部亦改正戴氏之誤。戴氏以歌、戈、麻爲陽聲，黃氏仍以爲陰聲而配寒部、曷部。戴氏祭部獨立，雖爲創見，黃氏仍併於曷部爲入聲韻部。王力謂戴氏之「入」爲《廣韻》之「入」，祭、泰、夬、廢非入聲；黃氏之入聲爲《詩經》之入聲，祭、泰、夬、廢爲入聲，是說誠然有識。

古韻分部至黃侃爲二十八部，〔註31〕錢玄同亦爲二十八部，其差異爲黃氏以沃爲豪部之入，而蕭部無入。錢氏則以覺爲幽（黃之蕭）之入，而宵（黃之豪）部無入。

曾氏則兼採二家之說，以爲豪、蕭皆有入，古韻遂益一部。又以微部（黃之灰）開口之字分爲衣部，合口之字仍爲微部，於是古韻再益一部，至此爲三十部。威、衣分部，曾氏以衣攝配黃氏之先（曾之因攝，眞部）、屑（曾之衣攝入聲，質部），此應爲後來王力脂、微分部之先導。古韻三十部，蕭部無陽聲，侵、添部無陰聲，餘二十七部各分陰陽入，結構對應而完整。於是陰聲九部，入聲十一部，陽聲十部，合三十部。曾氏名三十攝，於是古韻分部至此已近縝密完整。

二、曾運乾三十部名稱本戴震二十五部

《《切韻》・序》言及韻書之作，始於李登《聲類》，後有呂靜《韻集》，此其中尤著者。《聲類》之稱聲，《韻集》之稱韻，名稱雖有不同，論及音韻則如一。曾氏嘗言《聲類》以聲爲經而《韻集》以韻爲經。今未能得見二書，則曾氏所言不能無疑。李登之世，「聲」與「韻」無二，亦有稱音者。故稱聲、稱韻、稱音，實則皆謂韻而言。其後韻書之作蠭起，見於《《切韻》・序》者，陽休之《韻略》、周思言《音韻》、李季節《音譜》、杜臺卿《韻略》等，皆一

〔註30〕謝磊〈齒音二、四等的眞假和內轉、外轉——兼論黃季剛先生的古本音說不可抹殺〉，（蘭州：蘭州教育學院學報，1994 年）第一期，頁 22～33。

〔註31〕黃侃晚期自「添」分出「談」，自「怗」分出「盍」爲三十部。說見於劉夢溪編中國現代學術典《黃侃　劉師培卷》〈談添盍怗分四部說〉（石家庄：河北教育出版社，1996 年 8 月），頁 316。

時之作。隋・陸法言作《切韻》，其有採於諸家之作，今《切韻》雖只存殘卷，
然依其編纂體例、韻目用字、韻部次第等所見，則《切韻》即今之《廣韻》，
此歷來學者皆有所論，曾氏亦有〈《廣韻》部目原本陸法言《切韻》證〉一文，
亦論之甚詳。

　　然古韻無韻書，明焦竑〈古詩無叶音說〉：

　　　　詩有古韻今韻，古韻久不傳，學者於《毛詩》、《離騷》皆以今韻
　　　　讀之，其有不合，則強爲之音，曰此叶也。

古音研究雖自宋・吳棫，其所著《詩補音》，《韻補》二書，今只傳《韻補》。
此書就《廣韻》二百六韻注明：古通某，古轉聲通某，古通某或轉入某。今
據其通轉之體例，約可得古韻爲東、支、魚、眞、先、蕭、歌、陽、尤，共
爲九類。其通轉之例就今日古音學研究回觀，實又未得精確。《四庫全書總
目提要》：「自宋以來，著一書以明古音者，實自棫始。……棫書雖牴牾百端，
而後來言古音者，皆從此而推闡加密。」〔註32〕雖開創者難爲功，然是書於
古音有推闡之用則爲事實。

　　古音研究之專論雖始於吳棫，而正式對古韻加以分部者，實爲宋・鄭庠。
其所著《古音辨》其書不存，今日所見皆稱引者。戴震《聲類考・古音》：

　　　　鄭庠作《古音辨》，分陽支先虞尤覃六部。注：東冬鍾江唐庚耕清
　　　　青蒸登，竝從陽韻；脂之微齊佳皆灰咍，竝從支韻；眞諄臻文殷
　　　　元魂痕寒桓刪山仙，竝從先韻；魚模歌戈麻，竝從虞韻；蕭宵肴
　　　　豪侯幽，竝從尤韻；侵談鹽添咸銜嚴凡，竝從覃韻。〔註33〕

段玉裁《六書音韻表・今韻古分十七部》：

　　　　鄭庠分古韻爲六部，……鄭氏東冬江陽庚青蒸，入聲屋沃覺藥陌
　　　　錫職爲一部；支微齊佳灰唯一部；魚虞歌麻爲一部；眞文元寒刪
　　　　先，入聲質物月曷黠屑爲一部；蕭肴豪尤爲一部；侵覃鹽咸，入
　　　　聲緝合葉洽爲一部。〔註34〕

〔註32〕紀昀等撰《四庫全書總目提要・經部》第一冊，（臺北：臺灣商務印書館，1983
　　　　年 10 月），頁 1～869。

〔註33〕戴震《聲類考・古音》卷三，（臺北：廣文書局，1966 年 1 月），頁 3。

〔註34〕段玉裁《六書音韻表》，參見《說文解字注》，（臺北：黎明文化事業有限公司，
　　　　1988 年 7 月），頁 815。

江有誥〈音學序〉：

> 古韻分部肇於宋鄭庠，分二百六韻爲六類。其入聲三。近崑山顧
> 氏更析爲十部，其入聲四。婺源江氏又析爲十三部，其入聲八。
> 此吾師休寧戴氏所謂古音之學以漸加詳者也。〔註35〕

夏炘《古韻集說》：「自鄭庠分《唐韻》爲《詩》六部，龘具梗概而已。」其
附表：

> 一部，東冬江陽庚青蒸，入聲屋沃覺藥陌錫德；二部，支微齊佳
> 灰；三部，魚虞歌麻；四部，眞文元寒刪先，入聲質物月曷屑；
> 五部，蕭肴豪尤；六部，侵覃鹽咸，入聲緝合葉洽。〔註36〕

本師陳伯元先生則引元代熊朋來之《熊先生經說》乙文，以爲稱引鄭庠作《古
音辨》分古韻六部說者，以此爲最早。《古音研究》：

> 向來以爲言鄭庠《古音辨》者，皆出毛奇齡、戴震。其實熊氏之
> 說，早於毛戴二人，惟只談及鄭庠六部中之五部，尚餘支脂一部
> 未曾道及，猶待後人之補苴者也。〔註37〕

二者先後有異，而稱引古韻分部自鄭庠作《古音辨》，分古韻爲六部一事則
大抵皆同。江有誥〈古韻凡例〉：「鄭庠作《古音辨》始分六部。雖分部至少
而仍出韻，蓋專就《唐韻》求其合，不能析《唐韻》求其分，宜無當也。」
〔註38〕夏炘亦云：「自宋・鄭庠，分《唐韻》爲《詩》六部，龘具梗概而已。」
〔註39〕是以鄭庠乃分《唐韻》爲古韻，六部之名稱遂同於《唐韻》。此東、
支、魚、眞、蕭、侵六部名稱之由來。而古韻名稱沿用韻書之舊目，自鄭、
顧、江、段皆同此例。休寧戴氏初作《聲類考》亦以舊部命名，戴氏云：

> 大致音之定限其類七，故入聲止於七部。眞臻諄殷文痕魂先仙元
> 刪山寒桓與脂微灰齊祭廢皆夬泰，其入聲質櫛術迄物沒屑薛月黠

〔註35〕江有誥《江氏音學十書》第一冊，（臺北：廣文書局，1966 年 1 月），頁 1。

〔註36〕夏炘《古韻集說》，（臺北：廣文書局，1961 年 2 月），頁 1～3。

〔註37〕陳新雄《古音研究》，（臺北：五南圖書出版公司，2000 年 11 月），頁 53。

〔註38〕江有誥〈古韻凡例〉《江氏音學十書》第一冊，（臺北：廣文書局，1966 年 1 月），
頁 1。

〔註39〕夏炘《詩古韻表二十二部集說》，（臺北：廣文書局。1961 年 2 月），頁 1。

轄曷末是也。蒸登與之咍尤，其入聲職德是也。東冬鍾江與幽侯蕭，其入聲屋燭是也。陽唐庚與宵肴豪，其入聲藥覺沃是也。清青庚與支佳，其入聲昔錫麥是也。歌戈麻與魚虞模，其入聲鐸陌是也。侵覃談鹽添咸銜嚴凡，其入聲緝合盍葉怗洽狎業乏是也。以七類爲二十部。〔註40〕

表百〇二　戴震《聲類考》中所定古韻七類二十部表

類　別	陰陽入	廣　韻　韻　部
第一類	陽聲	眞臻諄殷文痕魂先仙元刪山寒桓
	陰聲	脂微灰齊祭廢皆夬泰
	入聲	質櫛術迄物沒屑薛月黠轄曷末
第二類	陽聲	蒸登
	陰聲	之咍尤
	入聲	職德
第三類	陽聲	東冬鍾江
	陰聲	幽侯蕭
	入聲	屋燭
第四類	陽聲	陽唐庚
	陰聲	宵肴豪
	入聲	藥覺沃
第五類	陽聲	清青庚
	陰聲	支佳
	入聲	昔錫麥
第六類	陽聲	歌戈麻〔註41〕
	陰聲	魚虞模
	入聲	鐸陌
第七類	陽聲	侵覃談鹽添咸銜嚴凡
	入聲	緝合盍葉怗洽狎業乏

〔註40〕戴震《聲類考》，（臺北：廣文書局，1966 年 1 月），頁 9。

〔註41〕歌、戈、麻本陰聲韻類，戴氏〈答段若膺論韻書〉：「惟第十七部歌、戈，與有入者近，麻與無入者近，遂失其聲。」遂將歌、戈、麻歸入陽聲韻類中，王力以爲戴氏之誤。參見王力《清代古音學》，（北京：中華書局，2013 年 8 月），頁 136。

此戴氏古韻最初所分七類二十部。其後著《聲類表》，將古韻益增爲九類二十五部。其〈答段若膺論韻書〉：

> 僕初定七類者，上年改爲九類，以九類分二十五部，若入聲附而不列，則十六部。阿第一，烏第二，堊第三，此三部皆收喉音。膺第四，噫第五，億第六，翁第七，謳第八，屋第九，央第十，夭第十一，約第十二，嬰第十三，娃第十四，戹第十五，此十二部皆收鼻音。殷第十六，衣第十七，乙第十八，安第十九，靄第二十，遏第二十一，此六部皆收舌齒音。音第二十二，邑二十三；醃第二十四，㘈第二十五，此四部皆收脣音。收喉音者，其音引喉；收鼻音者，其音引喉穿鼻；收舌齒音者，其音舒舌而衝齒；收脣音者，其音斂脣。以此爲次，似幾於自然。〔註42〕

戴氏所言，以表列之如下。

表百〇三　戴震古韻九類二十五部表

部次	韻目	陰陽入	廣韻韻部對應	類　屬	收音特性	備　註
一	阿	陽	歌戈麻	第一類歌魚鐸之屬	收喉音	歌戈麻爲陽，戴氏之誤。
二	烏	陰	魚虞模			
三	堊	入	鐸			
四	膺	陽	蒸登	第二類蒸之職之屬	收鼻音	
五	噫	陰	之咍			
六	億	入	職德			
七	翁	陽	東多鍾江	第三類東尤屋之屬		
八	謳	陰	尤侯幽			
九	屋	入	屋沃燭覺			
十	央	陽	陽唐	第四類陽蕭藥之屬		
十一	夭	陰	蕭宵肴豪			
十二	約	入	藥			
十三	嬰	陽	庚耕清青	第五類庚支陌之屬		
十四	娃	陰	支佳			
十五	戹	入	陌麥昔錫			

〔註42〕戴震〈答段若膺論韻書〉《聲類表·卷首》，（臺北：廣文書局，1966 年 1 月），頁 11～12。

十六	殷	陽	眞臻諄文欣魂痕先	第六類眞脂質之屬	收舌齒音	
十七	衣	陰	脂微齊皆灰			
十八	乙	入	質術櫛物迄沒屑			
十九	安	陽	元寒桓刪山仙	第七類元祭月之屬		
二十	靄	陰	祭泰夬廢			
二一	遏	入	月曷末黠鎋薛			
二二	音	陽	侵鹽添	第八類侵緝之屬	收脣音	
二三	邑	入	緝			
二四	醃	陽	覃談咸銜嚴凡	第九類覃合之屬		
二五	諜	入	合盍葉怗業洽狎乏			

　　戴氏古韻九類二十五部，而陰聲、陽聲、入聲三者結合而為一類，以入聲為樞紐，其結構對應則更為完整。然歸歌、戈、麻為陽聲，實為審音之誤。至於言韻之特性，有所謂收喉音、收鼻音，收舌齒音，收脣音之別，就現代語言學之觀點而言，此皆言輔音之屬性，不宜言韻部元音之性質。而戴氏謂「收喉音者，其音引喉；收鼻音者，其音引喉穿鼻；收舌齒音者，其音舒舌而衝齒；收脣音者，其音斂脣。」〔註43〕應可解釋為就韻類之輔音韻尾為分類之條件。歌戈之屬，為低元音，〔註44〕此音近於喉，發此音時，「引喉而出」，故稱收喉音；蒸東陽庚之屬，皆帶舌根鼻音韻尾–ŋ。鼻音乃輔音性質，發此音時，氣流由口腔流至鼻腔共鳴，正所謂「引喉穿鼻」，故稱收鼻音；眞臻元寒之屬則收舌尖鼻音–n，舌尖音以舌尖頂齒而發音，故稱「收舌齒音」；侵覃之屬則收於雙脣鼻音韻尾–m，故稱「收脣音」。唯有如此或可解釋戴氏九類二十五部聯屬之條件，與其所言收音之特性。

　　戴氏初作《聲類考》，分古韻五類二十部。其韻部名稱仍從顧、江以來借《唐韻》韻部之舊例。至戴震作《聲類考》，除增加五部兩類外，再為更易次第。以阿、烏、堊為一類，乃是因三韻皆收音於喉。其元音之類型為低元音。為發音之最能自然而出者。於是以阿攝為其古韻二十五部分部之首，此戴氏之能審析音理之心得。其陰、陽、入三分，亦古韻分部之創舉，而所用韻目不從舊稱，除「諜」攝以喻母字為代表外，餘皆悉改從影母內之字為韻目名稱。其只取影、喻母內字，主要是影母為喉塞音，喻母為淺喉音，

〔註43〕戴震〈答段若膺論韻書〉《聲類考》，（臺北：廣文書局，1966年1月），頁12。

〔註44〕章太炎《菿漢微言》亦有「黃侃云：『歌部本為元音。』」之說。

俱爲零聲母。二者與元音結合後，其元音前皆無任何輔音，如此以影母、喻母類之字作爲韻攝之名，取其純爲韻母，音值不受輔音干擾，而趨於單純，誠戴氏古韻之創舉，本師陳伯元先生以爲，「乃戴氏深明音理之處」。〔註45〕章太炎〈小學略說〉：

> 戴氏不但明於韻學，且明於音理。……前之顧氏，後之段氏，皆長於韻學，短於音理。江氏頗知音理，戴氏最深，孔氏繼之。
> 〔註46〕

章氏乃是從戴氏能承江氏審辨音理之能力爲評論標準，其餘長於韻學者，都只能說是「考古之功深」而已。

　　戴氏之後，古音學家分立古韻，仍從《唐韻》舊稱。有清一代，至民國後皆然。唯益陽曾運乾，獨趨戴氏之後，仍以影母字爲古韻攝之標目。曾氏古韻第二十四部之「宮攝」，於影母無字，遂以牙聲字權充。此戴氏所未分之韻攝，故本無區別。戴氏用喻母字之入聲「諜攝」，而曾氏古韻雖亦分陰陽入三類，惟入聲皆以陰聲韻攝攝名之入稱之。故戴氏之入聲「諜攝」，於曾氏則稱「奄攝入聲」。奄亦影母字內，是以並無扞格。戴、曾二氏古韻分部，其對應列之如下。

表百〇四　戴震古韻九類二十五部與曾運乾古音三十部對應表

戴震古韻部			廣韻韻部對應	曾運乾古韻部		備註
部次	韻目	陰陽入		部次	韻目	
一	阿	陽	歌戈麻	第七部	陰聲阿攝	歌歸陽聲戴氏之誤
二	烏	陰	魚虞模	第十六部	陰聲烏攝	
三	堊	入	鐸	第十七部	烏攝入聲	
四	膺	陽	蒸登	第三部	陽聲膺攝	
五	噫	陰	之咍	第一部	陰聲噫攝	
六	億	入	職德	第二部	噫攝入聲	
七	翁	陽	東冬鍾江	第二十一部	陽聲邕攝	戴氏東冬未分
				第二十四部	陽聲宮攝	

〔註45〕陳新雄《古音研究》，（臺北：五南圖書出版公司，2000年11月），頁172。

〔註46〕章太炎《國學略說・小學略說》，（臺北：學藝出版社。1971年4月），頁26。

八	謳	陰	尤侯幽	第十九部	陰聲謳攝	
				第二十二部	陰聲幽攝	
九	屋	入	屋沃燭覺	第二十部	謳攝入聲	
				第二十三部	幽攝入聲	
十	央	陽	陽唐	第十八部	陽聲央攝	
十一	夭	陰	蕭宵肴豪	第二十五部	陰聲夭攝	
十二	約	入	藥	第二十六部	夭攝入聲	
十三	嬰	陽	庚耕清青	第六部	陽聲嬰攝	
十四	娃	陰	支佳	第四部	陰聲娃攝	
十五	戹	入	陌麥昔錫	第五部	娃攝入聲	
十六	殷	陽	眞臻諄文欣魂痕先	第十五部	陽聲因攝	
				第十二部	陽聲昷攝	
十七	衣	陰	脂微齊皆灰	第十三部	陰聲衣攝	戴氏脂微未分
				第十部	陰聲威攝	
十八	乙	入	質術櫛物迄沒屑	第十四部	衣攝入聲	
				第十一部	威攝入聲	
十九	安	陽	元寒桓刪山仙	第九部	陽聲安攝	衣攝重出
二十	藹	陰	祭泰夬廢	第十三部	陰聲衣攝	
二一	遏	入	月曷末黠轄薛	第八部	阿攝入聲	
二二	音	陽	侵鹽添	第二八部	陽聲音攝	
二三	邑	入	緝	第二十七	音攝入聲	
二四	醃	陽	覃談咸銜嚴凡	第三十部	陽聲奄攝	
二五	諜	入	合盍葉怗業洽狎乏	第二十九部	奄攝入聲	

　　戴氏與曾氏古韻分部之對應，可看出三點差異，亦為二者古韻分部之特色。戴氏祭部獨立，是以曾氏對應之衣攝重出，然戴氏之祭泰夬廢只能算是去聲，此與後來黃侃歸入入聲不同者，在於戴氏之入聲乃《廣韻》之入聲，而黃侃之入聲為《詩經》之入聲；[註47] 戴氏眞、諄未分，而曾氏分出陽聲因、昷二攝；戴氏脂、微不分，而曾氏已別衣、威二攝，其入聲亦別為衣入、威入；戴氏東、冬未分，而曾氏別出陽聲邕、宮二攝，其對應之陰聲韻部別出謳、幽二攝，而入聲韻部亦別出謳入、幽入二攝。如此則戴氏二十五部可對應於曾氏之三十部。

〔註47〕王力《漢語音韻》，（北京：中華書局，2000年11月），頁146。

三、曾運乾三十部次第承段玉裁十七部

古韻研究雖自鄭庠始分東、支、魚、眞、蕭、侵六部，至顧炎武分古韻爲十部，以其能離析《唐韻》而得。其十部爲東、支、魚、眞、蕭、歌、陽、耕、蒸、侵，而十部之次第與韻目名稱，一仍《唐韻》之舊。顧氏之後，江永分古韻十三部東、支、魚、眞、元、蕭、歌、陽、庚、蒸、尤、侵、覃，仍然依照此一原則而無所移易。江永之後，金壇段玉裁，據詩經、群經合韻與文字諧聲偏旁，分古韻爲十七部。十七非唯次第，其一部、二部，實際上即韻部之稱，內容則仍《廣韻》韻部之舊，亦以之、蕭、尤、侯、魚、蒸、侵、覃、東、陽、庚、眞、諄、元、脂、支、歌爲稱。段氏更易鄭庠以來古韻之次第，而所據乃合韻之遠近。其〈古合韻次弟近遠說〉：「合韻以十七部次第分爲六類，求之同類爲近，異類爲遠，非同類而次弟相附爲近，相隔爲遠。」〔註48〕

〈古十七部合用類分表〉：

今韻二百六部，始東終乏，以古韻分之，得十有七部。循其條理，以之咍職德爲建首，蕭宵肴豪音近之，故次之；幽尤屋沃燭覺音近蕭，故次之；侯音近尤，故次之；魚虞模藥鐸，音近侯，故次之，是爲一類。蒸登音亦近之，故次之；侵鹽添緝葉怗，音近蒸，故次之；覃談咸銜嚴凡合盍洽狎業乏，音近侵，故次之，是爲一類。之二類者，古亦交互合用。東冬鍾江，音與二類近，故次之；陽唐音近冬鍾，故次之；庚耕清青音近陽，故次之，是爲一類。眞臻先質櫛屑，音近耕清，故次之；諄文欣魂痕，音近眞，故次之；元寒桓刪山仙，音近諄，故次之，是爲一類。脂微齊皆灰術物迄月沒曷末黠鎋薛，音近諄元二部，故次之；支佳陌麥昔錫，音近脂，故次之；歌戈麻，音近之，故次之，是爲一類。〔註49〕

如此則段玉裁古韻十七部，次第遠近合以《廣韻》韻部爲內容，段氏自謂其次第，乃出於自然。以表列之。

〔註48〕段玉裁《六書音均表三・古合韻次弟近遠說》，參見段玉裁《說文解字注》，（臺北：黎明文化事業公司，1988 年 10 月），頁 840。

〔註49〕段玉裁《六書音均表三・古十七部合用類分表》，參見段玉裁《說文解字注》，（臺北：黎明文化事業公司，1988 年 10 月），頁 839。

表百〇五　段玉裁古音十七部表

類	部　次	平　聲	上　聲	去　聲	入　聲
第一類	第一部	之咍	止海	志代	職德
第二類	第二部	蕭宵肴豪	篠小巧皓	嘯笑效号	
	第三部	尤幽	有黝	宥幼	屋沃燭覺
	第四部	侯	厚	候	
	第五部	魚虞模	語麌姥	遇御暮	藥鐸
第三類	第六部	蒸登	拯等	證嶝	
	第七部	侵鹽添	寢琰忝	沁艷桥	緝葉怗
	第八部	覃談咸銜嚴凡	感敢豏檻儼范	勘闞陷鑑釅梵	合盍洽狎業乏
第四類	第九部	東冬鍾江	董腫講	送宋用絳	
	第十部	陽唐	養蕩	漾宕	
	第十一部	庚耕清青	梗耿靜迥	映諍勁徑	
第五類	第十二部	眞臻	軫銑	震霰	質櫛屑
	第十三部	諄文欣魂痕	準吻隱混很	稕問焮慁恨	
	第十四部	元寒桓刪山仙	阮旱緩潸產獮	願翰換諫襉線	
第六類	第十五部	脂微齊皆灰	旨尾薺駭賄	至未霽祭泰怪夬隊廢	術物迄月沒曷末黠鎋薛
	第十六部	支佳	紙蟹	寘卦	陌麥昔錫
	第十七部	歌戈	哿果馬	箇過禡	

段氏以合韻之遠近，定其古韻次第。本師陳伯元先生云：

> 段氏以合韻之遠近，而定其先後之次第，不僅勝顧江二氏之傳統排列法，而尤可關聯韻部與韻部之間之關係。今人擬測古韻部之讀法，其元音相去之遠近，韻尾之是否相同，實則與古韻部合韻之遠近，有極大之關係。段氏此一安排，對後人極具啓示性。故後之作者，未有不師法段氏而重新安排其韻部排列之次序者也。〔註50〕

十七部次第主以「之」建首，而後音近者次之。所以，以「蕭、宵、肴、」音近於「之」，而次之於「之」後。然則，何以由「之」建首？又何以言「蕭、宵、肴、」音近「之」？王力認爲：「段氏的古韻十七部，是按音的遠近排

列的。他說：玉裁按十七部次序出於自然，非有穿鑿。他把古韻分爲六類。」
〔註51〕王力認爲段氏十七部是出於自然，所以分出遠近，或合於人所發聲之規則。但未能完全解釋以合韻遠近爲次第一說之規則。段氏以「之」爲十七部之首，應該自《詩經》韻而來。《詩》首篇〈關雎〉：

> 關關雎鳩[幽]，在河之洲[幽]。窈窕淑女，君子好逑[幽]。
>
> 參差荇菜，左右流[幽]之。窈窕淑女，寤寐求[幽]之。
>
> 求之不得[職]，寤寐思服[職]。悠哉悠哉，輾轉反側[職]。
>
> 參差荇菜，左右采[之]之。窈窕淑女，琴瑟友[之]之。
>
> 參差荇菜，左右芼[宵]之。窈窕淑女，鐘鼓樂[藥]之。

通篇以幽、職、之、宵、藥爲韻。「幽」爲段氏第二類第三部，次之以「職」、又次之以「之」，之爲職之平聲，二者同一類。再次之以「宵」、「藥」，則段氏之第五部。段氏云十七部次弟爲「合韻之遠近」，能作爲一起押韻之條件，必定是韻部相近。段氏之「音近之，故次之」此王力所謂「按音的遠近排列」者。然十七部次第既取自《詩經》首篇之韻，何不以「幽」爲第一部，以「之」爲第二部，以「宵」爲第三部？段玉裁雖取自《詩》韻次第，實則十七部次第仍經剪裁。其第一類之音，爲開音節之元音，此移「之」而置第一部之故。第二部本當次之以「幽」，而段氏易以「蕭」，實審音之疏，故段氏之後，江有誥古韻二十一部即調整其先後次弟，易以之、幽、宵、侯、魚……爲次第。江氏古韻次第依其自述，也是以音相近相通爲連繫。可見以宵次於幽，較之以幽次於宵而言，更合於韻部合韻遠近之次第。

段氏十七部分六類，其六類併合之條件，第一類爲開音節元音之類；第二類爲收後高元音 u 之韻類；第三類爲收雙唇鼻音 m 之類，惟本類中，第六部蒸收舌根鼻音-ŋ，宜移置第四類，或仍置本類而移置覃談部之後，與東多部比鄰，則更合音理；第四類爲收舌根鼻音-ŋ之類；第五類爲收舌尖鼻音-ŋ之類；第六類爲收前高元音-i 之類。如此以「之」爲十七部之始，以合韻遠近爲十七部次弟，條分理析，一目瞭然，是皆能出於自然而無違。段氏不循舊部，而以合韻之遠近爲韻部次第；又以開音節之「之」部爲十七部之首，次以「幽」、「宵」，應是取《詩》韻之首爲例，誠爲古韻分部之創舉。段氏之

〔註51〕王力《漢語音韻》，（北京：中華書局，2000 年 11 月），頁 130。

後有江有誥，分古韻為二十一部，夏炘分古韻二十二部，嚴可均分古韻十六部，曾運乾三十部，王力二十九部，周祖謨三十一部。其古韻分部或有增減，於韻部均從段氏，以「之」建首。夏炘古韻部次第一如江氏，嚴可均雖仍以「之」部建首，其次第則異於段、江、夏氏。王力亦以「之」部為首，從於曾氏，而入聲韻部已獨立，故以同為一類之陰、陽、入為次第，再次以第二類之陰、陽、入，如此至二十九部。但就陰聲韻部而言，仍從段氏之後，江有誥所更動之之、幽、宵為次第。今試以「之」為韻首之各家古韻部次第對照列表列如下。

表百〇六　以「之」為韻首之各家古韻部次第對照表：（舉平以賅上去入）

	段玉裁	江有誥	夏炘	嚴可均	曾運乾	王力	周祖謨
第一部	之	之	之	之	噫	之	之
第二部	宵	幽	幽	支	噫入	職	幽
第三部	幽	宵	宵	脂	膺	蒸	宵
第四部	侯	侯	侯	歌	娃	幽	侯
第五部	魚	魚	魚	魚	娃入	覺	魚
第六部	蒸	歌	歌	侯	嬰	宵	歌
第七部	侵	支	支	幽	阿	藥	支
第八部	覃	脂	脂	宵	阿入	侯	脂
第九部	東	祭	至	蒸	安	屋	微
第十部	陽	元	祭	耕	威	東	祭
第十一部	庚	文	元	眞	威入	魚	蒸
第十二部	眞	眞	文	元	㬊	鐸	冬
第十三部	諄	耕	眞	陽	衣	陽	東
第十四部	元	陽	耕	東	衣入	支	陽
第十五部	脂	東	陽	侵	因	錫	耕
第十六部	支	中	東	談	烏	耕	眞
第十七部	歌	蒸	中		烏入	歌	諄
第十八部		侵	蒸		央	月	元
第十九部		談	侵		謳	元	談
第二十部		葉	談		謳入	脂	侵
第廿一部		緝	葉		邑	質	職
第廿二部			緝		幽	眞	沃

第廿三部				幽入	微	藥
第廿四部				宮	物	屋
第廿五部				夭	文	鐸
第廿六部				夭入	絹	錫
第廿七部				音入	侵	質
第廿八部				音	葉	術
第廿九部				奄入	談	月
第三十部				奄		盍
第卅一部						絹

　　曾氏分古韻三十部，已近古韻分部之完成。其三十部之次第，仍秉段氏以「之」爲建首之部，餘則不同於段氏。其主要原因在於，曾氏古韻已從戴東原，入聲韻部獨立，因分韻部以陰、陽、入三類。是以韻部次第，自「之」部建首，曾氏不稱「之」而從戴氏之法，以影母字爲古韻攝名，稱陰聲「噫」攝。次之入聲「噫入」，再次之以陽聲「膺」攝。一音之陰、陽、入三類爲次，再次之以第二類之陰、陽、入。其古韻之觀念已從陰陽二分而變爲陰陽入三分，故韻部之次第自然不能再與段氏相同。曾氏韻部與段氏十七部次第之對照如下，除以「之」部爲古韻第一部外，其他已未見二者間之脈絡，然以「之」部建首次一部分，仍必須認爲承段氏之次第。

表百〇七　曾運乾與段玉裁古韻次第對應表

段玉裁古韻部名稱與次第		曾運乾古韻部名稱與次第	
古韻	《廣韻》韻部	次第	古韻
第一部	之哈	第一部	陰聲噫攝
	職德	第二部	噫攝入聲
第二部	蕭宵肴豪	第廿五部	陰聲夭攝
	段氏無入	第廿六部	夭攝入聲
第三部	尤幽	第廿二部	陰聲幽攝
	屋沃燭覺	第廿三部	幽攝入聲
第四部	侯	第十九部	陰聲謳攝
	段氏無入	第二十部	謳攝入攝
第五部	魚虞模	第十六部	陰聲烏攝
	藥鐸	第十七部	烏攝入聲
第六部	蒸登	第三部	陽聲膺攝
第七部	侵鹽添	第廿七部	音攝入聲

段玉裁古韻部名稱與次第		曾運乾古韻部名稱與次第	
古韻	《廣韻》韻部	次第	古韻
	緝葉怗	第廿八部	陽聲音攝
第八部	覃談咸銜嚴凡	第廿九部	奄攝入聲
	合盍洽狎業乏	第三十部	陽聲奄攝
第九部	東冬鍾江	第廿一部	陽聲邕攝
		第廿四部	陽聲宮攝
第十部	陽唐	第十八部	陽聲央攝
第十一部	庚耕清青	第六部	陽聲嬰攝
第十二部	眞臻	第十五部	陽聲因攝
	質櫛屑	第十四部	衣攝入聲（互見）
第十三部	諄文欣魂痕	第十二部	陽聲昷攝
第十四部	元寒桓刪山仙	第九部	陽聲安攝
第十五部	脂微齊皆灰	第十部	陰聲威攝
		第十三部	陰聲衣攝
	術物迄月沒曷末黠鎋薛	第十一部	威攝入聲
		第十四部	衣攝入聲（互見）
第十六部	支佳	第四部	陰聲娃攝
	陌麥昔錫	第五部	娃攝入聲
第十七部	歌戈	第七部	陰聲阿攝
	段氏無入	第八部	阿攝入聲

　　曾氏從段氏古韻以「之」部建首，餘則自有其次第邏輯。試以本師陳伯元先生古韻音值之構擬，分析曾氏古韻韻目之次第。

表百〇八　曾運乾古韻三十部與陳新雄古韻三十二部對應表

元音結構		曾運乾古韻三十部		陳新雄古韻三十二部	
元音	韻尾	部次	韻部	擬音	韻部
ə	○	第一部	噫	ə	之
	ə	第二部	噫入	ək	職
	ŋ	第三部	膺	əŋ	蒸
ɐ	○	第四部	娃	ɐ	支
	ə	第五部	娃入	ɐk	錫
	ŋ	第六部	嬰	ɐŋ	耕
a	i	第七部	阿	ai	歌
	t	第八部	阿入	at	月
	n	第九部	安	an	元

	i	第十部	威	əi	微
ə	t	第十一部	威入	ət	沒
	n	第十二部	昷	ən	諄
	i	第十三部	衣	ɐi	脂
ɐ	t	第十四部	衣入	ɐt	質
	n	第十五部	因	ɐn	眞
	○	第十六部	烏	a	魚
a	k	第十七部	烏入	ak	鐸
	ŋ	第十八部	央	aŋ	陽
	u	第十九部	謳	au	侯
a	uk	第二十部	謳入	auk	屋
	uŋ	第廿一部	邕	auŋ	東
	u	第廿二部	幽	əu	幽
ə	uk	第廿三部	幽入	əuk	覺
	uŋ	第廿四部	宮	əuŋ	冬
ɐ	u	第廿五部	夭	ɐu	宵
	uk	第廿六部	夭入	ɐuk	藥
ə	p	第廿七部	音入	əp	緝
	m	第廿八部	音	əm	侵
ɐ	p	第廿九部	奄入	ɐp	怗
a	p			ap	盍
ɐ	m	第三十部	奄	ɐm	添
a	m			am	談

　　由古韻三十二部音值構擬，對應於曾氏古韻三十攝，可以看出曾氏於古韻部次第之安排，實具有音理結構之邏輯，〔註52〕其規則如下：

（一）韻部以陰、入、陽、爲一類。

（二）韻部以元音類型爲次第。先央元音，再央低元音，次再前低元音。

（三）每一類之陰聲韻類以韻尾類型爲次第。先單元音開音節，再前高元音 i 次元音，後後高元音 u 次元音。

（四）每一類之入聲韻類以韻尾類型爲次第。先舌根塞音 k，再舌尖塞音 t，後雙脣塞音 p。

〔註52〕何大安《聲韻學中的觀念和方法》，（臺北：大安出版社。1987 年 12 月），頁 139。

（五）每一類之陽聲韻類以韻尾類型爲次第。先舌尖鼻音 n，再舌根鼻音ŋ，後雙脣鼻音 m。

（六）開音節陰聲韻部與舌根塞音 k、舌根鼻音ŋ，爲陰、入、陽同類韻部。

（七）以 u 爲次要元音之韻部，亦與舌根塞音 k、舌根鼻音ŋ，爲陰、入、陽同類韻部。

（要）以 i 爲次要元音之韻部，與舌尖塞音 t、舌尖鼻音 n，爲陰、入、陽同類韻部。

雙脣鼻音韻尾 m 只與雙脣塞音 p 互爲陽、入，此類韻部而無陰聲韻搭配。

以元音與韻尾結構爲經緯，則曾氏三十部可以表列如下。

表百〇九　曾氏三十部名稱、次第與擬音表

		ə-		ɐ-		a-
-0	第一部	噫 ə	第四部	娃 ɐ	第十六部	烏 a
-k	第二部	噫入 ək	第五部	娃入 ɐk	第十七部	烏入 ak
-ŋ	第三部	膺 əŋ	第六部	嬰 ɐŋ	第十八部	央 aŋ
-u	第廿二部	幽 əu	第廿五部	夭 ɐu	第十九部	謳 au
-uk	第廿三部	幽入 əuk	第廿六部	夭入 ɐuk	第二十部	謳入 auk
-uŋ	第廿四部	宮 əuŋ			第廿一部	邕 auŋ
-i	第十部	威 əi	第十三部	衣 ɐi	第七部	阿 ai
-t	第十一部	威入 ət	第十四部	衣入 ɐt	第八部	阿入 at
-n	第十二部	昷 ən	第十五部	因 ɐn	第九部	安 an
-p	第廿七部	音入 əp	第廿九部	奄入 ɐp		
-m	第廿八部	音 əm	第三十部	奄 ɐm		

曾氏三十部之次第取法於段玉裁以「之」部爲古韻部之首。段氏以合韻之遠近爲次第而排列其古韻十七部。《詩經》時期，國風之歌謠形式，爲使易於傳頌，便於流傳，而用韻實則出於發聲之自然。正段氏所謂「合韻之遠近」。古韻自戴氏後，確立陰、陽、入三分之架構，其弟子孔廣森進一步更確定韻類陰、陽、入之名。古韻分部之次第於是有重新檢討之必要。段氏古韻分部早於戴氏，以合韻之遠近爲次，合於口吻，但結構性不足。江有誥古韻二十一部之次第，以《說文》諧聲多互借，是以古音相通。其

〈古韻凡例〉云：

> 當以「之」爲第一，……「緝」閒與「之」通，終而復始者也，
> 故以緝爲殿焉。如此專以古音聯絡而不用後人分配入聲爲紐合，
> 似更有條理。〔註53〕

江氏古音從段氏以「之」爲首，次第之排列則以文字諧聲而相通之韻部爲次第，此異於段氏以合韻爲次第之原則，亦江氏音學之創見。本師陳伯元先生《古音研究·江氏二十一部之次第》謂：「其二十一部乃周而復始，二十一部之間相通若環。」〔註54〕而曾氏古韻之次第自陰聲「噫」攝始，至陽聲「奄」攝止。以入聲爲陰、陽之樞紐，古韻分部於是具有完整之結構性，亦屬曾氏古韻分部之創見。就韻部之對稱與結構之完整而言，上圖所空出之位置，或當有 ap、am 二音列置此位。曾氏之後，古韻至本師陳伯元先生三十二部，正於此位補入盍、談二部。

第四節　曾運乾古韻分部之成果

曾氏古韻分部從戴震陰陽入三分，又承其影母字命名。其次第則宗段氏以之部建首，惟審以音理而再爲調理；分古韻三十部則本黃侃二十八部。其三十部，於夭攝無陽聲，音攝奄攝無陰聲，餘則陰、陽、入對應完整。以表列之如下。

表百一十　曾運乾古韻三十部表

陰 聲 韻 部	入 聲 韻 部	陽 聲 韻 部
第一部　噫攝	第二部　噫入	第三部　膺攝
第四部　娃攝	第五部　娃入	第六部　嬰攝
第七部　阿攝	第八部　阿入	第九部　安攝
第十部　威攝	第十一部　威入	第十二部　昷攝
第十三部　衣攝	第十四部　衣入	第十五部　因攝
第十六部　烏攝	第十七部　烏入	第十八部　央攝
第十九部　謳攝	第二十部　謳入	第二一部　邕攝

〔註53〕江有誥《江氏音學十書》第一冊，（臺北：廣文書局，1966年1月），頁6。

〔註54〕陳新雄《古音研究》，（臺北：五南圖書出版公司，2000年11月），頁134。

第二二部　幽攝	第二三部　幽入	第二四部　宮攝
第二五部　夭攝	第二六部　夭入	
	第二七部　音入	第二八部　音攝
	第二九部　奄入	第三十部　奄攝

　　曾氏古韻三十部之名，其〈古本音齊部當分二部說〉〔註55〕於第四部作「娃攝」，於第五部作「娃入」。第十八部作「鴬」攝。應本戴氏舊名，後改「娃攝」作「益攝」。李國英《說文類釋》所引〈曾運乾古音三十攝表〉，第三部作「應攝」。〔註56〕本師陳伯元先生《古音研究》〈曾運乾三十攝〉，援引李氏資料，第三部亦作「應攝」。〔註57〕上表所列韻攝之名，則從北京中華書局刊行《音韵學講義》一書所列。

　　古韻對應於《廣韻》則如下。

表百十一　曾運乾古韻三十攝與《廣韻》韻部對應表：〔註58〕

陰聲韻部			入聲韻部			陽聲韻部		
古韻	《廣韻》		古韻	《廣韻》		古韻	《廣韻》	
噫攝	咍海代	開	噫入	德	開合	膺攝	登等嶝	開合
	之止志	齊		職	齊攝		蒸拯證	齊攝
娃攝	齊半薺半霽半	開合	娃入	錫	開合	嬰攝	青迥徑	開合
	支半紙半寘半	齊攝		昔	齊攝		清靜勁	齊攝
	佳蟹卦	開合		麥	開合		耕耿諍	開合
阿攝	歌哿箇	開	阿入	曷	開	安攝	寒旱翰	開
	戈果過	合		末	合		桓緩換	合
	泰	開合		薛	齊攝		仙獮線	齊攝
	支半紙半寘半	齊攝		鎋	開合		刪潸諫	開合
	祭	齊攝		月	齊攝		元阮願	齊攝
	麻馬禡	開合						
	夬	開合						
	麻馬禡	齊						
	廢	攝						

〔註55〕曾運乾《音韵學講義》，（北京：中華書局，2000年11月），頁191。

〔註56〕李國英《說文類釋》，（臺北：全球印刷公司，1975年7月），頁531。

〔註57〕陳新雄《古音研究》，（臺北：五南圖書出版公司，2000年11月），頁293。

〔註58〕可參見曾運乾《音韵學講義》，（北京：中華書局，2000年11月），頁193～195。

威攝	灰賄隊	合	威入	（附沒）	開	殞攝	痕很恨	開
				沒	合		魂混慁	合
				迄	齊		欣隱焮	齊
				術	撮		諄準稕	撮
				黠	開合		山產襇	開合
				物	撮		文吻問	撮
衣攝	齊半薺半霽半	開合	衣入	屑	開合	因攝	先銑霰	開合
	支半紙半寘半	齊撮		質	齊撮		眞軫震	齊撮
	皆駭怪	合		櫛	齊		臻（附隱附震）	齊
	微尾未	撮						
烏攝	模姥暮	合	烏入	鐸	開合	央攝	唐蕩宕	開合
	魚語御	撮		藥	齊撮		陽養漾	齊撮
	麻馬禡	開合		陌	開合		庚梗映	開合
	麻馬禡	齊		陌	齊撮		庚梗映	齊撮
謳攝	侯厚候	開	謳入	屋	開	邕攝	東董送	開
	虞麌遇	齊		燭	齊		鐘腫用	齊
				覺	開		江講絳	開
幽攝	蕭篠嘯	開	幽入	沃	合	宮攝	多附腫宋	合
	尤有宥	齊		屋	撮		東董送	撮
	幽黝幼	齊						
夭攝	豪皓號	開	夭入	藥半	齊			
	宵小笑	齊						
	肴巧效	開						
			音入	合	開	音攝	覃感勘	開
				緝	齊撮		侵寢沁	齊撮
				洽	開		咸豏陷	開
				乏	齊		凡范梵	齊
			奄入	帖	開	奄攝	添忝掭	開
				盍	合		談敢闞	合
				葉	齊撮		鹽琰豔	齊撮
				狎	開		銜檻鑑	開
				業	齊		嚴儼釅	齊

麻、馬、禡於阿攝、烏攝爲重見，以麻、馬、禡爲阿、烏之變攝之故。
〔註59〕夭部《廣韻》無入聲相配，曾氏析藥部中从敫、虐、隺、卓、户、勺、
皀、弱、龠、翟、举、雀、爵各聲之字爲夭攝入聲。〔註60〕而《廣韻》山、
產、襇之入聲爲鎋，刪、濟、諫之入聲爲黠。曾氏以黠配山、產、襇，而以
鎋配刪、濟、諫，反韻書之故。

董同龢《上古音韻表稿》：

> 古音系統是刪配鎋而山配黠，爲何《廣韻》系統卻是刪配黠而山
> 配鎋呢？我覺得以上所求得的古音系統是分析全體諧聲字的結
> 果，當確鑿無訛。至於通常説《廣韻》某韻與某韻相配，則不過
> 是依照平上去入各韻排列的次序。考諸今日所見的切韻殘卷，《廣
> 韻》各韻的次序可以説是由來以（已）久了。可是再用故宮本王
> 仁昫《刊謬補缺切韻》對照一下，又會發現他們在事實上並不是
> 絕對不可移。〔註61〕

董氏自《切韻》殘卷中黠韻無所承，又鎋之承山或承刪則待決。於是就古音
諧聲系統考訂，以鎋配刪，以黠配山，以其主要元音相同之故。本師陳伯元
先生《廣韻研究》於刪、山入聲，亦同董氏之分配。〔註62〕曾氏刪、山入聲
之分配，未聞其於《音韻學講義》中有所説解，惟其學生郭晉稀之上課筆記
注以：「曾氏以爲《廣韻》目次有誤」。〔註63〕是以曾氏之説實遠合於董説，
而董説亦可以爲之苴補。

第五節　曾運乾古韻分部之創見

古韻自吳棫之研究，以至鄭庠之分部以來，歷顧、江、戴、段、孔、王、
章、黃，古韻分部於焉大炳。曾氏自黃侃二十八部爲基礎，又有所發明創見，
其一爲折衷黃侃、錢玄同二氏於蕭、豪二部之入聲；其二爲分齊韻爲二部。

〔註59〕曾運乾《音韻學講義》，（北京：中華書局，2000 年 11 月），頁 193。

〔註60〕曾運乾《音韻學講義》，（北京：中華書局，2000 年 11 月），頁 191。

〔註61〕董同龢《上古音韻表稿》，（臺北：中央研究院歷史語言研究所，1944 年 12 月），
　　　　頁 102。

〔註62〕陳新雄《廣韻研究》，（臺北：學生書局，2004 年 11 月），頁 612。

〔註63〕曾運乾《音韻學講義》，（北京：中華書局，2000 年 11 月），頁 139。

曾氏云：「今定古韻三十部，其二十九部與前人同，不具論。其異者獨齊部分兩部耳。」〔註64〕可見此確爲曾氏古韻之創見。二十九部雖與前人同，然修正黃侃二十八部之豪部又入，蕭部無入。與修正錢玄同之豪部無入，蕭部有入，以爲皆當有入。於是以沃爲蕭之入，又分《廣韻》藥部中敫、虐、隺等字爲豪之入，此前人所未論，亦曾氏之創見。

一、古本音齊韻當分二部

　　齊韻之分部，曾氏起初作〈齊韻分爲二部〉一文，後又自改爲〈古本音齊部當分二部說〉，並發表於湖南大學《文哲叢刊》卷一，內容則略有增益。

　　齊韻之當分爲二，應自古韻分部之始，求其脈絡，知其演化。然後能明曾氏所以分齊部之要旨。古韻自崑山顧氏《古音表》析《廣韻》支、脂、之、微、齊、佳、皆、灰、咍爲一部，即其古韻支部；眞、諄、臻、文、殷、元、魂、痕、寒、桓、刪、山、先、仙爲一部，即其古韻之眞部。其後婺源江氏《古韻標準》析顧氏之支部爲二，以眞、諄、臻、文、殷、魂、痕、先爲一部，即江氏之眞部，以元、寒、桓、刪、山、仙爲一部，即江氏之元部。金壇段氏《六書音韻表》又析江氏之眞部爲二，以眞、臻、先爲段氏之眞部，以諄、文、殷、魂、痕爲段氏之諄部。段氏亦析之咍爲之部，支佳爲支部，脂微齊皆灰爲脂部，此段氏能析之、支、脂三分之功。惟段氏能分之、支、脂，又能分眞、諄，可惜未悟與眞諄相對之脂，亦當分爲二。戴氏〈答段若膺論韻書〉：

> 江先生分眞已下十四韻，侵已下九韻各爲二，今又分眞已下爲三，分尤、幽與侯爲二，而脂、微、齊、皆、灰不分爲三。東、冬、鍾不分爲二，諄、文至山、仙，雖分而同入不分，尤、幽、侯雖分而同入不分。試以聲位之洪細言之，眞之「筠」與文之「雲」本無以別，猶脂之「帷」與微之「韋」本無以別也。〔註65〕

戴氏謂段之分陰聲爲二而陽聲爲三，是以仍併眞、諄爲一部。其後之孔廣森，嚴可均，亦皆不分。段氏能分眞、諄而不能分脂、微，戴氏不悟眞、諄之當分，反又併之，皆失之。

〔註64〕曾運乾《音韻學講義》，（北京：中華書局，2000年11月），頁193。

〔註65〕戴震〈答段若膺論韻書〉《聲類表》，（臺北：廣文書局，1966年1月），頁7。

表百十二　顧炎武之後古韻支、眞分部之演變表

顧炎武	支脂之微齊佳皆灰哈			眞諄臻文殷元魂痕寒桓刪山先仙		
江　永	支脂之微齊佳皆灰哈			眞諄臻文殷魂痕先		元寒桓刪山仙
段玉裁	之哈	支佳	脂微齊皆灰	眞臻先	諄文殷魂痕	元寒桓刪山仙
戴　震	之哈	支佳	脂微齊皆灰	眞諄臻文殷魂痕先		元寒桓刪山仙

　　曾氏考訂古韻，就《詩》韻之部分與《廣韻》韻部之對應，就結構與音理爲考察，以脂、微、齊、皆、灰當分爲二。《詩》韻中脂、微雖未劃然二類，然已各成其條理。以齊、灰二部之陰陽入相配對應如下。

表百十三　齊、灰二部陰陽入對應表

陰　聲		入　聲	陽　聲
齊部（脂）	齊	屑	先
	脂	質	眞
		櫛	臻
灰部（微）	灰	沒	魂痕
	脂	術	諄
	微	迄	欣
	微	物	文
	皆	黠	山

　　《廣韻》以齊與屑先對轉，以灰與沒痕魂對轉。曾氏於是取齊半脂半皆半微半部爲衣攝；取質櫛部爲衣攝之入聲；取先眞臻部爲眞部，此三部陰陽入對轉。又取灰全脂皆微之半部爲威攝，取沒術迄物爲威攝之入聲；再取魂痕欣諄山文部爲昷攝，此三部陰陽入對轉。

　　今《廣韻》之「灰」即曾氏之威攝，陳先生之微部，此部分演變之脈絡清晰而完整，可毋庸再議者，而《廣韻》之「齊」即曾氏之娃攝（又有益攝之名），陳先生之支部。而此部原爲支佳之古本音，其部中之字，考其等呼，宜有再爲析分之必要。曾氏所執，即以文字諧聲以及音理結構而再爲分析。曾氏〈古本音齊部當分二部說〉云：

　　　今人以《廣韻》之灰代表威攝，此無可議者也。而以《廣韻》之
　　　齊代表娃攝，爲支佳支古本音，此實得半之道。考《廣韻》齊部，
　　　凡三百三十五字，應入衣攝者一百六十二字，應入娃攝者一百四

十五字。<small>混入他部之字不計</small>上聲薺凡一百十九字，應入衣攝者九十字，
應入娃攝者，僅十九字。去聲薺凡二百五十四字，應入衣攝或衣
入者一百零二字，應入娃攝或無入者四十八字。<small>混入他部之字並不計</small>齊
部當爲無娃衣兩攝之鴻聲侈音。至娃攝之細聲弇音，爲支紙寘中
四類之二。<small>支紙寘三韻各分四類，齊齒撮口各二，二呼屬娃攝，二呼屬阿攝。</small>衣威兩攝
之細聲弇音，則同爲脂旨至。〔註66〕

是以齊部當爲娃、衣兩攝之鴻聲侈音，宜分此大界。試以圖說，解析齊部演
化之脈絡，以爲曾氏學說之說明。其圖說如下：

〔註66〕 曾運乾，《音韵學講義》，（北京：中華書局，2000 年 11 月），頁 190。

表百十四　古本音齊部分二部表：（見下頁）

灰—威攝—微部

灰賄隊—(合)

脂*旨*至*—(撮) ———————————————— 威攝(微)

皆駭怪—(合)　　　　　　　　　　　　　　　細聲侈音

微尾未—(撮)

脂—衣攝—脂部

齊*薺*霽*—(開合)

脂*旨*至*—(齊撮) ———————————————— 衣攝(脂)

皆駭怪—(開)　　　　　　　　　　　　　　　細聲侈音

微尾未—(齊)　　　　　　　　　　　　　　　衣攝

齊—娃攝—支部

齊*薺*霽*—(開合)
支*紙*寘*—(齊撮)
佳蟹卦—(開合)

齊* — 102 字—衣攝(脂) —— 衣攝(脂)
　　 — 145 字—娃攝(支)　　鴻聲侈音

薺* — 90 字—衣攝(脂)
　　 — 19 字—娃攝(支) —— 娃攝(支)

霽* — 102 字—衣攝(脂)　　鴻聲侈音
　　 　　　 —或衣攝入聲
　　 — 48 字—娃攝(支)　　娃攝
　　 　　　 —或衣攝入聲

支* ————————————— 娃攝(支)
紙*　　　　　　　　　　細聲侈音
寘*

支紙寘

支* ————————————— 阿攝(歌)
紙*　　　　　　　　　　細聲侈音
寘*

至於衣、威兩攝之細聲弇音，以諧聲細分之原則如下：

（一）脂韻中凡切語下字用「肌、脂、夷、私、資、尼」六字者，爲衣攝之齊齒呼。

（二）脂韻中凡切語下字用「葵」一字者，爲衣攝之撮口呼。以無同類之字，用威攝撮口呼追字爲切。

（三）脂韻中凡切語下字用「追、隹、綏、眉、維、悲、遺」七字者，爲威攝之撮口呼。

（四）旨韻中凡切語下字用「几、履、雉、視、姊、矢」六字者，爲衣攝之齊齒呼。

（五）旨韻中凡切語下字用「癸」一字者，爲衣攝之撮口呼。癸居誄切，以無同類之字，亦借威攝撮口呼字爲切。

（六）旨韻中凡切語下字用「軌、洧、美、水、壘、誄、累、鄙」八字者，爲威攝之撮口呼。

（七）至韻中凡切語下字用「冀、利、器、至、自、四、二、寐」八字者，爲衣攝之齊齒呼。

（八）至韻中凡切語下字用「季、悸」二字者，爲衣攝之撮口呼。棄詰利切，借用齊齒呼字。

（九）至韻中凡切語下字用「位、媿、萃、類、醉、遂、媚、備、祕」九字者，爲威攝之撮口呼。

曾氏以諧聲偏旁與《詩》韻，證明衣攝、威攝間分合關係

表百十五　諧聲偏旁與《詩》韻證衣攝、威攝間分合關係表

衣攝	《廣韻》齊半脂半皆半微半部	蔡信發增補
喉聲	衣肙医。	增補：依殹
牙聲	皆几禾豈幾系希匸癸启口火毀卟。	增補：開頁枅耆啓闋韋圍斬毀奚
舌聲	示夷旨尼犀屖氐黹夂尸豕利叕尒豊弟矢二履盭。	增補：戾菡彑彝雉泜黎矣堯柰隸爾貳蠡
齒聲	厶齊師𠂔此次兕死妻。	增補：夊自私壐璽咨資恣
脣聲	匕比米美尾。	增補：毗昆坒麋

衣攝 詩韻證 □灰脂互用。 。平入互用。 ‧對轉旁轉。	蔈飛啼	葛覃
	歸私衣	葛覃
	尾燬燬邇	汝墳
	祁歸	采蘩
	菲體違死	谷風
	遲違邇畿薺弟	谷風
	沛禰弟姊	泉水
	煒美	靜女
	葵美	靜女
	泚瀰鮮	新臺
	指弟	蝃蝀
	體禮禮死	相鼠
	濟閟	載馳
	頎衣妻姨私	碩人
	黃脂蠐犀眉	碩人
	衣歸	丰
	淒啼夷	風雨
	晞衣	東方未明
	濟瀰弟	載驅
	弟偕死	陟岵
	比次	杕杜
	淒晞湄躋坻	蒹葭
	衣師	無衣
	遲飢	衡門
	隮飢	候人
	藚師	下泉
	火衣	七月
	遲祁	七月
	火葦	七月
	尾几	狼跋
	韡弟	常棣
	騤依腓	采薇
	依霏遲飢悲哀	采薇
	遲蔈啼祁歸夷	出車
	蔈悲	杕杜

偕近邇	杕杜
鱧旨	魚麗
旨偕	魚麗
泥弟弟豈	蓼蕭
晞歸	湛露
伙柴	車攻
矢兕醴	吉日
師氏維毗迷師	節南山
夷違	節南山
訾哀違依底	小旻
糜階伊幾	巧言
匕砥矢履視涕	大東
棟哀	四月
喈湝	鼓鐘
尸歸遲私	楚茨
穉火	大田
萋祁私穉穧	大田
茨師	瞻彼洛矣
秩旨偕設逸	賓之初筵
禮至	賓之初筵
尾豈	魚藻
維葵腜戾	采菽
濟豈	旱麓
葦履體泥弟邇几	行葦
依濟几依	篤公劉
萋喈	卷阿
儕毗迷尸屎葵資師板騤夷黎哀	桑柔
資疑維階	桑柔
騤喈齊歸	烝民
鴟階	瞻卬
音悲	瞻卬
秭醴妣禮皆	丰年
濟積秭醴妣禮	載芟
師師	酌
依遲	閟宮
違齊躋遲祗圍	長發

衣攝入聲	《廣韻》質櫛部	
喉聲	一抑壹乙	
牙聲	吉穴血肸	增補：頡
舌聲	至失疐替實日槷阞□徹逸豒聅窒設質	增補：厂致
齒聲	疾七卪桼悉	增補：屑即節卪瑟�廿 案此「廿」乃「疾」之古文，非訓「二十并」之「廿」。
脣聲	必畢匹	增補：盜宓密

衣攝入聲 詩韻證 □灰脂互用 。平入通用。 ·對轉旁轉。	實室	桃夭
	袺襭	芣苢
	七吉	摽有梅
	曀嚏	終風
	節日	旄丘
	日室栗漆瑟	定之方中
	日疾	伯兮
	實噎	黍離
	室穴日	大車
	栗室即	東門之墠
	日室室即	東方之日
	漆栗瑟日室	山有樞
	七吉	無衣
	日室	葛生
	漆栗瑟盞	車鄰
	穴慄	黃鳥
	韠結一	素冠
	七一一結	鳲鳩
	實室	東山
	垤室窒至	東山
	實日	杕杜
	至恤	杕杜
	逸徹逸	十月之交
	血疾室	雨無正

恤至	蓼莪
柲室	瞻彼洛矣
抑柲秩	賓之初筵
實吉結	都人士
厎漆穴室縣減匹	文王有聲
栗室	生民
抑秩匹	假樂
密即	篤公劉
疾戾	抑
愻恤熱	桑柔
挃栗櫛室	良耜

因攝	《廣韻》先眞臻部	
喉聲	因胭印	增補：淵
牙聲	臣勻欮壼玄弦斳丨轟銜馬开	增補：臤均鈞緊茲堅
舌聲	眞塵覀申閵人寅胤引㣈粦令田仁奠天	增補：身陳闐儿年㫿電伸畱奈㐱
齒聲	聿秦晉丮辛粲觧凶信旬千	增補：壻牲麦虤睿進亲親新津盡匉
脣聲	命民氷頻丙便扁幷	增補：瀕㝃賓翩

因攝 詩韻證 。平入互用。 ·對轉旁轉。	蓁人	桃夭
	蘋濱	采蘋
	淵身人	燕燕
	洵信	擊鼓
	薪人	凱風
	榛苓人人人	簡兮
	天人	柏舟
	零人田人淵千	定之方中
	人姻信命	蝃蝀
	薪申	揚之水
	田人人仁	叔于田
	溱人	褰裳
	薪人信	揚之水
	鄰人	揚之水

薪天人人	綢繆
苓顛信	采苓
鄰顛令	車鄰
天人身	黃鳥
榛人人年	鳲鳩
薪年	東山
駰均詢	皇華
田千	采芑
天千	采芑
淵闐	采芑
天淵	鶴鳴
年溱	無羊
親信	節南山
領騁	節南山
電令	十月之交
天人	十月之交
天信臻身天	雨無正
天人人	小宛
陳身人天	何人斯
翩人信	巷伯
天人人	巷伯
薪人	大東
天淵	四月
濱臣均賢	北山
塵痕	無將大車
盡引	楚茨
甸田	信南山
田千陳人年	甫田
領屏	桑扈
榛人	青蠅
命申	采菽
天臻矜	菀柳
田人	白華
薪人	白華
玄矜民	何艸不黃

天新	文王
躬天	文王
天人	棫樸
天淵人	旱麓
民嬻	生民
堅鈞均賢	行葦
壺胤	既醉
人天命申	假樂
天人命人	卷阿
旬民填天矜	桑柔
泯燼頻	桑柔
天人臻	雲漢
天神申	崧高
田人	崧高
身入	蒸民
旬命命	韓奕
人田命命年	江漢
田人	瞻卬
替引	召旻
天人	清廟
人天	雝

威攝	《廣韻》灰全脂半皆半微半部	
喉聲	威畏委	
牙聲	鬼歸夔褢回虫夔	增補：淮
舌聲	遺𦣝畾娞佳水	增補：壘儽雖推㦕豕㹎唯維
齒聲	衰夊崔奞皐罪	增補：綏
脣聲	飛枚攵非眉妃肥	增補：微匪

威攝	嵬隤儡懷	卷耳
詩韻證	藟綏	樛木
□齊脂互用。	枚飢	汝墳
。平入互用。	薇悲夷	草蟲
·對轉旁轉。	微衣飛	柏舟
	飛歸	燕燕

雷懷	終風
微歸	式微
敦遺摧	北門
啍霏歸	北風
懷歸	揚之水
懷畏	將仲子
崔綏歸歸懷	南山
唯水	敝笱
悲歸	七月
歸悲枚	東山
畏懷	東山
飛歸	東山
衣歸悲	九罭
騑遲歸悲	四牡
騑歸	四牡
威懷	常棣
薇歸	采薇
纍綏	南有嘉魚
焞雷威	采芑
飛躋	斯干
微微哀	十月之交
威罪	雨無正
威罪	巧言
頹懷遺	谷風
嵬萎怨	谷風
悲回	鼓鐘
摧綏	鴛鴦
蠶枚回	旱麓
惟脂	生民
罍歸	泂酌
壞畏	板
推雷遺遺畏摧	雲漢
郿歸	崧高
回歸	常武
追綏威夷	有瞽
飛歸	有駜
枚回	閟宮

威攝入聲	《廣韻》沒迄術點物部	
喉聲	鬱尉	增補：惡愛
牙聲	气旡臾棄胃位彗書惠采凷毿器毅忍繼計蠢骨冒季叡圣〔註67〕	增補：鬠𦠄貴氣屈㒸既㒸頿忽犨曩寙
舌聲	耒希四豙復隶對內啇聿秫㬎玄突頪戾出	
齒聲	卒率崇敠自白	增補：帥翠茁
脣聲	未朮孛丿乁筆𡳆弗夏鼻勿㐱彯由閉𧟌鬱弼	增補：敝𦬸沸味畀配巋增補：敝𦬸沸味畀配巋

威攝入聲 詩韻證 □齊脂互用。 。平入互用。 ·對轉旁轉	肄棄	汝墳
	墍謂	摽有梅
	出卒術	日月
	潰肄墍	谷風
	紲四畀	干旄
	邃悸	芄蘭
	穗醉	黍離
	季寐棄	陟岵
	棣檖醉	晨風
	萃訊	墓門
	祋芾	候人
	旆萃	出車
	泣率	采芑
	惠戾屈闋	節南山
	退遂瘁訊退	雨無正
	出瘁	雨無正
	嘒淠屆寐	小弁
	蔚瘁	蓼莪
	律弗卒	蓼莪
	穗利	大田
	淠嘒駟屆	采菽

〔註67〕此類中曾氏有「自、白」二字列牙聲，應歸於齒聲。曾氏諧聲聲母表「自、白」歸入齒音。參考曾運乾《音韵學講義》，（北京：中華書局，2000 年 11 月），頁 413。

愛謂	隰桑
卒沒出	漸漸之石
妹渭	大明
對季	皇矣
類比	皇矣
茀仡肆忽拂	皇矣
旆稼	生民
匱類	既醉
位塈	假樂
溉塈	泂酌
類懟對內	蕩
寐內	抑
優逮	桑柔
隧類對醉悖	桑柔
利遹	桑柔
惠厲瘵屆	瞻卬
類瘁	瞻卬

臶攝	《廣韻》痕魂欣諄山文部	
喉聲	臶殷尋壹ㄣ塈	增補：慇隱溫
牙聲	困艮鰥君員罤鰥崑云巾堇軍斤熏筋蚰困袞園	增補：闍羣麋沂犾雲欣夔狀坤
舌聲	辰臺川侖盾屯刃典多豚舛疢屍尹隼允	增補：吝䓻晨鼙忍殿舜準
齒聲	先西孫存寸尊飧薦	增補：燹燊
脣聲	門班分昏頒免挽糞文豩焚奮本吻	增補：奔閔糞岔啟彬賁

臶攝 詩韻證 。平入互用。 ·對轉旁轉。	詵振	螽斯
	麇春	野有死麕
	縉（隸變作縉）孫	何彼襛矣
	門殷貧艱	北門
	洒浼殄	新臺
	奔君	鶉之奔奔
	隕貧	泯
	湣崑崑聞	葛藟

哼璊奔	大車
順問	女曰雞鳴
門雲雲存巾員	出其東門
鰥雲	敝笱
輪漘淪困鶉殞	伐檀
羣錞苑	小戎
勤閔	鴟鴞
晨煇旂	庭燎
羣犉	無羊
鄰云慇	正月
先塓忍隕	小弁
艱門云	何人斯
雲雰	信南山
芹旂	采菽
殄慍隕問	緜
蘷（隸變作矍）熏欣芬艱	鳧鷖
訓順	抑
慇辰（東）當作西瘨	桑柔
川焚熏聞遯	雲漢
雲門	韓奕
耘畛	載芟
芹旂	泮水

　　因攝、㬢攝爲衣攝、威攝之陽聲，非爲無關，上表並列，以明其關係。《廣韻》之字於娃攝（支）、衣攝（織）、威攝（微）三部中甚爲糾葛。齊韻半在娃攝，半在衣攝；脂韻半在威攝，半在衣攝；支韻半在娃攝，半在阿攝。曾氏能審其偏旁之類分而析之，又能自詩韻兩部之互用、平入之通用與韻部旁對轉關係，自齊韻又析爲兩部，半爲衣攝（脂）之鴻聲侈音，與脂皆微合，以配陽聲之先眞臻，與入聲之屑質櫛；半爲娃攝（支）之鴻聲侈音，與支佳合，以配陽聲之青清耕，入聲之錫昔麥，此曾氏音學之創見，可謂審音精確。

二、豪、蕭之入

　　古韻分部到黃侃爲二十八部，〔註68〕錢玄同也是二十八部，其間之差異

〔註68〕黃侃晚期自「添」分出「談」，自「怗」分出「盍」爲三十部。

爲黃氏以沃爲豪部之入，而蕭部無入。錢氏則以覺爲幽（黃之蕭）之入，而宵（黃之豪）部則無入。表僅列黃氏二十八部之豪、蕭以爲討論，餘則不列。〔註69〕

表百十六　黃侃豪、蕭部關係表

陰	平			入	
		陽			
		收鼻	收脣	收鼻	收脣
蕭					
豪		冬		沃	

表百十七　錢玄同豪、蕭部關係表

陰	平			入	
		陽			
		收鼻	收脣	收鼻	收脣
蕭 → 幽		冬		→ 覺	
豪沃 → 宵		↑			

　　黃侃蕭部無入，豪部以冬部爲陽聲，以沃部爲入。錢玄同則以爲豪部無入，而蕭部有入。錢氏析蕭部爲幽、覺二部，並將冬部移作爲幽、覺之陽聲韻部，是以古韻幽、覺、冬三部相配對轉。錢氏又併沃入豪，稱爲宵部，無陽聲與入聲韻部相配。此錢玄同與黃季剛古韻同爲二十八部，而豪、蕭不同。黃氏自章氏二十三部基礎，再益以之、幽、宵、侯、魚、支，戴氏已獨立之六部之入聲，即應爲二十九部，而黃氏只二十八部，其原因即蕭部無入。王力於《漢語音韻》中認爲乃「黃侃拘于『古本韻』的説法。」〔註70〕，以至於幽部（即黃氏之蕭部）無入聲。黃侃以爲蕭爲四等韻，豪爲一等韻，冬爲一等韻，沃《廣韻》爲冬之入聲，亦爲一等韻。平入相配應在同等呼之基礎上，黃氏以豪配冬、沃，等呼相合；而蕭爲四等韻，蕭部無同等呼之入可爲

〔註69〕劉夢溪主編《中國現代學術經典・黃侃／劉師培卷》，（石家庄：河北教育出版社，1996年8月），頁313。

〔註70〕王力懷疑黃侃古本音之説的正確性，因此以黃侃拘於此説，以至於不以蕭配冬沃而對轉。參考王力《漢語音韻》，（北京：中華書局，2000年11月），頁137。

配，是以蕭部無入，此王力所謂黃侃拘于古本韻之說。黃氏是否拘於古本韻之說，而蕭部無入。容可討論，然黃氏蕭部無入，則爲其古韻分部之失。

豪部無入，本段氏十七部所考訂。戴氏東、冬未分，是以侯、幽未分，沃、覺亦未分。覺部之獨立創自姚文田，修正於黃永正，錢玄同、王力改稱覺部。

表百十八　戴震與曾運乾之覺部對應關係表

戴氏韻部			廣韻韻部	曾氏韻部		備　註
七	翁	陽	東冬鍾江	第二十一部	陽聲邕攝	戴氏東冬未分
				第二十四部	陽聲宮攝	
八	謳	陰	尤侯幽	第十九部	陰聲謳攝	
				第二十二部	陰聲幽攝	
九	屋	入	屋沃燭覺	第二十部	謳攝入聲	
				第二十三部	幽攝入聲	

曾氏則兼採二家之說，以爲豪、蕭皆有入聲。曾氏《音韻學講義》：

> 古韻自黃侃分二十八部，豪部有入，蕭部無入；錢玄同修正之，謂蕭部有入，豪部無入。余謂依古韻例，豪蕭二部，皆當有入。蕭部以沃部爲入，固不待言。豪部之入，《廣韻》雖未特立專部，然如敦、虐、崔、卓、屵、勺、皃、弱、龠、翟、休、莘、崔、爵各聲，固皆豪部入聲字。陸法言求豪部對轉之陽聲不得，遂舉豪入之侈音配入東類，爲江韻之入聲；又舉其弇音配入唐類，爲陽韻之入聲；不得已而爲此側寄之韻，斯陸氏之疏也。〔註71〕

曾氏所舉諧聲字「屵」當作「屵」，《廣韻》十八藥有「屵，岸上見也。」，《說文》厂部：「屵，岸上見也，从厂从屮省。」字當從《說文》作「屵」；「皃」當作「皃」，「莘」當爲「举」之誤，今正。又「休」《廣韻》無字，《說文》水部有字，作奴歷切，錫部字。曾氏所謂豪（幽）之侈音入冬類即爲覺，而弇音入唐類即爲藥。

姚文田著有《說文聲系》十四卷，〔註72〕與嚴可均同時，又有《古音諧》

〔註71〕曾運乾《音韻學講義》，（北京：中華書局，2000 年 11 月），頁 191。

〔註72〕姚文田《說文聲系》，（臺北：新文豐書局，1985 年）。

八卷，分平、上、去十七部，又分入聲爲九部。古音分部，學者或分爲審音派或爲考古派，以入聲分部是否獨立爲區分之條件。姚氏既分古韻入聲九部，本當歸於審音一派，惟其入聲未能考訂等韻原理，遂與審音一派相去有閒。就形式而言則較近於審音派別，本師陳伯元先生《古音研究》仍暫列審音派中討論。〔註73〕

姚氏古韻以《說文》之諧聲聲母字爲古韻名，其承戴氏陰陽入三分之例，分古韻八類二十六部。而其中最大之貢獻在於入聲韻類中，「匊」部之獨立。姚氏云：「匊部乃丝部之入聲，故兩部偏旁皆相通。」實際上姚氏之匊部即孔、王二家所立幽部之入。戴氏古韻屋部以《廣韻》屋沃燭覺爲範圍，姚氏以此類中，凡從匊從祝從六從竹從隺從夙從肉從目從逐從毒從复從覺從孰從廖等偏旁之字，歸入此部中。本師陳伯元先生於《古音研究》一書中稱姚氏「匊」部獨立，應於古韻分部上，佔一席之地。〔註74〕可見能分古人所未分，實影響深遠。上列姚氏所引

聲類雖已見諸孔氏《詩聲類》卷十一，陰聲五上之中。〔註75〕而孔氏《詩聲類》亦已有將幽部之入別出之概念。其卷十二：「陰聲六。……一屋三燭四覺之半，古合侯遇韻者，今爲東鍾江之入焉；二沃古合幼韻者，今爲冬之入焉。」〔註76〕惟孔氏仍主「陰陽對轉」，且主上古惟平去二聲，與段氏上古有平入二聲之說絕不相同，是以不將幽部之入聲獨立。而姚氏《古音諧》則從戴震之理，將此部立爲匊部，與黃永鎮立「蕭」部之意相同。黃氏《古韻學源流・二十九部表第五》：

> 古韻部分，自孔廣森分入聲屋沃，以配侯幽二部，歷王念孫、江
> 有誥、張惠言、嚴可均、黃以周、夏炘、龍啓瑞諸人，皆遵用孔
> 氏屋沃分承侯幽。今謂宜依戴氏之理，孔氏所分，就蘄春黃氏二

〔註73〕陳新雄《古音研究》，（臺北：五南圖書出版公司，2000 年 11 月），190 頁。

〔註74〕陳新雄《古音研究》，（臺北：五南圖書出版公司，2000 年 11 月），194 頁。

〔註75〕孔廣森《詩聲類》卷十一，（成都：渭南嚴氏用顨軒孔氏本刊印，甲子嘉平月），頁 8。

〔註76〕孔廣森《詩聲類》卷十二，（成都：渭南嚴氏用顨軒孔氏本刊印，甲子嘉平月），頁 2。

十八部增入聲一部為二十九部，庶幾前人應分者盡分矣。 〔註77〕

黃氏別立之「肅」部實有鑑於黃侃二十八部之入聲已自陰聲中分立。惟肅部則只有陰聲韻部，就結構上不無瑕疵。然而黃侃根據其「古本韻」之理論，未能自《廣韻》中離析出可以對應之入聲字，遂使戴震獨立後之入聲結構未能與章太炎二十三部合為二十九部。此確實為黃侃古韻分部上，為例不純之處。黃侃之學生黃永鎮，自姚文田之以屋、沃為侯、幽之入聲，於是黃氏修正黃侃之二十八部，兩部獨立出來「肅」部，（陳伯元先生之「覺」部），而與蕭部（幽）、冬部（冬）為對轉。

表百十九　黃永鎮肅部考訂表

肅部	黃氏自按： 此部新增《廣韻》諸目無可表音之字，今依江有誥「中」部，劉逢祿「愚」部，例取部中一字，曰「肅」部，古音即以肅為準。	
《廣韻》	屋 1/3，沃 1/2，覺 1/3，錫 1/4	
《詩》韻	鞠、覆、育、毒	鞠、覆、育、毒
	祝、六、告	祝、六、告
	陸、軸、宿、告	陸、軸、宿、告
	告、鞠	告、鞠
	六、燠	六、燠
	奧、菽	奧、菽
	陸、復、宿	陸、復、宿
	蓫、宿、畜、復	蓫、宿、畜、復
	鞠、畜、育、復、腹	鞠、畜、育、復、腹
	奧、蹙、菽、戚、宿、覆	奧、蹙、菽、戚、宿、覆
	菽、菽	菽、菽
	夙、育	夙、育
	俶、告	俶、告
	迪、復、毒	迪、復、毒
	肅、穆	肅、穆

曾氏於三十部，分戴氏翁攝為邕攝、宮攝，即分《廣韻》之東、冬。其相配之陰聲謳攝，亦分為謳攝、幽攝，即分《廣韻》之侯、幽。其相配之入

〔註77〕黃永鎮《古韻學源流》，（臺北：臺灣商務印書館，1966 年），頁 8。

聲屋攝，則分謳入與幽入，即分《廣韻》之屋、沃。曾氏謂「定古韻三十部，其二十九部與前人同」〔註78〕乃謂其屋、覺分部實承緒於前人。戴氏之陰陽入三分，孔氏之幽覺當分，而姚氏之㪍部獨立，皆一一爲曾氏三十部之基礎。

表百二十　戴震、曾運乾覺部對應關係表

戴氏韻部			廣韻韻部		曾氏韻部	
七	翁	陽	東冬鍾江	東一董一送一（開） 鍾腫用（齊） 江講絳（開）	第二十一部	陽聲邕攝
				冬（合）	第二十四部	陽聲宮攝
八	謳	陰	尤侯幽	侯厚候（開） 虞麌遇（齊）	第十九部	陰聲謳攝
				蕭篠嘯（開） 尤有宥（齊） 幽黝幼（齊）	第二十二部	陰聲幽攝
九	屋	入	屋沃燭覺	屋一燭覺（開）	第二十部	謳攝入聲
				沃（合）屋二（撮）	第二十三部	幽攝入聲

曾氏折衷黃、錢二氏豪蕭之入，移沃爲蕭之入，又析鐸之半以配豪，此黃氏所謂析者。黃氏以蕭爲四等而沃爲一等，等呼不同，本非其當。而鐸韻之偏旁又非豪類，此曾氏豪、蕭類分之疏。

第六節　曾運乾古韻評述

曾氏分古韻爲三十攝，有據黃侃二十八部之基礎者；有承戴震之以影母字爲攝名者；有修正錢玄同、黃侃豪蕭之入者；有齊韻分二部之創見者；有衣威分部而爲王力脂微分部之先導者；皆曾氏於古韻之成果。

古韻至黃侃二十八部，已近於完備。是以其後學者之分韻，無再返於前人。此亦曾氏古韻據二十八部爲基礎者。王力雖評黃氏之拘於「古本韻」之說，而未能以沃配蕭，而曾氏以錢玄同之說，析蕭部爲幽、覺二部，移冬部爲幽、覺之陽聲韻部，以幽、覺、冬三部對轉。又併沃入豪爲宵部，無陽聲與入聲韻部相配。而本有入之豪，則另析鐸部之字爲配。如此則豪蕭皆有入

〔註78〕曾運乾《音韵學講義》，（北京：中華書局，2000 年 11 月），頁 191。

聲，而沃之陽聲多部亦以配於蕭。就結構而言雖趨完整，然則蕭爲四等韻，而沃、多皆一等韻，本非其類，黃氏所拘，亦未必無由。至於又析古韻三十攝《廣韻》脂微齊支皆灰咍部，於《詩經》韻並不通用，就其諧聲關係而言，主要於脂皆韻之開口與齊支韻爲一類，而合口與微皆韻爲一類，曾氏分齊韻之半與脂皆部合，半與支佳部合，此支脂之分。於是微部爲合口，脂部爲開口，始能分別劃然。本師陳伯元先生於《古音研究・曾運乾三十攝》云：

> 其三十部實據黃侃古韻二十八部爲基礎，將《廣韻》齊韻一分爲
> 二，半與支佳合，以配入聲錫昔麥，陽聲青清耕；半與脂皆微合，
> 以配入聲屑質櫛，陽聲先眞臻。另將黃氏與豪相配脂沃韻，移以
> 表蕭之入，以配陰聲蕭尤幽。復析鐸藥之半與麥合，以配陰聲模
> 魚虞，陽聲唐陽耕；析鐸藥之另半，移以表豪之入，以配陰聲豪
> 蕭肴。其說有得有失，其得者，將齊韻析爲二，一以配錫青，一
> 以配屑先是也；移沃以配蕭則非，蓋蕭爲四等韻，沃爲一等韻，
> 非其類也；析鐸之半以配豪，其說亦非，鐸韻偏旁，非豪之類也。
> 當析錫之半以配蕭，而仍依黃侃以沃配豪方得也。〔註79〕

蕭爲四等字，而覺部無四等字。本師陳伯元先生以爲當析錫部之字爲覺部，以爲蕭幽之入聲。而曾氏依錢氏所移之沃，仍從舊部以配豪部爲是。以諧聲偏旁析之，覺部中有以「尗」爲諧聲聲母者，對應於四等之錫部，則「叔、跾、怒、寂、宗、戚、慼、慽、鏚、葴、蠤」等十一字，當析以爲同爲四等之蕭韻入聲。如此則黃氏蕭部有入，而豪部亦有入，曾氏之折衷錢黃當更爲縝密。

表百二一　錫部析二以配支蕭表

《廣韻》錫部		
諧聲聲母	諧聲聲母	《廣韻》中字
易析束敿瀫辟歷辰樂秝鬲勺商役益狄兒翟條責冥一覓昊赤	尗	叔跾怒寂宗戚慼慽鏚葴蠤
	覺部字屋韻	
支佳之入	蕭幽之入	

〔註79〕陳新雄《古音研究》，（臺北：五南圖書出版公司，2000年11月），294頁。

　　至於衣、威雖分兩攝，唯未將脂韻中合口之「追、隹、綏、眉、維、悲、遺」〔註80〕等字再分離出來歸於微部。則衣、威分攝仍有未逮，此則有待於王力之脂、微分部，兩部間始能分用劃然。

表百二二　王力上古「脂」、「微」二部與《廣韻》系統對照表〔註81〕

《廣韻》	齊韻	脂皆韻		微韻	灰韻	咍韻
等呼	開合口	開口	合口	開合口	合口	開口
古韻部	脂（衣）部			微（威）部		
例字	鷖奚稽繼啓 柢體替弟棣 黎濟妻犀膍 迷睽	皆喈伊飢夷 彝遲二利脂 鴟示尸師資 司比眉	淮懷壞追衰 惟遺藟悲睢 歸毀唯雖	衣依晞幾豈 祈頎威翠徽 韋歸鬼非飛 肥微	虺回嵬 傀敦摧 蓷雷隤	哀開凱

　　王力除以《廣韻》中系統爲區分條件，亦以《詩經》韻爲根據。段氏有「脂」部獨用者，如〈碩人〉之「荑、脂、蠐、犀、眉」；〈風雨〉之「淒、喈、夷」。有「微」部獨用者，如〈谷風〉之「頹、懷、遺」；〈揚之水〉之「懷、歸」。亦有「脂」、「微」合韻者，如〈草蟲〉之「薇、悲、夷」，「薇」微，「夷」脂；〈汝墳〉之「尾、毀、毀、邇」，「毀」微，「尾」微，「邇」脂。此外長篇用韻如《詩》之〈載芟〉、〈大東〉、〈板〉、〈碩人〉等篇兩部皆不雜者。至於《詩》中，「脂」、「微」合韻者，二十七例，分用者八十二例。可見兩部以音近而合韻，非兩部爲一部。當然分爲兩部之區分在於兩部音雖接近，而有合韻現象，然主要元音並不完全相同。主從章氏之古韻不分「脂」、「微」亦有所本，惟上古之用韻與上古之聲母系統仍須有所區別。董同龢《上古音韻表·脂微分部問題》：

　　　　王了一師發表〈上古韻母研究〉一文，其中有一段主張把江有誥
　　　　的「脂部」再分析爲「脂」與「微」。……他著重在「脂」與「微」
　　　　的主要元音必須分剖，並不斤斤於韻部的劃分與否。〔註82〕

〔註80〕曾氏自謂追、隹、綏、眉、維、悲、遺」七字者，爲威攝之撮口呼。陳新雄《古音研究》舉淮、懷、壞、追、衰、惟、遺、藟、悲、睢、歸、毀、唯、雖爲例字，其義相同。

〔註81〕可參考陳新雄《古音研究》，（臺北：五南圖書出版公司，2000 年 11 月），154頁。

〔註82〕董同龢《上古音韻表·脂微分部問題》，（臺北：中央研究院歷史語言研究所，

董同龢同時也提及王力在脂、微兩部上之區分標準爲：

（甲）《廣韻》的齊韻字屬於江有誥的脂部者，今仍認爲脂部。

（乙）《廣韻》的微灰咍三韻字，屬於江有誥的脂部者，今改稱微部。

（丙）《廣韻》的脂皆兩韻是上古脂微兩部雜居之地，脂皆的開口呼在上古屬脂部；脂皆的合口呼在上古屬微部。〔註83〕

王力分脂微二部之條件與曾氏分衣威娃三部之條件同。曾氏分齊韻爲二，其一爲脂部，與曾氏衣攝合一，即王力標準之（甲）；曾氏以灰微韻爲威攝，即標準之（乙），王力之微部。曾氏以脂之半合口音爲威攝（微）之細聲弇音，以脂之半開口爲衣攝（脂）之細聲弇音，此即王力區分標準之（丙）。曾氏分衣、威二攝而未離析脂韻之開口合口，此或曾氏之疏。然古韻三十攝之發表甚早，或亦有所啓示於王氏者。

　　曾氏古韻三十部與王力古韻三十部之內容基本上已能相互對應。臚列每部中諧聲偏旁以爲韻部之對照，可爲古韻分部之參考，括弧中爲王氏韻部，不另註明。

第一部　陰聲噫攝──（之部）

屮聲	以聲	絲聲	其聲	臣聲	里聲	才聲	茲聲	來聲	思聲
不聲	龜聲	某聲	母聲	尤聲	郵聲	丘聲	牛聲	止聲	喜聲
己聲	已聲	史聲	耳聲	子聲	士聲	宰聲	采聲	音聲	又聲
舊聲	久聲	婦聲	負聲	司聲	事聲	佩聲	而聲	臺聲	疑聲
醫聲	芺聲	毒聲	災聲	態聲	辭聲	再聲	甾聲	啚聲	

散字：裘

第二部　噫攝入聲──（職部）

職聲	戠聲	弋聲	亟聲	塞聲	葡聲	北聲	畐聲	直聲	力聲
食聲	敕聲	息聲	則聲	畟聲	色聲	棘聲	或聲	奭聲	寽聲

1944 年 12 月），頁 67。

〔註83〕董同龢《上古音韻表·脂微分部問題》，（臺北：中央研究院歷史語言研究所，1944 年 12 月），頁 67。

匿聲　克聲　黑聲　革聲　伏聲　服聲　牧聲　戒聲　異聲　意聲

苟聲　陟聲　嗇聲　仄聲　塞聲　麥聲

散字：特𦟼

第三部　陽聲膺攝——（蒸部）

丞聲　徵聲　夌聲　應聲　朋聲　夊聲　蠅聲　升聲　朕聲　兢聲

興聲　登聲　曾聲　厷聲　弓聲　蕾聲　亙聲　乘聲　肯聲　畾聲

承聲　孕聲　能聲　凭聲

散字：陾

第四部　陰聲娃（益）攝——（支部）

支聲　斯聲　圭聲　巂聲　卑聲　虒聲　氏聲　是聲　此聲　只聲

規聲　兮聲　乖聲　知聲　兒聲　豸聲　廌聲　買聲　弭聲

第五部　娃（益）攝入聲——（職部）

益聲　易聲　厄聲　析聲　臭聲　狄聲　辟聲　帝聲　脊聲　鬲聲

解聲　朿聲　𢊷聲　役聲　畫聲　毄聲　覡聲　秝聲　麻聲　戟聲

迹聲　辰聲　糸聲　冂聲　冊聲　汨聲

第六部　陽聲嬰攝——（耕部）

丁聲　爭聲　生聲　贏聲　盈聲　巠聲　貞聲　壬聲　殸聲　正聲

名聲　頃聲　騂聲　巠聲　皿聲　寧聲　冥聲　平聲　敬聲　鳴聲

粤聲　賏聲　井聲　耿聲　刑聲　幸聲　炅聲　冂聲　鼎聲　晶聲

省聲　并聲

第七部　陰聲阿攝——（歌部）

可聲　左聲　差聲　我聲　沙聲　加聲　皮聲　爲聲　吹聲　离聲

羅聲　那聲　多聲　禾聲　它聲　也聲　瓦聲　咼聲　化聲　罷聲

徙聲　己聲　匕聲　戈聲　果聲　臥聲　陸聲　垂聲　罒聲　朵聲

羸聲　蓏聲　麗聲　炊聲　冄聲　瑣聲　惢聲　叉聲　麻聲

散字：儺

第八部　阿攝入聲——（月部）

兌聲　世聲　彗聲　丰聲　萬聲　匃聲　乂聲　大聲　帶聲　外聲

會聲　介聲　祭聲　拜聲　貝聲　吠聲　喙聲　最聲　衛聲　欮聲

戌聲　列聲　舌聲　昏聲　折聲　伐聲　巿聲　月聲　戉聲　犮聲

癹聲　末聲　寽聲　叕聲　舝聲　截聲　桀聲　熱聲　殺聲　奪聲

㕡聲　徹聲　設聲　禼聲　乚聲　臬聲　夬聲　蓋聲　契聲　薊聲

厥聲　曳聲　埶聲　筮聲　贅聲　劣聲　賴聲　竄聲　絕聲　苜聲

罰聲　別聲　蔑聲

散字：怛

第九部　陽聲安攝——（元部）

泉聲　袁聲　亘聲　爰聲　釆聲　樊聲　緐聲　半聲　言聲　干聲

倝聲　難聲　安聲　奴聲　莧聲　戔聲　元聲　丸聲　專聲　丱聲

厂聲　反聲　官聲　山聲　閒聲　閑聲　睘聲　犬聲　延聲　丹聲

廛聲　連聲　鬳聲　夗聲　展聲　巽聲　憲聲　柬聲　虔聲　衍聲

焉聲　肩聲　奐聲　亂聲　段聲　晏聲　毌聲　弁聲　羨聲　散聲

見聲　燕聲　鮮聲　㒼聲　㫃聲　辛聲　覞聲　縣聲　肙聲　寒聲

姦聲　建聲　萑聲　書聲　侃聲　虤聲　㬎聲　宦聲　幻聲　看聲

盥聲　𤔔聲　旋聲　幵聲　專聲　叀聲　𣦼聲　次聲　耑聲　彖聲

㕣聲　斷聲　耎聲　善聲　扇聲　穿聲　短聲　聯聲　奻聲　卵聲

旦聲　玨聲　產聲　羴聲　祘聲　筭聲　算聲　爨聲　贊聲　刪聲

匙聲　鱻聲　全聲　前聲　屾聲　曼聲　面聲　般聲　煩聲　片聲

綿聲　宀聲　邊聲

第十部　陰聲威攝——（微部）

𠂤聲　隹聲　畾聲　貴聲　虫聲　回聲　鬼聲　畏聲　褱聲　韋聲

尾聲　辠聲　敳聲　非聲　飛聲　幾聲　希聲　衣聲　水聲　毀聲

妥聲　枚聲　威聲　委聲　夔聲　豩聲　妃聲　肥聲　肙聲　豈聲

散字：火

第十一部　威攝入聲——（物部）

勿聲　卒聲　癸聲　孛聲　聿聲　尣聲　出聲　弗聲　鬱聲　气聲

旡聲　退聲　內聲　對聲　未聲　胃聲　豕聲　位聲　頪聲　尉聲

畟聲　骨聲　突聲　率聲　帥聲　祟聲　由聲　配聲

第十二部　陽聲昷攝——（文部）

文聲　困聲　分聲　屯聲　胤聲　辰聲　巾聲　殷聲　臺聲　先聲

西聲　門聲　云聲　員聲　焚聲　尹聲　熏聲　斤聲　董聲　崑聲

孫聲　飧聲　存聲　軍聲　川聲　罱聲　刃聲　允聲　昷聲　豚聲

壺聲　免聲　卉聲　靁聲　昏聲　靈聲　典聲　曇聲　蚰聲　困聲

衰聲　狀聲　艮聲　坤聲　盾聲　舜聲　疢聲　臋聲　寸聲　尊聲

糞聲　豩聲　燹聲　吻聲　奮聲　本聲　彬聲　糞聲

第十三部　陰聲衣攝——（脂部）

二聲　七聲　夷聲　弟聲　几聲　氏聲　犀聲　屖聲　尸聲　厶聲

示聲　矢聲　米聲　齊聲　妻聲　美聲　㡿聲　死聲　履聲　豐聲

畟聲　皆聲　眉聲　癸聲　伊聲　師聲　禾聲　启聲　卟聲　彝聲

黎聲　兇聲　比聲

第十四部　衣攝入聲——（質部）

一聲　七聲　至聲　必聲　疐聲　日聲　乙聲　疾聲　實聲　桼聲

匹聲　吉聲　栗聲　血聲　穴聲　逸聲　卩聲　抑聲　畢聲　季聲

隶聲　棄聲　替聲　惠聲　戾聲　肆聲　畀聲　四聲　利聲　胅聲

肎聲　广聲　悉聲　屑聲　即聲

第十五部　陽聲因攝——（真部）

因聲　臣聲　人聲　信聲　申聲　頻聲　㐱聲　粦聲　眞聲　塵聲

民聲　身聲　旬聲　勻聲　命聲　令聲　千聲　田聲　胤聲　玄聲

天聲　扁聲　盡聲　引聲　孔聲　寅聲　閵聲　秦聲　辛聲　桑聲

囟聲　晉聲　進聲　丏聲　仁聲　奠聲　印聲

第十六部　陰聲烏攝──（魚部）

魚聲　余聲　与聲　旅聲　者聲　古聲　車聲　疋聲　巨聲　且聲
去聲　于聲　虍聲　父聲　瓜聲　乎聲　壺聲　無聲　圖聲　土聲
女聲　烏聲　叚聲　家聲　巴聲　牙聲　五聲　圉聲　宁聲　卸聲
鼠聲　黍聲　雨聲　午聲　戶聲　呂聲　鼓聲　股聲　馬聲　下聲
寡聲　夏聲　吳聲　武聲　羽聲　禹聲　兔聲　素聲　亞聲　辱聲
互聲　於聲　互聲　及聲　蠱聲　庫聲　冶聲　賈聲　兤聲　鹵聲
异聲　輿聲　麤聲　初聲　疏聲　巫聲　毋聲　夫聲　普聲　步聲
布聲

第十七部　烏攝入聲──（鐸部）

睪聲　各聲　蒦聲　屰聲　昔聲　夕聲　石聲　壑聲　若聲　霍聲
郭聲　百聲　白聲　谷聲　乇聲　尺聲　亦聲　赤聲　炙聲　戟聲
庶聲　乍聲　射聲　莫聲　虢聲　隙聲　矍聲　咢聲　卻聲　辵聲
隻聲　斥聲　索聲　霸聲
散字：薄博

第十八部　陽聲央攝──（陽部）

羊聲　量聲　畺聲　昌聲　方聲　章聲　商聲　香聲　襄聲　相聲
向聲　易聲　亡聲　長聲　爿聲　刅聲　尚聲　上聲　倉聲　王聲
坣聲　央聲　桑聲　爽聲　网聲　兩聲　印聲　光聲　黃聲　亢聲
庚聲　京聲　羹聲　明聲　亨聲　兵聲　兄聲　行聲　皀聲　慶聲
丙聲　永聲　競聲　富聲　弜聲　竟聲　皇聲　囧聲　誩聲　杏聲
象聲　鬯聲　丈聲　亮聲　莽聲　望聲　皿聲　匸聲　黽聲　秉聲
並聲　尤聲

第十九部　陰聲謳攝──（侯部）

侯聲　區聲　句聲　婁聲　禺聲　芻聲　需聲　俞聲　殳聲　朱聲
取聲　豆聲　口聲　后聲　後聲　厚聲　斗聲　主聲　臾聲　侮聲
奏聲　菁聲　扁聲　具聲　舜聲　壴聲　寇聲　兜聲　鬥聲　几聲
、聲　乳聲　晝聲　斳聲　走聲　須聲　付聲
散字：飫

第二十部　謳攝入聲——（屋部）

谷聲　屋聲　蜀聲　賣聲　殼聲　束聲　鹿聲　族聲　美聲　卜聲
木聲　玉聲　獄聲　辱聲　曲聲　足聲　角聲　豕聲　局聲　王聲
岳聲　彔聲　禿聲　丁聲　圭聲　粟聲　壹聲

第二十一部　陽聲邕（翁）攝——（東部）

東部　同聲　丰聲　充聲　公聲　工聲　冢聲　囪聲　從聲　尨聲
容聲　用聲　封聲　凶聲　邕聲　共聲　送聲　雙聲　龐聲　孔聲
舂聲　弄聲　茸聲　冗聲　龍聲　娎聲　從聲　叢聲　嵩聲　豐聲
竦聲

第二十二部　陰聲幽攝——（幽部）

幺聲　求聲　九聲　丣聲　卯聲　酉聲　流聲　秋聲　斿聲　攸聲
由聲　翏聲　收聲　州聲　周聲　舟聲　臽聲　孚聲　牟聲　憂聲
囚聲　休聲　叜聲　矛聲　帷聲　壽聲　咎聲　舅聲　叉聲　缶聲
棘聲　牢聲　包聲　哀聲　丑聲　丂聲　韭聲　首聲　手聲　阜聲
卣聲　受聲　秀聲　鳥聲　昊聲　早聲　棗聲　呆聲　乒聲　帚聲
牡聲　戊聲　好聲　簋聲　守聲　臭聲　褒聲　售聲　報聲　冒聲
麀聲　幼聲　丩聲　臼聲　獸聲　皋聲　肉聲　鰲聲　肘聲　夒聲
討聲　老聲　汓聲　艸聲　蒐聲　勹聲　冒聲
散字：椒

第二十三部　幽攝入聲——（覺部）

术聲　祝聲　六聲　復聲　宿聲　夙聲　肅聲　畜聲　學聲　毒聲
竹聲　逐聲　菊聲　肉聲　穆聲　告聲　就聲　奧聲　鬻聲　毓聲
孰聲
散字：穆（稑）迪滌

第二十四部　陽聲宮攝——（冬部）

冬聲　眾聲　宗聲　中聲　蟲聲　戎聲　宮聲　農聲　夅聲　宋聲
肜聲　隆聲

第二十五　陰聲夭攝──（宵部）

小聲　朝聲　麃聲　苗聲　要聲　爻聲　寮聲　勞聲　堯聲　巢聲

䍃聲　夭聲　交聲　高聲　敖聲　毛聲　刀聲　兆聲　杲聲　到聲

盜聲　號聲　弔聲　少聲　焦聲　晶聲　杳聲　窅聲　褭聲　垚聲

囂聲　梟聲　顥聲　呆聲　羔聲　料聲　了聲　鬧聲　屎聲　釗聲

尿聲　幽聲　叏聲　受聲

散字：吸

第二十六部　夭攝入聲──（藥部）

卓聲　芉聲　勺聲　龠聲　弱聲　虐聲　樂聲　翟聲　暴聲　虎聲

隺聲　敫聲　䍽聲　爵聲　雀聲

散字：沃駮

第二十七部　音攝入聲──（緝部）

咠聲　合聲　巠聲　執聲　立聲　入聲　及聲　邑聲　集聲　十聲

廿聲　習聲　亼聲

散字：軜

第二十八部　陽聲音攝──（侵部）

㝱聲　先聲　林聲　品聲　罙聲　甚聲　壬聲　心聲　今聲　音聲

彡聲　三聲　南聲　男聲　尤聲　马聲　毚聲　凡聲　臽聲　占聲

覃聲　咸聲　銜聲　稟聲　審聲　森聲　參聲　朁聲

散字：貶

第二十九部　奄攝入聲──（葉部）

葉聲　業聲　疌聲　涉聲　甲聲　曄聲　盍聲　劫聲　夾聲　聶聲

耴聲　囨聲　品聲　聿聲　弱聲　猋聲　巤聲　妾聲　耴聲　帀聲

燮聲　法聲　乏聲

第三十部　陽聲奄攝──（談部）

炎聲　甘聲　監聲　詹聲　敢聲　斬聲　奄聲　猒聲　兼聲　僉聲

廣聲　欠聲　凵聲　贛聲　冄聲　染聲　夾聲　焱聲　广聲　戔聲

芟聲　㣎聲

曾運乾韻攝名稱，本師陳伯元先生曾有〈曾運乾古韻三十攝權議〉〔註84〕一文，討論曾氏三十攝之攝名問題。此文於三十攝主要商榷者有二：

一、曾氏「衣攝」標目不當

伯元師謂曾氏「衣攝」，實即王力脂微分部之「脂部」，而衣字屬王力微部，非脂部字，是以用微部之字以表脂部之目，實為不倫。並舉《詩》韻為證。如：

〈周南‧葛覃〉三章：

　　言告師氏，言告言歸。薄汙我私，薄澣我衣。

〈邶風‧柏舟〉五章：

　　日居日諸，胡迭而微。心之憂矣，如匪澣衣。靜言思之，不能奮飛。

〈衛風‧碩人〉首章首二句：

　　碩人其頎，衣錦褧衣。

〈鄭風‧丰〉四章：

　　裳錦褧裳，衣錦褧衣，叔兮伯兮，駕予與歸。

〈齊風‧東方未明〉二章首二句：

　　東方未晞，顛倒裳衣。

《詩》韻中尚有以「衣」字為韻者，不一一列舉。而以上所舉「衣」字，皆與同為「微」部字押韻。伯元師以為不宜以「微」部之「衣」為脂部之名，必取本部內字為韻攝之名。又曾氏此部中「衣、月、依、豈、幾、希、火、口、穀、開、韋、圍、毀、皀、尾」等字皆當歸入威攝中。陳先生《古音研究》中又云：「衣攝宜換作翳攝或依攝，方可以表脂部，而免致混淆。」〔註85〕

王力確實歸「衣」字入其脂部，伯元師所論確為有識。然則，以曾氏所分，「衣」字入其衣攝，為脂韻之半部，而歸於衣攝者。此與歸於威攝之半部別。脂之開口歸於衣攝，而合口歸於威攝。曾氏以「衣」為開口音而歸於脂部，亦無不妥，惟與王力異部而已。楊樹達《積微翁回憶錄》：

　　卅一日。曾星笠來談，謂擬定古韻為三十部。於黃季剛二十八部

〔註84〕陳新雄《陳新雄語言學論學集》，（北京：中華書局，2010 年 10 月），頁 185〜188。

〔註85〕陳新雄《古音研究》，（臺北：五南圖書出版公司，2000 年 11 月），292 頁。

外，取其豪蕭部分出入聲一部，此與黃永鎮，錢玄同相同者也。

其他一部，則取微部分爲二：一爲齊部，開口之字如衣、依等屬
之，以與屑、眞爲一組；餘合口之字仍爲微部。《詩經》中齊、微
二部雖偶有交錯，大致劃分云。〔註86〕

可見曾氏確實以衣爲開口音，而開口爲衣攝，所分亦無誤。又曾氏〈古本音齊部當分二部說〉，列衣爲衣攝喉聲字，是曾氏本以「衣」字歸入衣攝中。至於《詩》韻證，前所舉之例，曾氏皆以「脂」、「微」合韻之例，〔註87〕如此又並無不可。

　　開合之別，以介音斷之。有 u 則爲合口音，無 u 則爲開口音，區別甚明。驗之於脣吻，「衣」爲開口音而歸於衣攝脂部，曾氏所分雖與王力異，然以曾氏所立，亦無不妥。

二、曾氏「益攝」標目不當

　　韻目之名取本韻內字爲標示，本至妥當。故前有「衣攝」攝名之論。曾氏三十攝中有「益攝」者，爲王力之「支部」。曾氏於古韻主陰陽入三分，則於攝名亦當取本攝內之命之。而「益」字在《廣韻》入聲昔韻中，本入聲字，以之標示陰聲韻部之「支」，確有未安。曾氏雖主陰陽入三分，韻攝之名只陰陽二類，而以陰聲韻攝攝名之入爲入聲攝名，此亦曾氏古韻攝攝名之特色。惟以「益」名「支」，實爲不類。且「益」本即入聲，以「益攝入聲」稱錫部，即以入聲之入爲名，實亦不倫。

　　曾氏古韻攝名既隨戴氏之例，以影母字命之，伯元師謂可依仿戴氏之稱「娃攝」。娃爲平聲，又娃從圭聲，恚窐字皆在曾氏益攝中，以「娃攝」稱支韻，確爲妥當。且「娃攝」之名雖本戴氏所用，曾氏稱其三十攝，於「益攝」與「益攝入聲」確曾有稱「娃攝」與「娃攝入聲」之例在。其〈古本音齊部當分二部說〉一文中即以「娃攝」與「娃入」稱「支」、「錫」部。〔註88〕既

〔註86〕楊樹達《積微翁回憶錄・一九三八年三月三十一日》，（北京：北京大學出版社，2007 年 5 月），頁 99。

〔註87〕可參考本章第五節，或參考曾運乾《音韻學講義》，（北京：中華書局，2000 年11 月），頁 185。

〔註88〕可參考曾運乾《音韻學講義》，（北京：中華書局，2000 年 11 月），頁 191～192。

曾有此稱，亦宜返從其舊名，以求韻攝之名實相符。

第七節　小　結

　　古韻之研究起步甚晚，取《詩》韻之不協，知古音今音不同。然自漢以來，於古韻雖有所得，其說皆零星散見，未成專著。宋・吳棫始作《詩補音》論及古韻韻類。鄭庠之古韻六部，以今觀之，雖不免疏漏，然於古韻分部實有開創之功。鄭氏之後，元之戴侗，明之焦竑，及於陳第，其間各有論述。直至明末崑山顧氏，能自鄭庠六部而析爲十部。顧氏雖非首立古韻部者，然能離析《唐韻》以求古韻。實創古韻研究之方法，自此而往，學者踵繼。於是有婺源江氏，金壇段氏，休寧戴氏，曲阜孔氏，高郵王氏，歙縣江氏。古韻分部於是愈趨精密。

　　古韻研究取材不外《詩》、《騷》與先秦之文，又據文字之諧聲，《廣韻》韻部之分合，要之皆在此中求其心得。然古韻之求自顧氏後一變。與顧氏以來主張不同者，則婺源江氏。雖知入聲不同於陰聲，然其古韻入聲仍在陰聲韻中。至戴氏後又一變，遂分古韻三類陰陽入，此亦古韻研究兩派分流之始。主陰陽二類者，據古籍以析合古韻，客觀而審慎；主陰陽入三分者，據前者之基礎，又能審析音理，爬梳脈絡而建立系統，創新而能變。於是有考古與審音二派之名。

　　曾氏之際，古韻研究已臻完備。餘杭章氏分古韻二十三部，入聲不獨立，則主陰陽二分者，古韻分部至此已近完成。主陰陽入三分者，休寧戴氏。分古韻二十五部，入聲已自陰聲韻部獨立而出。蘄春黃氏取章氏二十三部與戴氏之入聲六部，本當合爲二十九部。如此，則古韻分部至此當即完成。惟黃氏未能析得蕭部之入，遂致蕭部無入，而古韻只得二十八部。此曾氏之前，古韻研究之成果。

　　西學之語言研究方法之傳入，亦即曾氏自傳統學問，輔以西方研究方法之際。於是於黃氏二十八部之基礎上，取黃永鎮蕭部獨立，又折衷吳興錢氏蕭部有入之說，更再析鐸部之字以配豪部。於是古韻至曾氏分爲三十部。曾氏從戴氏亦主古韻之陰陽入三分。又從戴氏取攝內之影母字爲韻攝之名，惟古韻分部與戴氏不同，韻攝之名取字亦有所不同。三十攝本取三十字爲攝名，曾氏只立陰陽二攝之名，其入聲則以陰聲之入稱之。此爲古韻分部之特出者，

曾氏未曾說解其故，或曾氏同意顧氏之說，以入聲近於陰聲，故除歌部無入而侵覃以下九韻仍從《廣韻》之附於陽聲外，餘皆反韻書之舊，以入從於陰聲。而此陰陽入之對應以西方語言學之概念爲說解，實若合符節。

　　曾氏韻攝之名從戴氏，而韻攝之次第則從段氏以「之」爲韻部之首。此段氏以《詩》之合韻遠近而次第者。《詩》之取韻必合於自然，是以知段氏之、幽、宵三部爲次第之理。然則段氏未言何以以「之」爲韻首。筆者以爲段氏實取《詩》韻之首韻之、幽、宵之故。雖幽本在前而之在後，然段氏亦審以音理，自央元音始以序其次第，於是次幽於之，此曾氏之承緒於段氏者。如此則三十攝據黃氏分部，三十攝名從戴氏之取影母字命之，三十攝之次第承於段氏，以「之」建首。又以戴氏陰陽入三分之理，分古韻陰聲九部，陽聲十部，入聲十一部，合三十部，一名三十攝。

　　曾氏分古韻三十部，其承前人者二十八部，即黃氏之古韻分部。補入者一部，即黃永鎮獨立之肅部，折衷者一部，即錢氏之豪宵之入。而古韻分部於曾氏爲創見者，則古本音齊部分二部之說。曾氏衣攝、威攝、娃攝三部，其中《廣韻》韻部中有雜居之字相混而不能分。於是以娃攝（支）中齊韻再分爲二，一歸於衣攝（脂），一留於娃攝（支）。歸於衣攝（脂）之部分，爲衣攝（脂）之鴻聲侈音，而原在衣攝（脂）之部分，則爲衣攝（脂）之細聲弇音，而以脂韻之開口呼爲主。至於威攝（微）中則以脂韻之合口呼爲主要之部分。曾氏雖衣、威分攝，然脂韻之離析尚未完整，此爲後來王力脂、微分部之基礎。王力雖未言有啓於曾氏，然古韻分部踵事增華，亦有承於前人之功。

　　王力古韻分部除冬部併於侵部外，餘皆與曾氏三十部相當，曾氏三十部亦列有析自說文諧聲之表，與王力二十九部之諧聲，可爲相互之參照。

第九章　結　論

　　曾氏出生於清末，居於湖湘，本承舊學之經國濟民以爲世用。隨後清廷廢科考，於是鍵戶讀書，受學於其兄。以秉性聰穎，幼時即能誦《爾雅》，其於小學爲特能，或亦以天資如此。隨後受新學於湖南學堂，執教者皆一時俊彥，眼界遂得大開。曾氏學問本無師承，清代湘中皆以心性之學爲獨勝。至新化鄒漢勳，精於音韻之學，又通名物訓詁，惟學術主流仍不在小學。章太炎曾謂曾氏，湘中三王不通小學，他日當歸鄉里以執教職。實以湘中自皮錫瑞後，學術成就無出於曾氏之右者。唯其生平所載不多，或以時局動亂有關。摯友楊樹達所書〈曾星笠傳〉，最爲詳盡，其他可見者，或引自此傳，或僅隻字片語。皆未得完備。

　　曾氏既精通音韻，本文剖析其學術脈絡與方法，審其音學主張。有炳著於前，已成定論而不待舉明者，如喻母之古讀；有自得其法，考究而成者，如「鴻細侈弇」；有體系豐贍，而未得揄揚者，如〈《廣韻》補譜〉等等者。本文研究所得，皆一一列舉如下，以明曾氏音學之精要：

一、喻三歸匣而喻四歸定爲已古聲之確論

　　曾氏雖通小學，然不以漢學之隨字訓詁，而以能審文氣爲〈尚書正讀〉，惟以非本文討論範圍，先存而不論。其於學術成就甚早，作〈喻母古讀考〉能別等韻譜中三等四等之不同，以喻母三等古讀歸匣，又以喻母四等古讀歸

定母。惟「喻三歸匣」人都不疑，而「喻四歸定」則或有疑者。其以經籍異文求之，大抵皆合，其不合者，或以諧聲之例，或以通轉之例，或以古讀之例以求。此皆曾氏於〈讀敖士英關於研究古音的一個商榷〉一文中所申明者。近代學者王力雖大抵同意曾氏喻四之歸於定母，然以其例中或有歸透者數例，有歸於端者一、二例，遂以修訂爲「喻四古近定」，或稱「喻四古歸舌頭」，如此則更爲切近實際。敖文中以「喻四古歸齒頭」爲論，其中多例以齒音邪母爲例者，曾氏以爲非是。其能考「喻四古歸舌頭」，而未及考出齒音邪母古亦歸於舌頭，誠千慮而一失。古聲研究未若古韻研究之起源較早。自錢大昕有「以聲爲韻」之論，學者於古聲研究始現端倪。於是錢氏首發有〈古無輕脣音〉、〈舌音類隔不可信之說〉，其後章太炎有〈娘日古歸泥〉之說。續之者則曾氏〈喻三古歸匣〉、〈喻四古近定〉。黃侃據古本音定古聲爲十九，亦以前說爲證據。黃氏見曾氏有〈喻母古讀考〉，遂謂其古聲十九紐，當列曾氏之說。實則喻母三四等之古讀與歸類，已爲古聲之確論。

自《顏氏家訓・音辭篇》已知古音今音之有別。然古無韻書，今所知韻書之作始於魏・李登《聲類》、晉・呂靜《韻集》皆韻書之代表。惟年代久遠，書已不傳。其體例、內容、存音、排序之大例則不得而知。音既有別，而又無韻書，於是韻緩、音叶、改讀者往往有之。宋・吳才老於是有古音之求，實則爲求古韻而非求古聲。鄭庠始分六部，惟體例未精，然已開古韻分部之先導，誠有功於古韻研究。崑山顧氏能離析《俗韻》以歸於《唐韻》，又離析《唐韻》，以求古韻。其不以韻中某部之字爲不可分割，別自諧聲偏旁以求古韻，實爲概念與方法之先進。於是爲古韻研究提出重要方法。自茲而後，古韻研究至本師陳伯元先生三十二部之說，皆以離析諧聲偏旁爲古韻之求。

二、古韻三十部，取黃侃二十八部益以黃永鎭之肅部並析齊部爲二

曾氏古韻分三十攝者，據其自言乃據黃侃二十八部而來。黃氏之二十八部則於其師餘杭章氏古韻二十三部之基礎，又增以休寧戴氏所獨立之入聲錫、鐸、屋沃、德、肅六部，本當爲二十九部。如此古韻分部則已近完備。唯黃氏之肅部無入，又改章氏至、緝、盍部名稱同於戴氏之屑、合、帖，於是爲二十八部。黃氏之同時，錢玄同亦分古韻爲二十八部。其異於黃氏者在

蕭部有入而豪部無入。分部雖同，而實則有異。後黃氏之學生黃永鎮，獨立蕭部，此即蕭部之入聲。曾氏於是取黃氏二十八部，益以蕭部，再以諧聲偏旁之開合爲依據，析齊部爲二，半與支佳合，半與皆微合，於是古韻爲三十部。

三、用顧氏之法離析齊韻，用戴氏之法以命攝名

曾氏能析齊韻爲二，亦以顧氏之法，即依諧聲偏旁而得之者。古音從某得聲即爲某韻，其則雖爲不遠。然能識《廣韻》中一韻之當分，非審音精確不可得。曾氏又析脂韻之半爲衣攝，半爲威攝，則以開合爲依據。衣、威之分攝亦爲王力脂、微分部之先聲。至於韻攝之名，曾氏承戴氏之意，取影母字爲韻攝之名，以影母爲喉塞音，影母字之聲類不影響其後結合之元音，能使作爲韻攝之音值相對單純，此戴氏精於審音之故。曾氏從之，惟取字則未與戴氏同。然《音韻學講義》中，古攝之名如「益」之又稱「娃」，「央」之又稱「鴦」則又與戴氏混。或本襲於戴氏，又爲前後之作，後人裒集成書，遂致體例未一。

四、用段氏之義，以「之」爲古韻部之首

自崑山顧氏分古韻十部，以《唐韻》之目稱之，其次第一依韻書。金壇段氏分古韻十七部，以《詩》之合韻遠近爲古韻次第。於是古韻之部目始爲有意識之排列。雖云以合韻遠近，然則自「之」部始，竊意以爲同於《詩·關雎》之取韻以幽、職、宵之次第。段氏入聲不獨立，故「職」部附於「之」部仍稱「之」；又調以發音之自然，於是自央元音之「之」部爲古韻部之首，亦段氏之用心。曾氏承之，遂以「噫」攝爲首韻。至於入聲之獨立，向來爲區分古韻家爲審音一派如戴氏者，或考古一派如段氏者。曾氏既從戴氏獨立入聲，亦從其陰陽入三分，又從其以影母命韻攝，當亦同於戴氏，可爲審音一派。然亦有論者謂曾氏之學術仍自古籍資料中建構其音學體系，未能以當時新學之法論音，仍歸之於考古一派，先存其論。

五、取陳澧系聯切語上字之法，不用又音又切

隋·陸法言作《切韻》，至唐有孫愐《唐韻》，至宋則有陳彭年《廣韻》

與丁度《集韻》，此韻書之著者。《切韻》惟存殘卷篇目，而《唐韻》、《廣韻》、《集韻》承《切韻》而來，今所得見者，皆以反切爲字音之標注。反切之法以二字爲一字之音，上字取聲，下字取韻。類聚切語上字同音者爲一類，以一字表一類之音，此沙門翻譯梵音之所需者，亦聲目之緣由。

敦煌出石室遺書後，得見舍利三十字母。又有守溫三十六字母，於舍利字母基礎上，增其當有，析其當分，各歸其類，字母於是有增減之數。守溫字母應證於宋元以來等韻圖中，以爲聲類之標目者皆相符合。而「字母」一詞引自梵音之義，之後學者以聲類稱之，此即唐宋後，語音有此三十六類之輔音，是說聲韻學者論之甚詳。

三十六字母之數，清代李光地《音韻闡微》書中仍然沿用，而江永以爲不可增減。番禺陳蘭甫爲求法言舊法，於是作《切韻考》。其於聲類析正齒照、穿、牀、審爲二類，即韻圖二三等不同，又析喻母爲二類，即韻圖三四等不同，併明、微爲一類，因得四十之數。

陳澧爲求陸氏舊法，然《切韻》不存，而《廣韻》猶承緒於《切韻》。曾氏有〈《廣韻》部目本《切韻》證〉一文論述，而歷來諸家論次亦頗詳實。陳澧於是以《廣韻》爲本，就其切語，以求《切韻》之故。

陳氏之法，（一）先剖析切語之結構。自《廣韻》卷首一東之前四字切語，得切語之法以兩字爲一字之音，上字與所切之字爲雙聲關係；下字與所切之字爲疊韻關係。上字論字之清濁，而不論其平上去入；下字論平上去入而不論其清濁。以清濁爲聲之條件，非關下字；而平上去入爲韻之條件，非關上字。（二）再分析《廣韻》立切之原則爲：1. 同音之字不立兩切語。2. 一字兩音，互注切語。3. 切語上字同類者，下字必不同類。（三）就《廣韻》中切語上字，以其同用、互用、遞用之關係，求其是否系聯爲同類。求下字亦同。（四）雖同類而不系聯者，以切語實兩兩互用之故，再以《廣韻》中四聲相承之音，其聲類多爲相同。於是再爲之系聯爲同類。

陳氏求法言舊義，得《廣韻》聲類四十。此繼三十六字母後，聲類研究之第一功。其就《廣韻》切語，以同用、互用、遞用關係系聯其切語上字。周祖謨稱其爲系聯切語之正例，而《廣韻》切語上字，以此正例可系聯者爲五十一類。不能以正例系聯者，再據又音又切而系聯，稱之爲變例。以正例而系聯之法，學者大抵無異議，惟以變例系聯之法，則學者多有評論，以爲

未當。其理由主要有三：其一，就《廣韻》又音又切之音，系統不一，或與正切相乖違。又互注之切語間，每有類隔情況。其二，陳澧就又音又切系聯兩類，又多有不就又音又切系聯之兩類，取捨之間，未有標準。其三，脣音之字輕重二類，守溫字母已分。陳氏據系聯結果，其中實有當分或當析者。明微系聯爲一類，陳氏不就音以審其當分，而拘泥於系聯，合其不當合。陳氏亦自知其失，以爲實「古音之遺」而不改。曾氏則以陳氏乃「囿於方音」之故，實則陳氏拘於系聯，泥於今音所致。學者以爲於《廣韻》聲類，陳澧欲併則併，欲合則合，其爲例不純，實心中本有聲類，非眞系聯所得。

　　然系聯之法既出，後繼者踵事增華，迭有成果。正所謂「前修未密，後出轉精」。1915 年至 1926 間，瑞典漢學家高本漢之重要著作《中國音韻學研究》陸續刊出。此爲西方語言學研究興起後，以新方法研究中國音韻之先聲。其後，中國音韻學者也運用西方方法以研究中國學術。於音韻之學，語音之構擬與統計之法相繼用入。於是《廣韻》聲類，有張暄之主三十三類說；有羅常培之主二十八類說；有高本漢、黃淬伯、白滌洲之主四十七類說；有曾運乾之主五十一類說。方法上取捨不一，其結果則各有擅場。高本漢以語言學方法分析切語，據陸志韋之說，高氏或未見陳澧之《切韻考》，二者結果雖有所不同，然分析統計切語之方法則一。或可謂：「閉門造車，出而合轍」。高氏構擬之法，據音理而分析語音，頗能剖析毫微，對於音韻研究，助益甚大。

六、自〈《切韻》‧序〉得「鴻細侈弇」之義

　　曾氏乃民國初年之人。繼陳澧之後，亦求《廣韻》之聲類。曾氏亦用系聯之法。所不同者，陳澧自《廣韻》前四字，得切語之法爲上字論其清濁，不論其平上去入，下字則論其平上去入，而不論其清濁，言上下字各有所屬，彼此無涉。曾氏自法言序，「支脂魚虞，共爲一韻；先仙尤侯，俱論是切」得「輕重有別」之義，而有切語之法「聲鴻者音侈，聲細者音弇」條例，則聲與韻必彼此相和諧，此爲曾氏聲學之精義所在。黃淬伯有「韻等均一」，趙元任有「介音和諧」，皆主此義。三十六字母既標目在前，陳氏系聯在後。曾氏於是更就《切韻考》所得聲類，分切語上字爲鴻細二類。鴻細者本江永論韻之語，以一等洪大，二等次大，三四細，而四等尤細，論聲韻者亦都從之。

後人每論曾氏聲類之法，多所轇葛者，在曾氏以正變言音類，以鴻細言聲類，而以侈弇言韻類。不知者，以此非曾氏之爲例不純。

　　聲既有鴻細之別，則何者爲鴻？何者爲細？雖言切語之法，聲鴻者例用侈音，聲細者例用弇音，定義甚明。今自曾氏體例，則聲類中以切語上字之韻等在一二四等者，其聲爲鴻；其在三等者，其聲爲細，於是將聲類分鴻細二類。此全用「聲鴻音侈，聲細音弇」之例。三十六字母於五聲中，脣音有重脣輕脣。幫四母例在一二四等，而非四母在三等，此鴻細之分已在。舌音端四母與知四母，鴻細亦分。正齒有照、穿、床、審、禪五母，韻圖置於二等者與置三等者劃然兩類。二等者近於齒，爲精四母之細聲；而三等者近於舌，亦爲細聲。喻母三等四等亦分二類，曾氏以三等爲匣母之細聲，而四等爲喻母亦爲細聲。此亦曾氏喻母古讀之衍。如此則喉聲影母，牙聲見、溪、疑亦當分鴻細二類。於是《廣韻》聲類有五聲五十一紐之說。

七、《廣韻》切語大致合於「聲鴻者音侈，聲細者音弇」條例

　　曾氏音學大部分刊行於《音韻學講義》一書中。是書唯見五十一聲紐分鴻細之目，未見其將聲類鴻細一一比對於《廣韻》中所有切語。音韻家於曾氏學說之五聲五十一紐，評論最多者，在《廣韻》切語中，鴻聲而切弇音者，或細聲而切侈音者，爲數亦夥。於是對於曾氏五十一聲紐說，每不以爲然。今本文以曾氏之法，分聲鴻聲細，更以《廣韻》中所有切語爲範圍，逐一比對統計其條例之正確性。以統計結果析之，《廣韻》切語概可分作二類，其一爲鴻聲切一二四等字，另一爲細聲切三等字。其中亦有互用者，可視爲例外。齒音之細聲，即照二四母，本切弇音，曾氏條例，雖言「聲鴻者例用侈音，聲細者例用弇音」，唯其中有特例在。即正韻之侈音用鴻聲十九，弇音用細聲三十二；變韻之侈音於喉、牙、脣用鴻聲，舌、齒用細聲，合亦十九。而變韻之弇音用細聲三十二，舌齒無字，故都在喉、牙、脣聲中。

八、《廣韻》變韻之侈音用細聲爲特例

　　變韻之侈音即《廣韻》中二等字，本例用鴻聲十九。今喉、牙、脣，用鴻聲，即用影一、見一、溪一、曉一、匣一、疑一、幫、滂、並、明十母；舌、齒用細聲，即用精二、清二、從二、心二、邪、照二、穿二、牀二、審

二共九母，合十九。此曾氏「鴻細侈弇」中最難辨識者。論者往往止於「聲鴻音侈，聲細音弇」之論，而略此精要。舌齒細音中，如以例切弇音覈之，則以照二之四母出例最為多數，致使「鴻細侈弇」例外者近所有切語之 12%，達四百五十四例之多。此亦曾氏《廣韻》聲類之說，最為人詬病之處。如以曾氏特例釋之，則《廣韻》切語在「鴻細侈弇」之外者，僅所有切語之 5.49%，計二百三十五例，其數或許不能謂多。侈音照二之四母本即置於韻圖二等，今用以切變韻之侈音，即《廣韻》中二等字，實聲韻相諧。此曾氏於「聲鴻音侈，聲細音弇」外，別用特例，以合其「鴻細侈弇」之切語大旨，此尚未見有論及此者。

曾氏《廣韻》聲類主張五聲五十一紐說，而鴻細對應。諸家於《廣韻》聲類之數或各有主張，且存而不論。評述曾氏之說者，大抵病其鴻細侈弇，出例過多。而主張《廣韻》聲類五聲五十一紐者，則大抵同意聲有鴻細之別。而以陳澧正例系聯為基礎，即得五十一類。其五十一類之區分，非關音位而在鴻細，用高本漢三等有[i]介音之說法分之。

九、《廣韻》承緒於切韻，以二百六部分三百一十一類

《廣韻》之來源，雖有他說，然承於《切韻》，考證既多，亦可定矣。陸氏謂其著作體例乃「論南北是非，古今通塞」，於是自《廣韻》切語可知陸氏之舊法。《切韻》之不存於世已久，唐有孫愐之《唐韻》，宋有陳彭年、丘雍之《廣韻》與丁度之《集韻》，三書實皆本於《切韻》而流傳者。韻書之例，以四聲分卷，而同韻之字歸於一韻目中，一韻中又有聲類不同而有別，於是又有小韻之分。為其聲類謂有次第，仟而次之。或《切韻》主韻而不主聲之故。明末崑山顧氏離析《唐韻》中一韻之音，據其諧聲偏旁以求古韻；乾嘉之際，番禺陳氏以系聯之法，就《廣韻》切語上下字，以求陸氏之舊。是皆知《唐韻》、《廣韻》一本於《切韻》，而兼存古今南北之音也。清末敦煌出石室書，其中《切韻》有殘卷數種。於是音韻學者據以考訂存世之《廣韻》。由於二書部目與次第不合，遂有主《廣韻》不承於法言《切韻》，而承於李舟《切韻》者。亦有主《切韻》、《唐韻》、《廣韻》三書，實同一書者。曾氏以舊說皆以《廣韻》就法言書為刊定，又唐後以《切韻》為官書，其內容之增益、併移、刪改，非經奏可，不能任易，又未見註明。仍主《廣韻》

即法言舊法。是以就《廣韻》切語，自可明音之流變。

《廣韻》部目雖二百六部，然其中有一韻可分二類三類四類者，以韻之開合洪細未分之故。此亦陳澧以系聯而求《廣韻》韻類之法。曾氏據《廣韻》舊部之二百六韻，以韻之正變爲二類，又以正韻變韻之侈弇各爲二類。其就正變侈弇以論韻，於一韻之開齊合撮，往往有所更易，此不同於前人者。依其考訂析《廣韻》韻類二百六韻爲三百一十一類。至於韻部之次第則同於《廣韻》之舊部，惟以黠承刪，而以鎋承山。曾氏如此改易，實以爲《廣韻》舊部之誤。以黠承山，而以鎋承刪，近之學者董同龢亦主此義，然董氏書中未言及此，應爲合轍之說。本師陳伯元先生《廣韻研究》與《聲韻學》二書，則引董氏書以黠承山，而以鎋承刪。

十、〈《廣韻》補譜〉爲曾氏音學總成

《廣韻》韻類考定既成，於是曾氏有〈補譜〉之作。斯譜體系精密，其繫古韻今韻之正變侈弇爲攝圖，以上下鴻細橫列五聲五十一紐；又以開合齊撮爲縱列之四等，而不主開合各四，而有八等之支離。〈《廣韻》補譜〉之作，其正變侈弇鴻細與開合四等，內容或有不同，而標目則系舊稱，非曾氏首創，今〈《廣韻》補譜〉中又有其創舉者在。譜中既以上下鴻細橫列五聲五十一紐，而縱列開合齊撮四等。於是曾氏又舉百二入聲字，再分二類。其舉入聲字之旨，與戴氏舉影母字爲韻攝者同，以入聲短促與聲類結合，不以鼻音韻尾之害聲類。惟斯法不見引於他書者，以未得推闡之故。

〈《廣韻》補譜〉可謂曾氏音學之整體呈現。此譜所呈現曾氏音學之主張，有以下數點。

（一）以古韻之正韻爲十九攝變韻十一攝，增益本附於阿攝中之祭泰爲藹攝，夬廢爲藹變，得三十二圖。

（二）以音之正變，韻之侈弇，析爲開口、合口、齊齒、撮口四類，韻等再無分爲八等者。

（三）更正切語之誤，又刪削後補之音，以合其本位。

（四）析《廣韻》中韻部之字，各歸其古攝，能知一音之演變。

（五）正照母二三等舌齒之界，移其部居照三歸於舌音，照二留置侈音爲變韻之侈。

（六）分影喻之不以清濁相配。以喻歸於舌音，于歸於牙音。皆本其類
　　　分，而不亂音之經緯。

（七）以入聲字標聲目以配聲類亦有開、合，齊、撮之異。

　　是以據〈《廣韻》補譜〉可以明一音之正變侈弇鴻細，可謂音學之經典。

　　音既有古今正變侈弇，曾氏於古韻有〈古本音齊部當分二部〉之創說，
究之《廣韻》齊薺霽韻中，半爲娃攝之字，而半爲衣攝之字，曾氏就其諧聲
偏旁而爲區分。支紙寘之半爲娃攝，半爲阿攝，其例分亦同於此。而脂旨志
之半在衣攝，半在威攝。亦以諧聲區分爲兩類。至於麻馬禡之韻兼承阿、烏
二攝者，蓋麻馬禡，於等韻謂之阿烏變攝，麻韻本爲變韻之弇，例無齊齒音，
是以此類音皆本阿攝齊齒呼音變入，當改入阿攝齊齒。曾氏以開、合、齊分
麻韻爲三類，可謂深闓音理，剖析入微。〈《廣韻》補譜〉能析一韻之分合，
明其嬗遞而歸於古韻，此〈《廣韻》補譜〉之功，然《廣韻》中原本部分之字，
則又不免於支離，此亦在所難免。惟《廣韻》仍在，有據舊部而求其他者，
仍有可循。曾氏〈《廣韻》補譜〉經緯古攝、今聲、正變、侈弇、鴻細、開合，
正曾氏音學之總和。

十一、不主門法，捨棄等韻，而〈《廣韻》補譜〉功同韻圖

　　至於等韻，宋元以來韻圖混影、于、喻三母，又以齒音摻以舌音。而切
語本以音和爲正切，乃陸氏以來舊法。等韻家不知正變與聲音鴻細弇侈條例，
遂使五音之經界大亂。音隨時而易，本於語言之自然，《廣韻》本之《切韻》
而就爲刊益，即以音有變遷，不合時用。至於《廣韻》每卷之後附以〈新添
類隔今更音和〉者，亦以新刊韻書，音又有所更革，遂爲補苴，其立意即此。
韻書就韻而刊，其聲類則仟而次之。於是等韻家本爲於檢音之便，以韻書爲
根柢，而有等韻譜之作。韻譜聲類已見排序，其就聲類韻目，推而求之，其
音可得。若不能識所得之字音，以旁通上下之音，亦可辨之，眞可謂能馭簡
于繁。然則，音本有其當位，作圖之人或不知歸字，不審音理；或移倂音位，
誤其分合，又不能審侈弇之大界。遂誤其正變侈弇鴻細，致使循韻譜以求一
音之不可得。音和、類隔二法，原本隋唐以來陸氏之舊，至此遂失其宏旨。
作圖者本爲濟窮而有門法。其後又有不能濟者，又更立一門。如此二門三門，
遂令歧路亡羊。失其本眞。

　　曾氏以爲自宋元以來等韻譜，其中雖有著者，而斯學亦爲昌盛，惟皆牽強附會，遂不遵用。至於門法亦病其繁苛轇葛。於是就《廣韻》切語加以考訂，而有〈《廣韻》補譜〉之作。譜中逐字著以音切，依切辨位，可得其音。又改等韻譜之誤併誤合者，後起誤入者等疏誤。是以曾氏雖不主韻譜，而其〈《廣韻》補譜〉正與等韻譜同功，而無舊譜之弊，誠曾氏音學之創舉。

　　本文以曾氏音學爲研究，未敢言有析理之功。其〈喻母古讀考〉、〈古本音其不當分二部說〉與〈《廣韻》五聲五十一紐〉爲音學之最著者，本無待申明。而其〈《廣韻》補譜〉人都未能識，實曾氏音學之未得推闡揚明。本文雖言寫成，惟以學淺而才疏，恐多失漏。務請先進不吝斧正，或能振此衰蔽於萬一。